»Nie wurde schöner über die Roaring Twenties, aber auch über Sehnsucht und Vergänglichkeit geschrieben als in Fitzgeralds Geschichten. Zu Lebzeiten als Romancier verkannt, ja verrissen, leuchten seine Werke heute heller denn je. Sie sind für uns das grüne Licht, das Gatsby einst Nacht für Nacht an der anderen Seite des Ufers sah.«

Benedict Wells

F. SCOTT FITZGERALD, 1896 in St. Paul (Minnesota) geboren, wurde schon mit seinem ersten Roman, *Diesseits vom Paradies,* auf einen Schlag berühmt und stand mit seiner Frau Zelda im Mittelpunkt von Glanz und Glimmer. *Der große Gatsby,* sein heute meistgelesenes Buch, war jedoch ein finanzieller Flop. Um Geld zu verdienen, ging Fitzgerald 1937 als Drehbuchautor nach Hollywood, wo er 1940 starb.

F. Scott Fitzgerald

Partytime

Geschichten aus den Roaring Twenties

Ausgewählt von Silvia Zanovello

Aus dem Amerikanischen von
Bettina Abarbanell, Anna Cramer-Klett,
Christa Schuenke, Walter Schürenberg
und Melanie Walz

Diogenes

Nachweis der einzelnen Erzählungen
am Schluss des Bandes
Covermotiv: Design by Osborne & Little

www.diogenes.ch
50/21/852/1
ISBN 978 3 257 07179 5

Inhalt

Rags Martin-Jones und der Pr-nce of W-les

I

Eines Aprilmorgens glitt die *Majestic* in den Hafen von New York. Hochnäsig passierte sie Schlepper und schildkrötengemächliche Fähren, zwinkerte dann einer herausgeputzten jungen Yacht zu und beorderte einen Viehfrachter mit einem verächtlichen Dampfstoß aus dem Weg. Zuletzt parkte sie an ihrem persönlichen Dock mit der Umständlichkeit einer dicken Dame, die sich setzt, und verkündete selbstzufrieden, dass sie frisch aus Cherbourg und Southampton zurück war, mit einer Ladung der allerfeinsten Leute der Welt an Bord.

Die allerfeinsten Leute der Welt standen an Deck und winkten töricht ihren armen Verwandten zu, die am Kai auf Handschuhe aus Paris warteten. Bald darauf hatte ein großer Toboggan die *Majestic* mit dem nordamerikanischen Kontinent verbunden, und sie begann die allerfeinsten Leute der Welt auszuspeien – bei denen es sich um Gloria Swanson handelte, zwei Einkäufer von Lord & Taylor, den Finanzminister von Graustark mit einem Vorschlag, wie man die Schulden finanzieren konnte, und einen afrikanischen König, der den ganzen Winter über versucht hatte, irgendwo zu landen, und entsetzlich seekrank war.

Die Fotografen gaben ihr Bestes, als der Strom von Passagieren den Kai überschwemmte. Applaus wurde laut beim Anblick von zwei Tragbahren mit zwei Bewohnern des Mittleren Westens, die sich an ihrem letzten Abend in Freiheit bis zur Besinnungslosigkeit betrunken hatten.

Nach und nach leerte sich das Deck, doch als die letzte Flasche Bénédictine das Ufer erreicht hatte, waren die Fotografen noch immer auf dem Posten. Der Schiffsoffizier, der die Ausschiffung überwachte, stand noch immer am Ende der Gangway und blickte zuerst auf seine Uhr und dann zum Deck, als wäre ein wichtiger Teil der Ladung noch immer an Bord. Und dann stieg von den Zuschauern am Pier ein langgezogenes »Aaah!« auf, als ein letzter Tross sich von Deck B zu ergießen begann.

Zuerst kamen zwei französische Kammerzofen, die kleine violette Hunde trugen, gefolgt von einer Schwadron von Trägern, blind und unsichtbar unter zahllosen Blumensträußen und Buketts. Eine weitere Zofe führte ein Waisenmädchen von französischem Aussehen und mit traurigen Augen an der Hand, und unmittelbar darauf folgte der zweite Offizier, der drei neurasthenische Schäferhunde hinter sich herzerrte, zu ihrem und seinem Verdruss.

Pause. Dann erschien Kapitän Sir Howard George Witchcraft an der Reling und neben ihm etwas, was wie ein Stoß prachtvoller Silberfuchspelze aussah.

Nach fünf Jahren in den Hauptstädten Europas war Rags Martin-Jones in ihre Heimat zurückgekehrt!

Rags Martin-Jones hieß Rags und nicht Rex. Sie war

halb Mädchen und halb Blume, und als sie Kapitän Sir Howard George Witchcraft die Hand schüttelte, lächelte sie, als hätte man ihr gerade den neuesten, originellsten Witz erzählt. Alle, die den Pier noch nicht verlassen hatten, spürten, wie dieses Lächeln in der Aprilluft schwebte, und drehten sich danach um.

Sie kam die Gangway langsam herunter. Ihr Hut, ein kostspieliges, unergründliches Experiment, war unter ihrem Arm zerknüllt, und ihre kurzen Knaben- oder Sträflingshaare versuchten vergeblich, sich von der Hafenbrise ein wenig zerstrubbeln oder verwehen zu lassen. Ihr Gesicht war wie sieben Uhr an einem Hochzeitsmorgen bis auf die Stelle, wo sie ein angeberisches Monokel in ein Auge von klarem Kinderblau gesteckt hatte. Alle paar Schritte schoben ihre langen Wimpern das Monokel heraus, und sie lachte, verärgert und fröhlich, und steckte das arrogante Augenglas in das andere Auge.

Voilà! Ihre hundertfünf Pfund erreichten den Pier, der zu wanken und zu schwanken schien, von ihrer Schönheit überwältigt. Mehrere Gepäckträger fielen in Ohnmacht. Ein großer gefühlsseliger Hai, der dem Schiff über den Ozean gefolgt war, tat einen verzweifelten Sprung, um sie ein letztes Mal zu sehen, bevor er gebrochenen Herzens in die Tiefen des Meeres zurücktauchte. Rags Martin-Jones war wieder zu Hause.

Niemand aus ihrer Familie war zur Begrüßung erschienen, denn sie war das einzige lebende Mitglied ihrer Familie. Im Jahr 1912 waren ihre Eltern gemeinsam mit der *Titanic* untergegangen, weil sie sich im Diesseits nicht trennen wollten, und so war es gekommen, dass das Martin-

Jones-Vermögen von fünfundsiebzig Millionen einem sehr kleinen Mädchen an dessen zehntem Geburtstag zugefallen war. So etwas bezeichnet der Verbraucher gern als eine Schande.

Rags Martin-Jones (an ihren richtigen Namen konnte sich niemand mehr erinnern) wurde nun von allen Seiten fotografiert. Das Monokel fiel hartnäckig immer wieder heraus, und sie lachte und gähnte und steckte es wieder hinein, so dass keines der Bilder scharf war mit Ausnahme der Filmaufnahme. Doch auf allen Fotos war ein aufgeregter, gutaussehender junger Mann zu sehen, der sie auf dem Kai begrüßt hatte und in dessen Blick verzehrende Liebesglut entflammt war. Er hieß John M. Chestnut, hatte für das *American Magazine* schon die Geschichte seines Erfolgs geschrieben und war unsterblich in Rags verliebt, seit sie wie die Gezeiten dem Einfluss des Sommermondes unterlag.

Als Rags ihn zu bemerken geruhte, gingen sie zusammen den Pier entlang; sie sah ihn erstaunt an, als hätte sie ihn nie zuvor zu sehen bekommen.

»Rags«, sagte er, »Rags –«

»John M. Chestnut?«, fragte sie und betrachtete ihn mit großer Aufmerksamkeit.

»Aber ja!«, rief er ungehalten. »Willst du etwa behaupten, du würdest mich nicht wiedererkennen? Oder du hättest mir nicht geschrieben, dass ich herkommen soll?«

Sie lachte. Ein Chauffeur erschien in Rufweite, und sie wand sich aus ihrem Mantel und enthüllte ein Kleid aus großen verwischten meerblauen und grauen Karos. Sie schüttelte sich wie ein nass gewordener Vogel.

»Ich habe eine Menge Krempel zu deklarieren«, bemerkte sie wie nebenbei.

»Ich auch«, sagte Chestnut hastig, »und als Erstes muss ich erklären, dass ich dich jede Minute deiner Abwesenheit geliebt habe, Rags.«

Sie unterbrach ihn mit einem Stöhnen.

»Bitte! Auf dem Schiff waren junge Amerikaner. Von diesem Thema habe ich genug.«

»Du lieber Himmel!«, rief Chestnut. »Willst du damit etwa sagen, dass du meine Liebe so einstufst wie die Flirtversuche auf einem Schiff?«

Er war lauter geworden, und verschiedene Zuhörer spitzten sichtlich die Ohren.

»Psst!«, sagte sie warnend. »Ich gebe hier keine Zirkusvorstellung. Wenn du vorgelassen werden willst, solange ich hier bin, musst du dich zusammennehmen.«

Doch Mr. John Chestnut hatte offenbar die Kontrolle über seine Stimme verloren.

»Willst du damit etwa sagen« – die Stimme zitterte und gellte dabei dennoch durchdringend –, »du hättest vergessen, was du mir an dieser Stelle vergangenen Donnerstag vor fünf Jahren gesagt hast?«

Die Hälfte der Schiffspassagiere verfolgte inzwischen die Szene auf dem Kai, und ein weiterer kleiner Strudel wirbelte aus dem Zollgebäude, um zuzusehen.

»John« – ihre Verärgerung wuchs –, »wenn du noch einmal die Stimme erhebst, werde ich dafür sorgen, dass du Gelegenheit bekommst, dich abzukühlen. Ich fahre zum Ritz. Du kannst mich dort heute Nachmittag besuchen.«

»Aber Rags!«, wandte er heiser ein. »Hör mir zu. Vor fünf Jahren –«

Dann bot sich den Zuschauern am Kai ein merkwürdiges Schauspiel. Eine wunderschöne Dame in einem meerblau und grau karierten Kleid tat einen schnellen Schritt vorwärts, bis ihre Hände einen aufgeregten jungen Mann vor ihr berührten. Der junge Mann trat instinktiv zurück, fand mit dem Fuß keinen Halt, fiel anmutig rückwärts von dem zehn Meter hohen Kai und plumpste nach einer durchaus eleganten Umdrehung in den Hudson.

Ein Hilferuf ertönte, Leute eilten zum Rand des Kais, doch im selben Augenblick tauchte der Kopf des jungen Mannes aus dem Wasser auf. Er schwamm mit mühelosen Stößen, und als die junge Dame, die augenscheinlich den Zwischenfall ausgelöst hatte, dies sah, beugte sie sich über den Pier hinaus und formte ihre Hände zu einem Sprachrohr.

»Ich bin gegen halb fünf zu sprechen«, rief sie.

Und mit einem fröhlichen Winken, das zu erwidern der abgestürzte Gentleman außerstande war, rückte sie ihr Monokel zurecht, warf einen hochmütigen Blick auf die neugierige Menge und verließ den Schauplatz unbekümmerten Schritts.

II

Die fünf Hunde, drei Kammerzofen und das französische Waisenmädchen wurden in der größten Suite des Ritz einquartiert, und Rags ließ sich träge in ein dampfendes, kräuterduftendes Bad gleiten, in dem sie fast eine Stunde lang döste. Danach erhielt sie geschäftlichen Besuch von einer Masseuse, einer Maniküre und zuletzt einer Pariser Coiffeuse, die ihren Haarschnitt wieder zu Häftlingsformat trimmte. Als John M. Chestnut um vier Uhr eintraf, begegnete er einem halben Dutzend Anwälten und Bankiers, den Verwaltern des Martin-Jones-Treuhandvermögens, die im Vorraum warteten. Sie warteten seit halb zwei und befanden sich allmählich in einem Zustand beträchtlicher Verärgerung.

Nachdem eine der Zofen ihn einer gründlichen Inspektion unterzogen hatte – möglicherweise um sich zu vergewissern, dass er wirklich trocken war –, wurde John umgehend zu M'selle geführt. M'selle ruhte in ihrem Schlafzimmer auf der Chaiselongue, inmitten von zwei Dutzend Seidenkissen, die sie über den Atlantik begleitet hatten. John betrat den Raum etwas steif und verbeugte sich förmlich.

»Jetzt siehst du besser aus«, sagte sie, erhob sich aus ihren Kissen und begutachtete ihn beifällig. »Du hast Farbe bekommen.«

Er dankte ihr kühl für das Kompliment.

»Du solltest jeden Morgen reinspringen.« Und dann sagte sie wie aus heiterem Himmel: »Morgen fahre ich nach Paris zurück.«

John Chestnut brachte vor Verblüffung kein Wort heraus.

»Ich habe dir ja geschrieben, dass ich höchstens eine Woche lang bleiben würde«, fügte sie hinzu.

»Aber Rags –«

»Warum sollte ich auch? In New York gibt es keinen einzigen amüsanten Mann.«

»Aber Rags, gibst du mir wirklich keine Chance? Kannst du nicht wenigstens für zehn Tage bleiben und mich ein bisschen besser kennenlernen?«

»Dich kennenlernen!« Ihrem Ton ließ sich entnehmen, dass er bereits ein allzu offenes Buch für sie war. »Ich suche einen Mann, der zu einer ritterlichen Geste imstande ist.«

»Willst du damit sagen, dass ich mich nur noch pantomimisch ausdrücken soll?«

Rags seufzte voller Überdruss.

»Ich will damit sagen, dass du keine Spur Phantasie hast«, erklärte sie geduldig. »Wie alle Amerikaner. Paris ist die einzige Großstadt, in der eine kultivierte Frau leben kann.«

»Du hast wohl gar nichts mehr für mich übrig?«

»Wenn das so wäre, dann hätte ich nicht den Atlantik überquert, um dich wiederzusehen. Aber als ich die Amerikaner auf dem Schiff sah, ist mir klargeworden, dass ich keinen Amerikaner heiraten kann. John, ich würde dich verabscheuen, und mein einziges Vergnügen würde darin bestehen, dir das Herz zu brechen.«

Geschmeidig schlängelte sie sich wieder zwischen die Kissen, bis fast nichts mehr von ihr zu sehen war.

»Ich habe mein Monokel verloren«, erklärte sie.

Nach erfolglosem Suchen in den seidenen Tiefen stellte sie fest, dass das trügerische Glas ihr falsch herum um den Hals hing.

»Ich wäre so gern verliebt«, sprach sie weiter, während sie das Monokel wieder in ihr Kinderauge steckte. »Letztes Frühjahr wäre ich in Sorrent um ein Haar mit einem indischen Radschah durchgebrannt, aber er war eine Spur zu dunkelhäutig, und eine seiner anderen Ehefrauen konnte ich partout nicht ausstehen.«

»Hör auf mit diesem Blödsinn!«, rief John und schlug sich die Hände vor das Gesicht.

»Aber ich habe ihn doch nicht geheiratet«, verteidigte sie sich. »Obwohl er in gewisser Hinsicht eine gute Partie war. Er war der drittreichste Untertan des britischen Weltreichs. Apropos – bist du reich?«

»Nicht so reich wie du.«

»Siehst du? Was kannst du mir denn bieten?«

»Liebe.«

»Liebe!« Wieder verschwand sie in den Kissen. »Pass mal auf, John. Für mich ist das Leben eine Abfolge glitzernder Bazare, und vor jedem steht ein Händler, der sich die Hände reibt und sagt: ›Beehren Sie meinen Laden mit Ihrem Besuch. Bestes Bazar von Welt.‹ Und ich trete ein, willens zu kaufen, meinen Beutel gefüllt mit Schönheit und Geld und Liebe. ›Was haben Sie denn zu bieten?‹, frage ich ihn, und er reibt sich die Hände und sagt: ›Nun, Mademoiselle, heute hätten wir ausnehmend wuuun-der-schöne Liebe im Angebot.‹ Manchmal hat er sie nicht einmal auf Lager, sondern lässt sie holen, wenn er merkt, wie viel Geld ich ausgeben kann. Ach ja, Liebe bekomme ich immer, bevor ich gehe – umsonst. Das ist meine Revanche.«

John Chestnut stand verzweifelt auf und tat einen Schritt zum Fenster.

»Spring nicht raus«, sagte Rags schnell.

»Schon gut.« Er warf seine Zigarette zur Madison Avenue hinunter.

»Es ist nicht deine Schuld«, sagte sie in sanfterem Ton. »So langweilig und prosaisch du auch bist, bedeutest du mir mehr, als ich sagen kann. Aber das Leben hier ist so eintönig. Nie passiert etwas.«

»Jede Menge Dinge passieren«, widersprach er. »Erst heute hatten wir einen intellektuellen Mord in Hoboken und einen stellvertretenden Selbstmord in Maine. Dem Kongress liegt eine Gesetzesvorlage zur Sterilisierung von Agnostikern vor –«

»Humor interessiert mich keine Spur«, wandte sie ein, »aber für Romantik habe ich ein hoffnungslos altmodisches Faible. Stell dir vor, John, letzten Monat saß ich bei einem Diner mit zwei Männern am Tisch, die mit einer Münze um das Königreich von Schwartzberg-Rheinmünster losten. In Paris habe ich einen gewissen Blutchdak kennengelernt, den echten Urheber des Ersten Weltkriegs, der für übernächstes Jahr einen neuen Krieg in Vorbereitung hat.«

»Na gut, dann geh heute Abend mit mir aus, um dich zur Abwechslung auszuruhen«, sagte er störrisch.

»Und wohin?«, fragte Rags verächtlich. »Denkst du etwa, mit einem Nachtclub und einer Flasche zuckrigem Schaumwein bringst du mich aus dem Häuschen? Meine eigenen billigen Träume sind mir lieber.«

»Ich gehe mit dir in den überspanntesten Schuppen der Stadt.«

»Und was passiert da? Du musst mir sagen, was da passiert.«

John Chestnut atmete plötzlich tief ein und sah sich vorsichtig um, als fürchtete er, belauscht zu werden.

»Also, um ehrlich zu sein«, sagte er leise und ernst,

»wenn etwas rauskäme, würde *mir* etwas ziemlich Unangenehmes passieren.«

Sie setzte sich auf, und die Kissen wirbelten wie Blätter um sie. »Willst du etwa behaupten, in deinem Leben gäbe es irgendetwas Zwielichtiges?«, rief sie mit einem Lachen in der Stimme. »Und das soll ich dir glauben? Nein, John, gib du dich damit zufrieden, die ausgetretenen Wege zu gehen und dich abzuplacken und abzuplacken.«

Ihr Mund war eine kleine kecke Rose, die ihm diese Worte wie Dornen zuwarf. John nahm Hut und Mantel vom Stuhl und ergriff seinen Stock.

»Zum letzten Mal: Kommst du heute Abend mit, um zu sehen, was es zu sehen gibt?«

»Und was ist das? Oder wer? Gibt es in diesem Land denn irgendwas Sehenswertes?«

»Nun«, sagte er gelassen, »du würdest zum Beispiel den Prince of Wales sehen.«

»Was?« Sie sprang von der Chaiselongue auf. »Ist er wieder in New York?«

»Heute Abend wird er hier sein. Würdest du ihn gerne sehen?«

»Ob ich ihn gern sehen würde? Ich habe ihn noch nie gesehen. Ich habe ihn immer verpasst. Ich würde ein Jahr meines Lebens dafür geben, ihn für eine Stunde zu sehen.« Ihre Stimme zitterte vor Erregung.

»Er kommt aus Kanada. Heute Nachmittag besucht er hier inkognito den großen Preiskampf, und ich weiß zufällig, wo er heute Abend sein wird.«

Rags stieß einen schrillen Begeisterungsschrei aus: »Dominic! Louise! Germaine!«

Die drei Zofen kamen angerannt. Im Zimmer vibrierte auf einmal grelles, hektisches Licht.

»Dominic, den Wagen!«, rief Rags auf Französisch. »Louise, mein goldenes Kleid und die Schuhe mit den echten goldenen Absätzen. Und die großen Perlen – alle Perlen – und das Diamantenei und die Strümpfe mit dem Saphirmuster. Germaine, rufen Sie einen mobilen Schönheitssalon. Lassen Sie mir wieder ein Bad ein, eiskalt und zur Hälfte mit Mandelcreme gefüllt. Dominic, wie der Blitz zu Tiffany's, bevor sie schließen. Besorgen Sie mir eine Brosche, einen Anhänger, eine Tiara, irgendwas, egal was, mit dem Wappen des Hauses Windsor.«

Sie nestelte an den Knöpfen ihres Kleids, das von ihren Schultern glitt, noch bevor John sich umgedreht hatte, um zu gehen.

»Orchideen!«, rief sie ihm nach. »Unbedingt Orchideen! Vier Dutzend, damit ich vier aussuchen kann.«

Und dann flatterten Zofen im Zimmer hin und her wie verschreckte Vögel. »Parfum, Louise, machen Sie den Parfumkoffer auf, und meine rosa Zobelpelze und meine diamantbesetzten Strumpfbänder und das Olivenöl für meine Hände! Hier, nehmen Sie diese Sachen! Das auch – und das – aua! – und das!«

Sittsam schloss John Chestnut die Tür von außen. Die sechs Vermögensverwalter verstopften nach wie vor den Eingangsraum in unterschiedlichen Posen der Ermattung, des Überdrusses, der Resignation und der Verzweiflung. »Gentlemen«, verkündete John Chestnut, »ich fürchte, Miss Martin-Jones ist von ihrer Reise viel zu erschöpft, um sich heute Nachmittag mit Ihnen zu unterhalten.«

III

»Dieser Ort heißt Loch im Himmel, einfach so.«

Rags sah sich um. Sie befanden sich in einem Dachgarten unter dem kalten Aprilnachthimmel. Die Sterne blinkten frostig, und in der westlichen Dunkelheit hing ein mondförmiger Eissplitter. Doch wo sie standen, war es so warm wie im Juni, und die Paare, die auf dem Milchglasboden dinierten oder tanzten, scherten sich nicht um den abweisenden Himmel.

»Woher kommt die Wärme?«, fragte sie flüsternd, als sie zu einem Tisch gingen.

»Das ist eine neue Erfindung, mit der die warme Luft am Aufsteigen gehindert wird. Ich weiß nicht, wie es genau funktioniert, aber auf diese Weise können sie sogar mitten im Winter den Dachgarten geöffnet haben –«

»Wo ist der Prince of Wales?«, fragte sie nervös.

John sah sich um.

»Er ist noch nicht da. Er wird frühestens in einer halben Stunde kommen.«

Sie seufzte tief.

»Zum ersten Mal seit vier Jahren bin ich aufgeregt.«

Vier Jahre – ein Jahr weniger als die Dauer seiner Liebe zu ihr. Er fragte sich, ob sie als übermütige, bezaubernde Sechzehnjährige, wenn sie bis tief in die Nacht mit Offizieren im Restaurant saß, bevor diese am nächsten Tag nach Brest aufbrechen mussten, und das glitzernde Leben sich in den traurigen, ergreifenden Kriegstagen nur zu schnell verflüchtigte, jemals so bezaubernd gewesen war wie in dieser honigfarbenen Beleuchtung unter diesem dunklen Himmel. Von ihren erregten Augen bis zu ihren winzigen Schuhabsätzen, in die Schichten echten Silbers und Goldes eingelegt waren, wirkte sie wie eines der staunenswerten Schiffe, die sich vollständig ausgearbeitet in einer Flasche befinden. Genauso fein und sorgfältig war sie ausgeführt, so als hätte ein Spezialist für Zierliches seine lebenslange Arbeitszeit auf sie verwendet. John Chestnut hätte sie am liebsten in die Hände genommen, hin und her gewendet, eine Schuhspitze oder ein Ohrläppchen untersucht oder die feenhafte Beschaffenheit ihrer Wimpern aus der Nähe betrachtet.

»Wer ist das?« Sie deutete unversehens auf einen gutaussehenden Lateinamerikaner an einem Tisch auf der anderen Seite des Gangs.

»Das ist Roderigo Minerlino, Star aus Film und Gesichtscremereklame. Vielleicht tanzt er später.«

Rags wurde sich mit einem Mal der Klänge von Geigen und Schlagzeug bewusst, doch die Musik erklang wie aus weiter Ferne, als schwebte sie mit der Fremdartigkeit eines Traumgebildes durch die frische Nacht und auf den Boden des Tanzsaals.

»Das Orchester spielt auf einem anderen Dach«, erklärte John. »Eine Weltneuheit – sieh nur, das Programm beginnt.«

Ein gertenschlankes schwarzes Mädchen trat plötzlich aus einem verborgenen Zugang in einen Kreis grellen, barbarischen Lichts, stachelte die Musik zu ungestümen Mollklängen an und begann ein rhythmisches, klagendes Lied zu singen. Abrupt brach ihre Stimme ab, und sie ging zu langsamen, immergleichen Tanzschritten über, ohne Entwicklung und ohne Hoffnung, wie das Scheitern eines wilden, aussichtslosen Traumes. Sie habe Papa Jack verloren, rief sie immer wieder mit einer hysterischen Monotonie, die so verzweifelt wie untröstlich anmutete. Die lauten Blasinstrumente wollten sie eines nach dem anderen dem stetigen Rhythmus des Wahnsinns entreißen, doch sie hörte nur auf das Murmeln des Schlagzeugs, das sie zwischen Tausende vergessener Jahre an einen verlorenen Ort in der Zeit versetzt hatte. Nachdem die Pikkoloflöte sich vergeblich bemüht hatte, verwandelte sie sich wieder in einen dünnen braunen Strich und stieß einen gellenden und durchdringenden Klagelaut aus, bevor plötzliche Dunkelheit sie unsichtbar machte.

»Wenn du in New York lebtest, müsste ich dir nicht sagen, wer sie ist«, sagte John, als das honiggelbe Licht aufleuchtete. »Als Nächstes tritt Sheik B. Smith auf, ein Komiker von der albernen und geschwätzigen Sorte –«

Er verstummte. Als die Beleuchtung vor der nächsten Nummer erlosch, stieß Rags einen langen Seufzer aus und bewegte sich vor. Ihre Augen blickten starr wie die eines Vorstehhunds, und John sah, dass ihr Blick sich auf eine Gruppe Leute heftete, die durch einen Seiteneingang hereingekommen waren und sich im Halbdunkel an einen Tisch setzten.

Der Tisch war von Palmen verdeckt, und zuerst konnte Rags nur undeutlich drei Schatten erkennen. Dann machte sie eine vierte Person aus, die im Hintergrund Platz genommen hatte – ein blasses ovales Gesicht, gekrönt von dem Glitzern dunkelblonder Haare.

»Hoppla!«, entfuhr es John. »Da haben wir ja Seine Majestät.«

Rags' Atem schien flüsternd in ihrer Kehle zu ersterben. Undeutlich nahm sie wahr, dass der Komiker inzwischen in gleißend weißem Licht auf dem Tanzboden stand, dass er seit einiger Zeit sprach und dass plätscherndes Gelächter die Luft erfüllte. Doch ihr Blick verharrte reglos, gebannt. Sie sah, wie einer der Begleiter den Kopf neigte und einem anderen etwas zuflüsterte, und nach dem leisen Flackern eines Streichholzes glühte der feurige Knopf eines Zigarettenendes im Hintergrund. Wie lange sie reglos dasaß – sie hätte es nicht sagen können. Dann war es, als geschähe etwas mit ihren Augen, etwas Weißes bedrängte sie auf unerträgliche Weise, und als sie sich abrupt umdrehte, merkte sie, dass sie mitten in dem Lichtkreis eines kleinen Scheinwerfers saß. Allmählich hörte sie Wörter, die von irgendwo zu ihr gesagt wurden, und ein kurzes Auflachen, das rund ums Dach lief, aber das Licht blendete sie, und instinktiv erhob sie sich halb von ihrem Stuhl.

»Bleib sitzen!«, flüsterte John ihr über den Tisch zu. »Er sucht sich jeden Abend einen Gast dafür aus.«

Dann begriff sie, dass er den Komiker Sheik B. Smith meinte. Dieser sprach zu ihr, redete auf sie ein – es ging um etwas, was alle anderen offenbar wahnsinnig komisch fanden und was in ihren Ohren nur wie ein Gewirr unverständlicher Laute klang. Nach dem ersten Schrecken des Lichtkegels hatte sie instinktiv ihre Züge geglättet, und nun lächelte sie. Ihr Lächeln war ein Akt höchster Selbstbeherrschung. Sie verlieh ihm einen Ausdruck unendlicher Unpersönlichkeit, als wäre sie sich des Scheinwerferlichts so wenig bewusst wie des Versuchs des Komikers, mit ihrem Liebreiz sein Spiel zu treiben, und als wäre sie gleichzeitig belustigt über einen unendlich weit entfernten Jemand, der seine Pfeile ebenso gut gegen den Mond hätte abschießen können. Sie war in diesem Augenblick keine »Dame« – eine Dame hätte vergrämt gewirkt, mitleiderregend oder lächerlich –, nein, Rags hatte ihre Haltung zum bloßen Bewusstsein ihrer überwältigenden Schönheit reduziert und saß strahlend da, bis der Komiker sich so mutterseelenallein fühlte wie nie zuvor. Er gab ein Zeichen, und der Scheinwerfer wurde ausgeschaltet. Es war vorbei.

Es war vorbei, der Komiker verließ den Tanzboden, und die ferne Musik setzte wieder ein. John beugte sich zu Rags hinüber.

»Es tut mir leid. Ich konnte es nicht verhindern. Du warst großartig.«

Sie tat den Zwischenfall mit einem nonchalanten Lachen ab – und zuckte zusammen, denn auf einmal saßen nur noch zwei Männer an dem Tisch auf der anderen Seite des Gangs.

»Er ist weg!«, rief sie bekümmert.

»Mach dir keine Gedanken, er kommt wieder. Er muss wahnsinnig vorsichtig sein, verstehst du, und wahrscheinlich wartet er mit einem seiner Begleiter draußen, bis es wieder dunkel wird.«

»Und warum muss er so vorsichtig sein?«

»Weil er eigentlich gar nicht in New York ist. Er ist sogar unter einem seiner Decknamen hier.«

Das Licht erlosch wieder, und fast gleichzeitig trat ein großgewachsener Mann aus der Dunkelheit an ihren Tisch.

»Darf ich mich vorstellen?«, sagte er kurz angebunden in arrogantem, britischem Tonfall zu John. »Lord Charles Este, Begleiter von Baron Marchbank.« Er sah John durchdringend an, wie um sich zu vergewissern, dass dieser die Bedeutung des Namens begriffen hatte.

John nickte.

»Ich darf mich auf Ihre Diskretion verlassen.«

»Selbstverständlich.«

Rags tastete auf dem Tisch nach ihrem unberührten Champagnerglas und leerte es auf einen Zug.

»Baron Marchbanks bittet Ihre Dame, für die Dauer der nächsten Nummer an seinen Tisch zu kommen.«

Die Männer sahen Rags an. Schweigen trat ein.

»Na gut«, sagte sie und warf John einen fragenden Blick zu. Er nickte abermals. Sie stand auf und schlängelte sich mit heftig klopfendem Herzen an den Tischen vorbei, bis sie die halbe Terrasse umrundet hatte; dann verschmolz ihre schmale, goldschimmernde Gestalt mit dem Tisch im Halbdunkel.

IV

Die Nummer näherte sich ihrem Ende; John Chestnut saß allein an seinem Tisch und rührte in seinem Champagnerglas zusätzliche Bläschen auf. Kurz bevor das Licht anging, vernahm er das leise Rascheln von Goldstoff, und Rags ließ sich atemlos und mit roten Wangen auf ihren Stuhl sinken. In ihren Augen schwammen Tränen.

John sah sie missmutig an.

»Und – was hat er gesagt?«

»Er hat nicht viel gesagt.«

»Hat er überhaupt etwas gesagt?«

Mit zitternder Hand ergriff sie ihr Champagnerglas.

»Er hat mich nur angesehen, solange es dunkel war. Und er hat ein paar triviale Bemerkungen gemacht. Er sah genauso aus wie auf den Fotos, nur sehr gelangweilt und müde. Er hat sich nicht einmal nach meinem Namen erkundigt.«

»Verlässt er New York heute Nacht?«

»In einer halben Stunde. Er und seine Begleiter haben draußen einen Wagen, und sie wollen vor Sonnenaufgang die Grenze überquert haben.«

»Und findest du ihn – faszinierend?«

Sie zögerte, und dann nickte sie langsam.

»Das finden alle«, bestätigte John finster. »Erwarten sie dich noch einmal?«

»Ich weiß nicht.« Sie sah unsicher hinüber, doch die berühmte Persönlichkeit hatte sich abermals von ihrem Tisch an ein geheimes Örtchen zurückgezogen. Als sie sich wieder umdrehte, kam ein unbekannter junger Mann, der kurz im Haupteingang gewartet hatte, eilig an ihren Tisch – eine totenbleiche Erscheinung in einem unordentlichen und unpassenden Straßenanzug – und legte John Chestnut eine zitternde Hand auf die Schulter.

»Monte!«, rief John und schrak dabei so überrascht auf, dass er sein Champagnerglas umwarf. »Was ist los? Was ist passiert?«

»Sie sind uns auf der Fährte!«, flüsterte der junge Mann mit bebender Stimme. Er warf einen Blick hinter sich. »Ich muss dich allein sprechen.«

John Chestnut erhob sich sofort, und Rags sah, dass sein Gesicht so weiß geworden war wie die Serviette in seiner Hand. Er entschuldigte sich bei ihr und zog sich mit dem Neuankömmling an einen leeren Tisch in der Nähe zurück. Rags beobachtete die beiden einen Augenblick lang neugierig, bevor sie den Blick wieder auf den Tisch weiter hinten richtete. Würde man sie noch einmal herüberbitten? Der Prinz hatte sich einfach erhoben und verbeugt und war hinausgegangen. Vielleicht hätte sie warten sollen, bis er zurückkam, doch obwohl sie vor Aufregung noch immer angespannt war, war sie in anderer Hinsicht wieder sie selbst. Ihre Neugier war befriedigt, und jeder weitere Impuls musste von ihm ausgehen. Sie fragte sich, ob sie tatsächlich irgendeinen spezifischen Charme verspürt hatte, und mehr noch fragte sie sich, ob er eine erkennbare Reaktion auf ihre Schönheit gezeigt hatte.

Der bleiche Mensch namens Monte verschwand, und John kam an den Tisch zurück. Es erschreckte Rags, ihn bis zur Unkenntlichkeit verändert zu sehen. Er sackte auf seinem Stuhl zusammen wie ein Betrunkener.

»John! Was ist los?«

Statt zu antworten, griff er nach der Champagnerflasche, doch seine Finger zitterten so sehr, dass verschütteter Wein einen nassen gelben Ring um sein Glas bildete.

»Ist dir nicht gut?«

»Rags«, sagte er mit leiser Stimme, »mit mir ist es aus.«

»Was soll das heißen?«

»Mit mir ist es aus, hast du verstanden?« Er brachte ein gequältes Lächeln zustande. »Seit über einer Stunde sind sie mit einem Haftbefehl hinter mir her.«

»Was hast du getan?«, fragte sie erschrocken. »Was ist das für ein Haftbefehl?«

Das Licht erlosch für die nächste Darbietung, und unerwartet ließ John den Oberkörper auf den Tisch sinken.

»Worum geht es?«, wiederholte sie hartnäckig und mit wachsender Besorgnis. Sie beugte sich zu ihm, doch seine Antwort war fast unhörbar.

»Mord?« Sie spürte, dass ihr Körper eiskalt wurde.

Er nickte. Sie ergriff ihn an beiden Armen und versuchte ihn in eine aufrechte Haltung zu schütteln, wie man einen Mantel zurechtschüttelt. Seine Augäpfel verdrehten sich unkoordiniert.

»Ist das wahr? Haben sie Beweise?«

Wieder nickte er benommen.

»Dann musst du sofort aus dem Land verschwinden! Verstehst du mich, John? Du musst sofort hier weg, bevor sie dich hier suchen!«

Er blickte panisch und voll Entsetzen zum Eingang.

»Großer Gott!«, rief Rags. »Warum tust du denn nichts?« Verzweifelt sah sie sich in alle Richtungen um, und plötzlich wurde ihr Blick starr. Sie zog zischend die Luft ein, zögerte und flüsterte ihm dann eindringlich ins Ohr.

»Bist du bereit, heute Nacht nach Kanada zu fliehen, wenn ich es arrangiere?«

»Wie denn?«

»Ich werde es arrangieren – wenn du dich ein bisschen zusammenreißt. John, ich bin es, Rags, hörst du mir zu? Ich will, dass du hier sitzen bleibst und dich nicht von der Stelle rührst, bis ich wiederkomme!«

In der nächsten Minute hatte sie im Schutz der Dunkelheit den Dachgarten durchquert.

»Baron Marchbanks«, flüstere sie unmittelbar hinter seinem Stuhl. Mit einer Handbewegung forderte er sie auf, sich zu setzen.

»Haben Sie heute Nacht in Ihrem Wagen noch Platz für zwei weitere Passagiere?«

Einer seiner Begleiter drehte sich unversehens um.

»Der Wagen seiner Lordschaft ist besetzt«, sagte er schroff.

»Es ist schrecklich wichtig.« Ihre Stimme zitterte.

»Nun ja«, sagte der Prinz unsicher, »ich weiß nicht so recht.«

Lord Charles Este sah den Prinzen an und schüttelte den Kopf.

»Ich halte das nicht für ratsam. Angesichts der Gegenorder von zu Hause ist die Angelegenheit ohnehin delikat. Als oberste Priorität hatten wir vereinbart, dass es keine Komplikationen geben dürfe.«

Der Prinz runzelte die Stirn.

»Das ist doch keine Komplikation«, wandte er ein.

Este sprach Rags direkt an.

»Warum ist es so wichtig?«

Rags zögerte.

»Weil« – sie errötete unversehens – »wir durchbrennen.«

Der Prinz lachte.

»Ausgezeichnet!«, rief er. »Abgemacht! Este ist nur etwas förmlich. Bringen Sie ihn her. Wir fahren doch bald, oder?«

Este sah auf seine Uhr.

»Auf der Stelle!«

Rags eilte fort. Sie wollte die ganze Reisegesellschaft von dem Dach wegbringen, solange das Licht noch gedämpft war.

»Schnell!«, rief sie John ins Ohr. »Wir überqueren die Grenze – mit dem Prince of Wales. Bis zum Morgen bist du in Sicherheit.«

Er sah verwirrt zu ihr hoch. Hastig bezahlte sie die Rechnung, ergriff ihn am Arm und bugsierte ihn so unauffällig wie möglich zu dem anderen Tisch, wo sie ihn mit wenigen Worten vorstellte. Der Prinz begrüßte ihn mit Handschlag, die Begleiter nickten mit schlecht verhohlenem Missvergnügen.

»Wir fahren jetzt besser«, sagte Este, der ungeduldig auf die Uhr sah.

Kaum waren sie aufgestanden, entfuhr allen Beteiligten ein Ausruf des Erstaunens: Zwei Polizisten und ein rothaariger Detektiv in Zivilkleidung waren zum Haupteingang hereingekommen.

»Nichts wie weg«, flüsterte Este mit einem Blick zum Seiteneingang. »Hier gibt es gleich einen Tumult.« Er fluchte – zwei weitere Uniformierte versperrten den Seiteneingang. Ratlos blieb die Gruppe stehen. Der Detektiv in Zivil verschaffte sich einen gründlichen Überblick über das Publikum an den Tischen.

Este richtete einen misstrauischen Blick auf Rags und dann auf John, der hinter den Palmen zu verschwinden versuchte.

»Ist das da drüben einer von euren Steuerfahndern?«, wollte Este wissen.

»Nein«, flüsterte Rags. »Das sieht nach Ärger aus. Können wir hier nicht raus?«

Sichtlich verärgert setzte der Prinz sich wieder.

»Ihr sagt mir Bescheid, wenn ihr so weit seid.« Er lächelte Rags an. »Wer hätte das gedacht, dass wir alle nur wegen Ihrer reizenden Erscheinung so viel Ärger bekommen?«

Plötzlich ging das Licht an. Der Detektiv drehte sich auf dem Absatz herum und sprang mitten auf die Tanzfläche.

»Niemand verlässt den Raum!«, rief er laut. »Sie da hinter den Palmen, setzen Sie sich. Ist Mr. John Chestnut unter den Anwesenden?«

Rags stieß unwillkürlich einen leisen Schrei aus.

»Hier!«, rief der Detektiv dem Polizisten hinter ihm zu. »Sehen Sie sich das sonderbare Trüppchen da drüben genauer an. Hände hoch, meine Herren!«

»Großer Gott!«, flüsterte Este. »Wir müssen hier weg!« Er wandte sich an den Prinzen. »Ted, das kommt nicht in Frage. Man darf Sie hier nicht sehen. Ich halte sie auf, während Sie zum Wagen runtergehen.«

Er tat einen Schritt auf den Seiteneingang zu.

»Hände hoch, Sie da drüben!«, rief der Detektiv. »Ich sage es nicht zweimal! Wer von Ihnen ist Chestnut?«

»Sind Sie verrückt geworden?«, schrie Este. »Wir sind britische Staatsbürger. Wir haben mit dieser Sache nicht das Geringste zu tun!«

Eine Frau schrie auf, und alle stürmten zu den Aufzügen, bis die Mündungen von zwei Maschinenpistolen ihnen Einhalt geboten. Neben Rags brach ein Mädchen ohnmächtig zusammen, und im selben Augenblick setzte die Musik von dem anderen Dach wieder ein.

»Schluss mit der Musik!«, bellte der Detektiv. »Verpasst den Herrschaften eine Runde Handschellen, und zwar dalli!«

Zwei Polizisten traten auf sie zu, Este und die anderen Begleiter des Prinzen zogen ihre Revolver und wichen zur Seite aus, den Prinzen in ihrer Mitte, so gut es ging. Ein Schuss krachte, dann ein zweiter, gefolgt vom Klirren und Scheppern von Silber und Porzellan, als mehrere Gäste ihre Tische umwarfen und dahinter flugs in Deckung gingen.

Panik brach aus. Drei Schüsse schnell nacheinander, dann eine ganze Salve. Rags sah, wie Este ungerührt auf die acht bernsteinfarbenen Lichter über ihren Köpfen schoss und grauer Rauch sich auszubreiten begann. Das unablässige Lärmen der unsichtbaren Jazzkapelle unterlegte das Geschrei und Getöse mit einem eigenartigen Klangteppich.

Und innerhalb von Sekunden war alles vorbei. Grelle Pfiffe schrillten über das Dach, und durch den Rauch sah Rags, wie John Chestnut mit ausgestreckten Händen auf den Detektiv zuging, um sich zu ergeben. Ein letzter nervöser Schrei, markerschütterndes Klirren, als jemand aus Versehen einen Stapel Teller umwarf, und dann bleierne Stille in dem Dachgarten – sogar die Kapelle schien verstummt zu sein.

»Aus, vorbei, Ende!«, ertönte John Chestnuts Stimme laut in der Nachtluft. »Die Party ist vorbei. Wer nach Hause will, kann gehen!«

Noch immer herrschte Stille; Rags wusste, dass es die Stille des Entsetzens war; Schuldgefühle hatten John Chestnut in den Wahnsinn getrieben.

»Es war eine großartige Leistung«, rief er, »und ich

möchte Ihnen allen und jedem Einzelnen danken. Falls Sie noch einen Tisch finden, der alles unbeschadet überstanden hat, gibt es Champagner, solange Sie bleiben wollen.«

Rags kam es vor, als drehten sich der Dachgarten und die Sterne hoch oben auf einmal im Kreis. Sie sah, wie John die Hand des Detektivs ergriff und herzlich schüttelte, und sie sah, wie der Detektiv grinste und seine Waffe einsteckte. Die Musik hatte wieder eingesetzt, und das Mädchen, das in Ohnmacht gefallen war, tanzte plötzlich mit Lord Charles Este. John lief hin und her, klopfte Leuten auf die Schulter, lachte und schüttelte Hände. Dann kam er zu ihr, unbeschwert und unschuldig wie ein Kind.

»War es nicht herrlich?«, rief er.

Rags spürte, dass ihre Knie weich wurden. Sie tastete hinter sich nach einem Stuhl.

»Was war das?«, rief sie benommen. »Habe ich das alles geträumt?«

»Aber keineswegs! Du bist hellwach. Ich habe es arrangiert, Rags, verstehst du? Ich habe das alles für dich arrangiert. Ich habe es mir ausgedacht! Das einzig Echte an der ganzen Sache war mein Name!«

Rags taumelte unversehens gegen seinen Frack, hielt sich an seinen Rockaufschlägen fest und wäre zu Boden gesunken, wenn John sie nicht geistesgegenwärtig aufgefangen hätte.

»Schnell etwas Champagner!«, rief er, und dann befahl er dem Prince of Wales, der in der Nähe stand: »Bestellen Sie sofort meinen Wagen! Miss Martin-Jones ist vor Aufregung ohnmächtig geworden.«

V

Der Wolkenkratzer ragte klotzig über dreißig Fensterreihen auf, bevor er sich zu einem anmutigen Zuckerhut von strahlendem Weiß verschlankte. Dann strebte er weitere dreißig Meter empor, bis seine letzte zerbrechliche Geste himmelwärts die eines bloßen länglichen Turms war. Am höchsten seiner hohen Fenster stand Rags Martin-Jones ungeschützt in der steifen Brise und sah auf die Stadt hinunter.

»Mr. Chestnut lässt fragen, ob Sie jetzt in sein Privatbüro kommen wollen.«

Gehorsam bewegten sich ihre schmalen Füße über den Teppich in einen hohen, kühlen Raum mit Blick auf den Hafen und auf das weite Meer.

John Chestnut wartete an seinem Schreibtisch; Rags ging auf ihn zu und legte ihm die Arme um die Schultern.

»Bist du auch wirklich *wirklich* vorhanden?«, fragte sie besorgt. »Kannst du mir das versichern?«

»Du hast mir erst eine Woche vor deiner Ankunft geschrieben«, verteidigte er sich bescheiden, »sonst hätte ich eine Revolution arrangieren können.«

»Hast du das Ganze nur meinetwegen inszeniert?«, wollte sie wissen. »War diese ganze nutzlose, wundervolle Sache nur für mich inszeniert?«

»Nutzlos?« Er überlegte. »Nun ja, am Anfang war es das. Aber im letzten Augenblick habe ich einen wichtigen Mann aus der Restaurantbranche eingeladen, und während du am anderen Tisch warst, habe ich ihm die Idee mit dem Nachtclub verkauft.«

Er sah auf die Uhr.

»Eine Sache muss ich noch erledigen – dann haben wir gerade genug Zeit, vor dem Lunch zu heiraten.« Er nahm den Telefonhörer ab. »Jackson? … Schicken Sie bitte ein Telegramm in dreifacher Ausfertigung nach Paris, Berlin und Budapest, und lassen Sie die zwei Hochstapler, die sich als Herzöge ausgeben und um Schwartzberg-Rheinmünster würfeln, hinter die polnische Grenze expedieren. Wenn das Herzogtum nicht mitspielen will, senken Sie das Währungsverhältnis bis zu null Komma null und tiefer. Ach, und dieser Idiot Blutchdak macht wieder den Balkan unsicher und will einen neuen Krieg vom Zaun brechen. Verfrachten Sie ihn auf das nächste Schiff nach New York, oder lassen Sie ihn in ein griechisches Gefängnis werfen.«

Er legte auf und wandte sich lachend an die Kosmopolitin, die ihn fassungslos anstarrte.

»Nächste Haltestelle City Hall. Und dann geht es nach Paris, wenn es dir recht ist.«

»John«, fragte sie ihn eindringlich, »wer war der Prince of Wales?«

Er wartete, bis sie im Aufzug waren, der im Nu zwanzig Stockwerke hinuntersauste. Dann beugte er sich vor und berührte den Liftboy an der Schulter.

»Nicht so schnell, Cedric. Die Dame ist es nicht gewohnt, von solchen Höhen hinunterzustürzen.«

Der Liftboy drehte sich um und lächelte. Sein Gesicht war blass, oval, von dunkelblondem Haar eingerahmt. Rags wurde feuerrot.

»Cedric stammt aus Wessex«, erklärte John. »Die Ähnlichkeit ist – vorsichtig ausgedrückt – verblüffend. Prinzen sind nicht für ihre Diskretion berühmt, und ich vermute, dass Cedric ein Welfe nicht ganz astreinen Stammbaums ist.«

Rags nahm die Kette mit dem Monokel ab und warf sie Cedric um den Hals.

»Ich danke Ihnen«, sagte sie schlicht, »für das zweitaufregendste Erlebnis meines Lebens.«

John Chestnut rieb sich die Hände wie ein orientalischer Händler.

»Beehren Sie meinen Laden mit Ihrem Besuch, meine Dame«, sagte er diensteifrig. »Bestes Bazar von Stadt!«

»Was haben Sie anzubieten?«

»Nun, Mamsell, heute hätten wir ausnehmend wuuunder-schö-ne Liebe im Angebot.«

»Packen Sie sie ein, Händler«, rief Rags Martin-Jones. »Das könnte sich lohnen!«

Bernice' Bubikopf

I

Wer am Samstagabend nach Einbruch der Dunkelheit am ersten Abschlag des Golfplatzes stand, konnte die Fenster des Countryclubs als gelben Streifen über einem sehr schwarzen, welligen Ozean leuchten sehen. Die Wellen dieses Ozeans bestanden sozusagen aus den Köpfen etlicher neugieriger Caddies, einiger besonders vorwitziger Chauffeure sowie der tauben Schwester des Golftrainers. Dazu kamen meist ein paar verirrte, zaudernde Wellen, die hätten hineinschwappen können, wenn ihnen danach gewesen wäre; das war der Balkon.

Der erste Rang war drinnen. Er bestand aus einem Kreis von Korbstühlen, die ringsherum die Wände des kombinierten Club- und Ballsaals säumten. Auf den Samstagabendbällen pflegte er überwiegend weiblich besetzt zu sein: ein großes Babel reiferer Damen mit scharfem Auge und eisigem Herzen hinter Lorgnon und stattlichem Busen. Der erste Rang hatte vorwiegend kritische Funktion. Bisweilen bekundete er widerstrebend Bewunderung, niemals aber Beifall, denn unter Damen jenseits der fünfunddreißig gilt es als ausgemacht, dass das junge Volk, das sich im Sommer zum Tanzen versammelt, dies nur mit den schlechtesten

Absichten der Welt tut, und wenn man es nicht mit steinernen Blicken bombardiert, wird so manches verirrte Paar in einer Ecke des Ballsaals seltsame, barbarische Intermezzi tanzen, und die attraktiveren, gefährlicheren Mädchen werden sich womöglich in den draußen geparkten Limousinen ahnungsloser ehrbarer Damen küssen lassen.

Und doch ist dieser Kreis von Kritikerinnen der Bühne nicht nah genug, um die Gesichter der Darsteller zu erkennen und die feiner gesponnene Nebenhandlung zu verfolgen. Er kann nur die Nase rümpfen und raunen, Fragen stellen und aus seinen Axiomen befriedigende Schlüsse ziehen, wie etwa jenen, dass jeder junge Mann mit hohem Einkommen das Leben eines gejagten Rebhuhns führt. Für die Dramatik der wechselvollen und oft grausamen Welt der Heranwachsenden hat er letzten Endes kein Verständnis. Nein; Logen, Orchestergraben, Hauptdarsteller und Chor werden von jenem Potpourri aus Gesichtern und Stimmen gebildet, die sich im wehmutsvollen afrikanischen Rhythmus von Dyers Tanzkapelle wiegen.

Von dem sechzehnjährigen Otis Ormonde, der noch zwei Jahre an der Hill School vor sich hat, bis zu G. Reece Stoddard, über dessen heimischem Schreibtisch ein Diplom der Harvard Law School hängt; von der kleinen Madeleine Hogue, der das hochgesteckte Haar oben auf ihrem Kopf immer noch komisch und nicht geheuer vorkommt, bis zu Bessie MacRae, die schon ein wenig zu lange – seit über zehn Jahren –, der Herzschlag jeder Party ist, beherrscht dieses Potpourri nicht nur das Geschehen auf der Bühne, sondern schließt auch diejenigen ein, die allein eines unverstellten Blicks darauf fähig sind.

Mit Tusch und Paukenschlag endet die Musik. Die Paare tauschen ein gekünsteltes, leichtfertiges Lächeln, summen noch einmal spielerisch »la-di-da-da-dum-dum«, und schon übertönt das Geschnatter junger Frauenstimmen den Applaus.

Ein paar enttäuschte Herren, die noch mitten auf der Tanzfläche standen, wo sie eben ein Mädchen hatten abklatschen wollen, zogen lustlos von dannen, denn hier ging es nicht zu wie auf den wilden Weihnachtsbällen – diese sommerlichen Tanzereien, auf denen selbst die jüngeren Ehepaare sich zum nachsichtigen Amüsement ihrer jüngeren Geschwister erhoben und altmodische Walzer oder furchtbare Foxtrotts tanzten, galten bloß als angenehm lau und vergnüglich.

Warren McIntyre, der zwanglos in Yale studierte, war einer der glücklosen Herren, und so tastete er in seiner Jackentasche nach einer Zigarette und schlenderte hinaus auf die große, schummrige Veranda, wo überall Pärchen an den Tischen saßen und die laternenbehängte Nacht mit vagen Wörtern und diesigem Gelächter füllten. Hier und da nickte er einem weniger versunkenen Pärchen zu, und alle naselang erstand ein halbvergessenes Fragment irgendeiner Geschichte in seinem Kopf, denn die Stadt war nicht groß, und jeder gehörte ins *Who's who* der Vergangenheit aller anderen. Dort zum Beispiel saßen Jim Strain und Ethel Demorest, die seit drei Jahren heimlich verlobt waren. Alle wussten, dass sie ihn heiraten würde, sobald es ihm gelänge, mehr als zwei Monate dieselbe Arbeitsstelle zu behalten. Aber wie gelangweilt sie beide aussahen und wie müde Ethel Jim manchmal anschaute, als fragte sie sich, warum sie die Ranken ihrer Zuneigung an einer so windzerzausten Pappel hochgezogen hatte.

Warren war neunzehn und bedauerte all seine Freunde, die nicht im Osten aufs College gingen. Doch wie die meisten jungen Männer gab er gewaltig mit den Mädchen seiner Heimatstadt an, solange er selber nicht dort war. Da war zum Beispiel Genevieve Ormonde, die regelmäßig bei den Bällen, Privatpartys und Footballspielen in Princeton, Yale, Williams und Cornell auftauchte; oder die schwarzäugige Roberta Dillon, in ihrer Generation ähnlich berühmt wie Hiram Johnson oder Ty Cobb; und natürlich war da Marjorie Harvey, die nicht nur ein feengleiches Gesicht und ein sagenhaftes, verblüffendes Mundwerk hatte, sondern auch, ganz zu Recht, bewundert wurde, weil sie beim letzten Pumps- und Slipperball in New Haven fünf Räder hintereinander geschlagen hatte.

Warren, der als Junge Marjorie gegenüber gewohnt hatte, war lange Zeit »verrückt nach ihr« gewesen. Manchmal schien sie seine Gefühle mit einer gewissen Dankbarkeit zu erwidern, doch sie hatte ihn ihrem unfehlbaren Test unterzogen und ihm dann feierlich mitgeteilt, sie liebe ihn nicht. Der Test war, dass sie ihn vergaß und sich anderen Jungen zuwandte, sobald sie nicht in seiner Nähe war. Warren fand das entmutigend, zumal Marjorie den ganzen Sommer lang kleine Reisen unternommen hatte und er an den ersten zwei oder drei Tagen nach jeder Rückkehr auf dem Tisch in der Harvey'schen Eingangshalle stapelweise in diversen männlichen Handschriften an sie adressierte Briefe liegen sah. Zu allem Überfluss hatte sie den ganzen August über Besuch von ihrer Cousine Bernice aus Eau

Claire, und es schien unmöglich, sich allein mit ihr zu treffen. Immer musste er erst jemanden auftreiben, der bereit war, sich mit Bernice abzugeben. Je weiter der August voranschritt, umso schwieriger wurde das.

Sosehr Warren Marjorie auch verehrte, Cousine Bernice fehlte, wenn er ehrlich war, der Pep. Mit ihrem dunklen Haar und der frischen Gesichtsfarbe war sie zwar ganz hübsch, doch auf Partys war nichts mit ihr anzufangen. Jeden Samstagabend tanzte er Marjorie zuliebe einen langen, anstrengenden Tanz mit ihr, aber er hatte sich in ihrer Gesellschaft immer nur gelangweilt.

»Warren« – eine leise Stimme dicht hinter ihm unterbrach ihn in seinen Gedanken. Er drehte sich um und blickte in Marjories Gesicht, lebhaft und strahlend wie immer. Sie legte ihm eine Hand auf die Schulter, und er begann fast unmerklich zu leuchten.

»Warren«, flüsterte sie, »tu mir einen Gefallen – tanz mit Bernice. Sie kommt schon seit einer Stunde nicht von dem kleinen Otis Ormonde los.«

Warrens Leuchten erlosch.

»Ja – natürlich«, sagte er halbherzig.

»Es macht dir doch nichts aus, oder? Ich passe auch auf, dass du nicht bei ihr hängenbleibst.«

»Schon in Ordnung.«

Marjorie lächelte – jenes Lächeln, das Dank genug war.

»Du bist ein Engel, tausend Dank.«

Seufzend schaute der Engel sich auf der Veranda um, doch Bernice und Otis waren nicht in Sicht. Er schlenderte wieder hinein, und dort, vor der Damengarderobe, entdeckte er Otis inmitten einer Gruppe junger Männer, die sich vor Lachen bogen. Otis schwang ein Holzscheit, das er in der Hand hatte, und hielt flammende Reden.

»Sie ist da drinnen und richtet sich das Haar«, verkündete er aufgeregt. »Ich warte hier, um noch eine Stunde mit ihr zu tanzen.«

Erneutes Gelächter.

»Warum tanzt ihr nicht auch mal mit ihr?«, rief Otis empört. »Über etwas mehr Abwechslung würde sie sich freuen.«

»Wieso denn, Otis«, sagte einer seiner Freunde, »du bist doch gerade erst mit ihr warm geworden.«

»Wozu das Holzscheit, Otis?«, fragte Warren lächelnd.

»Das Holzscheit? Ach, das hier? Das ist ein Knüppel. Wenn sie rauskommt, zieh ich ihr eins über und prügel sie wieder rein.«

Warren ließ sich auf ein Kanapee fallen und johlte vor Vergnügen.

»Keine Sorge, Otis«, brachte er schließlich heraus. »Ich erlöse dich dieses Mal.«

Otis simulierte einen plötzlichen Ohnmachtsanfall und reichte Warren das Holzscheit.

»Falls du's brauchst, Alter«, sagte er heiser.

Wie schön oder blitzgescheit ein Mädchen auch sein mag, der Ruf, nicht oft abgeklatscht zu werden, bringt sie auf jedem Ball in eine schlechte Position. Vielleicht ist den jungen Männern ihre Gesellschaft sogar lieber als die der Schmetterlinge, mit denen sie im Laufe eines Abends ein halbes Dutzend Mal tanzen, doch die Jugend dieser vom Jazz genährten Generation hat ein rastloses Temperament, und der Gedanke, mehr als einen vollständigen Foxtrott mit demselben Mädchen aufs Parkett zu legen, ist ihnen unangenehm, um nicht zu sagen zuwider. Kommt es zu mehreren Tänzen, einschließlich der Pausen, kann das Mädchen ziemlich sicher sein, dass ihr der junge Mann, einmal erlöst, nie wieder auf den störrischen Zehen herumtrampeln wird.

Warren tanzte den ganzen nächsten Tanz mit Bernice und begleitete sie schließlich, dankbar für die Pause, an einen Tisch auf der Veranda. Ein kurzes Schweigen trat ein, während sie wenig überzeugend mit ihrem Fächer wedelte.

»Es ist heißer hier als in Eau Claire«, sagte sie.

Warren unterdrückte einen Seufzer und nickte. Selbst wenn das stimmte, was kümmerte es ihn. Er fragte sich gelangweilt, ob sie schlecht Konversation machte, weil sie wenig Aufmerksamkeit bekam, oder ob sie wenig Aufmerksamkeit bekam, weil sie schlecht Konversation machte.

»Bleiben Sie noch lange hier?«, fragte er und wurde ziemlich rot. Womöglich ahnte sie, warum er das wissen wollte.

»Eine Woche noch«, antwortete sie und starrte ihn an, als wollte sie sich auf seine nächste Bemerkung stürzen, sobald sie seine Lippen verließ.

Warren wurde unruhig. Dann beschloss er aus einer plötzlichen barmherzigen Laune heraus, es mit einem Teil seiner Masche bei ihr zu probieren. Er wandte sich ihr zu und schaute ihr in die Augen.

»Sie haben wirklich einen Mund zum Küssen«, begann er leise.

Das sagte er manchmal auf Collegebällen zu den Mädchen, mit denen er sich in genau solchem Halbdunkel wie hier unterhielt. Bernice zuckte sichtlich zusammen. Sie wurde ganz ohne Charme rot und hantierte linkisch mit ihrem Fächer. So etwas hatte noch nie jemand zu ihr gesagt.

»Frechheit!« – das Wort rutschte ihr so heraus, und sie biss sich auf die Lippen. Zu spät versuchte sie, amüsiert zu tun und ihm ein verwirrtes Lächeln zu schenken.

Warren ärgerte sich. Er war es gewohnt, dass seine Bemerkung nicht ernst genommen wurde, doch meistens erntete er ein Lachen oder ein paar Sätze gefühlsseliger Plänkelei. Und er mochte es überhaupt nicht, wenn man ihn frech nannte, außer, es war scherzhaft gemeint. Seine barmherzige Laune verflog, und er wechselte das Thema.

»Jim Strain und Ethel Demorest hocken wieder mal zusammen«, sagte er.

Das lag schon mehr auf Bernice' Linie, doch in ihre Erleichterung mischte sich ein leises Bedauern, als die Unterhaltung eine neue Wendung nahm. Männer sprachen mit ihr gemeinhin nicht über Münder, die zum Küssen waren, aber dass sie mit anderen Mädchen so oder ähnlich sprachen, das wusste sie durchaus.

»O ja«, sagte sie und lachte. »Angeblich krebsen sie seit Jahren ohne einen roten Heller herum. Ist das nicht albern?«

Warrens Ärger wuchs. Jim Strain war ein enger Freund seines Bruders, und er hielt es ohnedies für schlechten Stil, sich über Leute lustig zu machen, weil sie wenig Geld hatten. Aber Bernice hatte gar nicht die Absicht gehabt, sich lustig zu machen. Sie war nur nervös.

II

Als Marjorie und Bernice gegen halb eins nach Hause kamen, wünschten sie sich oben an der Treppe gute Nacht. Sie waren zwar Cousinen, aber keine Freundinnen. Genau genommen hatte Marjorie keine einzige Freundin – sie fand Mädchen dumm. Bernice dagegen hatte sich während ihres ganzen von den Eltern arrangierten Besuchs durchaus danach gesehnt, jene mit Gekicher und Tränen gewürzten Vertraulichkeiten auszutauschen, die sie für einen unverzichtbaren Bestandteil allen weiblichen Miteinanders hielt. In dieser Hinsicht erschien ihr Marjorie jedoch eher kalt; irgendwie fiel es Bernice genauso schwer, mit ihr zu reden wie mit Männern. Marjorie kicherte nie, hatte nie Angst, war selten verlegen und besaß überhaupt wenige jener Eigenschaften, die Bernice bei einer Frau als geziemend und segensreich erachtete.

Während sie mit Zahnbürste und Zahnpasta hantierte, fragte sie sich zum hundertsten Mal, warum man ihr nie Beachtung schenkte, wenn sie von zu Hause fort war. Darauf, dass ihre Familie die reichste in Eau Claire war; dass ihre Mutter als großartige Gastgeberin galt, vor jedem Ball ein kleines Abendessen für ihre Tochter gab und ihr ein eigenes Auto gekauft hatte, hätte sie ihren gesellschaftlichen Erfolg daheim nie zurückgeführt. Wie die meisten Mädchen war sie mit der warmen Milch Annie Fellows Johnstons großgezogen worden und mit Romanen, in denen die weibliche Hauptperson geliebt wurde, weil sie gewisse geheimnisvolle frauliche Eigenschaften besaß, die stets erwähnt, aber nie zur Schau getragen wurden.

Bernice verspürte einen leisen Schmerz, weil sie gegenwärtig alles andere als umschwärmt war. Sie wusste nicht, dass sie ohne Marjories Fürsprache den ganzen Abend mit ein und demselben Mann getanzt hätte; wohl aber, dass sich selbst in Eau Claire Mädchen von geringerer Stellung und Schönheit eines stürmischeren Andrangs erfreuten als sie. Ihrer Meinung nach lag das an einer subtilen Gewissenlosigkeit, die diesen Mädchen eigen war. Es hatte ihr nie Sorgen bereitet, und wäre es anders gewesen, hätte ihre Mutter ihr versichert, solche Mädchen würdigten sich selbst herab und die Männer würden eigentlich Mädchen wie Bernice viel mehr Achtung entgegenbringen.

Sie löschte das Licht im Bad und beschloss aus einer Laune heraus, zu ihrer Tante Josephine hineinzugehen, bei der noch Licht brannte. Ihre weichen Pantoffeln trugen sie lautlos über den mit Teppich ausgelegten Flur, doch als sie hinter der halb geöffneten Tür Stimmen hörte, blieb sie stehen. Dann schnappte sie ihren eigenen Namen auf, und ohne es vorgehabt zu haben, lauschte sie an der Tür – und der Gesprächsfaden wirkte sich in ihr Bewusstsein, als zöge ihn jemand mit der Nadel hindurch.

»Sie ist ein vollkommen hoffnungsloser Fall!« Das war Marjories Stimme. »Ja, ja, ich weiß schon, was du sagen willst! Etliche Leute haben dir erzählt, wie hübsch sie sei und wie lieb und wie gut sie kochen könne! Na und? Sie amüsiert sich kein bisschen. Die Männer mögen sie nicht.«

»Was zählt schon ein bisschen billige Beliebtheit?«

Mrs. Harvey klang verärgert.

»Alles, wenn man achtzehn ist«, sagte Marjorie entschieden. »Ich habe mein Bestes gegeben. Ich war nett zu ihr, ich habe die Männer gebeten, mit ihr zu tanzen, aber sie haben einfach keine Lust, sich zu langweilen. Wenn ich bloß an diesen schönen Teint denke, der an so eine graue Maus verschwendet ist, und daran, was Martha Carey daraus machen könnte – ach!«

»Es gibt heutzutage keinen Anstand mehr.«

Mrs. Harveys Stimme ließ erkennen, dass ihr die heutigen Zustände nicht in den Kopf wollten. Als sie jung war, hatten sich alle jungen Damen, die aus guten Familien stammten, prächtig amüsiert.

»Also«, sagte Marjorie, »kein Mädchen kann einer lahmen Ente von einem Gast ständig auf die Sprünge helfen. Heutzutage muss jedes Mädchen allein zurechtkommen. Ich habe ja sogar versucht, ihr kleine Tipps zu geben, für ihre Kleidung und so, aber da ist sie wütend geworden und hat mich ganz komisch angeguckt. Sie ist feinfühlig genug, um zu merken, dass sie hier nicht gut abschneidet, aber ich wette, sie tröstet sich damit, dass sie ja ach so tugendhaft ist, während ich viel zu leichtlebig und oberflächlich bin und es böse mit mir enden wird. Alle unbeliebten Mädchen denken so. Saure Trauben! Sarah Hopkins nennt Genevieve und Roberta und mich die Gardenienmädchen! Ich wette, sie würde zehn Jahre ihres Lebens und ihre europäische Ausbildung dafür geben, ein Gardenienmädchen zu sein, in das drei oder vier Männer gleichzeitig verliebt sind und das alle paar Schritte von einem anderen aufgefordert wird!«

»Mir scheint«, unterbrach Mrs. Harvey sie ziemlich müde, »du müsstest imstande sein, etwas für Bernice zu tun. Ich weiß wohl, dass sie nicht sehr lebhaft ist.«

Marjorie stöhnte auf.

»Lebhaft! Du liebe Zeit! Ich habe sie noch nie etwas anderes zu einem Jungen sagen hören, als dass es ja so heiß sei oder die Tanzfläche so voll oder dass sie nächstes Jahr in New York aufs College gehen werde. Manchmal fragt sie sie auch, was für einen Wagen sie fahren, und erzählt ihnen, was sie für einen hat. Wie aufregend!«

Ein kurzes Schweigen trat ein, ehe Mrs. Harvey ihren Refrain wieder anstimmte:

»Ich weiß nur, dass nicht halb so liebenswerte und reizvolle Mädchen wie sie auch Erfolg haben. Martha Carey zum Beispiel ist stämmig und laut, und ihre Mutter ist entschieden gewöhnlich. Und Roberta Dillon sieht dieses Jahr so mager aus, als müsste sie mal zur Kur nach Arizona. Sie tanzt sich noch zu Tode.«

»Aber Mutter«, entgegnete Marjorie gereizt, »Martha ist fröhlich und wahnsinnig schlagfertig und sieht wahnsinnig schick aus, und Roberta ist eine phantastische Tänzerin. Sie wird schon seit Ewigkeiten von allen umschwärmt!«

Mrs. Harvey gähnte.

»Ich glaube, es ist dieses komische indianische Blut in Bernice' Adern«, fuhr Marjorie fort. »Vielleicht kommen bei ihr die Gattungsmerkmale wieder durch. Indianerfrauen haben auch immer nur dagesessen und nichts gesagt.«

»Jetzt aber ab ins Bett mit dir, du dummes Kind«, lachte Mrs. Harvey. »Wenn ich geahnt hätte, dass du dir so etwas merkst, hätte ich's dir nicht erzählt. Und das meiste von dem, was du sagst, halte ich für baren Unsinn«, fügte sie schläfrig hinzu.

Wieder trat ein Schweigen ein, während Marjorie sich fragte, ob es einen Versuch wert war, ihre Mutter von ihrer Ansicht zu überzeugen. Leute über vierzig lassen sich selten dauerhaft von etwas überzeugen. Mit achtzehn sind unsere Überzeugungen Anhöhen, von denen wir herabblicken; mit fünfundvierzig sind es Höhlen, in denen wir uns verstecken.

Nachdem sie zu diesem Schluss gelangt war, sagte Marjorie ihrer Mutter gute Nacht. Als sie auf den Flur hinaustrat, war er ganz leer.

III

Während Marjorie am nächsten Morgen spät beim Frühstück saß, kam Bernice herein, sagte förmlich guten Morgen, setzte sich ihr gegenüber, schaute sie aufmerksam an und befeuchtete sich ein wenig die Lippen.

»Was hast du denn?«, fragte Marjorie verwirrt.

Bernice zögerte, bevor sie ihre Handgranate warf.

»Ich habe gehört, was du gestern Abend zu deiner Mutter über mich gesagt hast.«

Marjorie erschrak, doch ihre Wangen röteten sich nur leicht, und als sie antwortete, war ihre Stimme ganz ruhig.

»Wo warst du denn?«, fragte sie.

»Im Flur. Ich wollte nicht lauschen – zuerst.«

Nachdem sie ihr unwillkürlich einen verächtlichen Blick zugeworfen hatte, schlug Marjorie die Augen nieder und schien auf einmal sehr damit beschäftigt, einen einzelnen Cornflake auf dem Finger zu balancieren.

»Ich fahre wohl besser wieder nach Eau Claire zurück – wenn ich so lästig bin.« Bernice' Unterlippe zitterte heftig, und sie fuhr mit bebender Stimme fort: »Ich habe mir Mühe gegeben, nett zu sein, aber – aber erst hat man mich nicht beachtet und dann auch noch beleidigt. Keiner, der bei mir zu Gast war, ist je so behandelt worden.«

Marjorie schwieg.

»Aber ich sehe ja, dass ich hier im Weg bin. Ich störe dich. Deine Freunde mögen mich nicht.« Sie schwieg einen Moment; dann fiel ihr eine weitere Kränkung ein. »Natürlich war ich wütend, als du letzte Woche angedeutet hast, mein Kleid sei unvorteilhaft. Meinst du denn, ich wüsste nicht, wie man sich anzieht?«

»Nein«, murmelte Marjorie kaum hörbar.

»Was?«

»Ich habe nichts angedeutet«, sagte Marjorie knapp. »Wenn ich mich recht entsinne, habe ich gesagt, es sei besser, ein vorteilhaftes Kleid dreimal hintereinander anzuziehen, als es abwechselnd mit zwei schrecklichen zu tragen.«

»Findest du, das war besonders nett?«

»Es sollte ja gar nicht nett sein.« Nach einer kleinen Pause fragte sie: »Wann reist du ab?«

Bernice zog scharf die Luft ein.

»Oh!«, entfuhr es ihr.

Marjorie blickte überrascht auf.

»Hast du nicht gesagt, du wolltest abreisen?«

»Ja, aber –«

»Ach so, du hast nur geblufft!«

Einen Moment lang starrten sie einander über den Frühstückstisch hinweg an. Vor Bernice' Augen zogen kleine Schleierwolken vorbei, während Marjories Miene jenen harten Ausdruck annahm, den sie aufsetzte, wenn leicht berauschte junge Collegestudenten ihr den Hof machten.

»Du hast also geblufft«, wiederholte sie, als wäre das zu erwarten gewesen.

Bernice gestand es ein, indem sie in Tränen ausbrach. Marjorie blickte sie gelangweilt an.

»Du bist meine Cousine«, schluchzte Bernice. »Ich bin dein Ga-hast. Ich wollte einen Monat hierbleiben, und wenn ich jetzt nach Hause fahre, weiß meine Mutter sofort Bescheid und wird sich fra-hagen –«

Marjorie wartete ab, bis der Schwall gebrochener Wörter sich in kleine Schnieflaute auflöste.

»Ich gebe dir mein Taschengeld für diesen Monat«, sagte sie kalt, und: »Du kannst die letzte Woche verbringen, wo du willst. Es gibt da ein sehr schönes Hotel …«

Bernice' Schluchzer kletterten auf Flötentonhöhe, dann stand sie unvermittelt auf und flüchtete aus dem Zimmer.

Eine Stunde später, als Marjorie in der Bibliothek damit beschäftigt war, einen jener unverbindlichen, sagenhaft vagen Briefe aufzusetzen, wie nur ein junges Mädchen sie schreiben kann, tauchte Bernice ziemlich rotäugig und bemüht ruhig wieder auf. Sie würdigte Marjorie keines Blickes, sondern nahm ein beliebiges Buch aus dem Regal und setzte sich hin, um darin zu lesen. Marjorie schien in ihren Brief vertieft und schrieb weiter. Als die Uhr zwölf schlug, klappte Bernice mit einem Knall ihr Buch zu.

»Ich besorge mir jetzt wohl besser meine Fahrkarte.«

Das war nicht der Anfang der Rede, die sie oben auf ihrem Zimmer einstudiert hatte; doch da Marjorie all ihre Einsätze verpasste – sie nicht drängte, vernünftig zu sein; es sei alles ein Missverständnis –, war es die beste Eröffnung, die ihr einfiel.

»Warte kurz, bis ich den Brief fertig habe«, sagte Marjorie, ohne sich umzublicken. »Ich möchte, dass er mit der nächsten Post mitgeht.«

Nach einer weiteren Minute, in der ihr Füller eifrig über das Papier kritzelte, drehte sie sich um und lehnte sich mit einer ›Zu-Diensten‹-Miene entspannt zurück. Erneut musste Bernice das Wort ergreifen.

»Möchtest du, dass ich nach Hause fahre?«

»Na ja –«, sagte Marjorie und überlegte. »Wenn du dich nicht amüsierst, wäre es doch wohl besser. Was bringt es schon, unglücklich zu sein.«

»Findest du nicht, es wäre ein Gebot der Höflichkeit …«

»Ach, bitte zitiere nicht aus *Betty und ihre Schwestern*!«, rief Marjorie gereizt. »Das ist Schnee von gestern.«

»Meinst du?«

»Ja, natürlich! Welches Mädchen könnte heute noch so leben wie diese albernen Weibsbilder?«

»Für unsere Mütter waren sie Vorbilder.«

Marjorie lachte. »Ja, das waren sie – nicht! Im Übrigen waren unsere Mütter ja auf ihre Art völlig in Ordnung, aber über die Probleme ihrer Töchter wissen sie sehr wenig.«

Bernice richtete sich auf. »Bitte rede nicht über meine Mutter.«

Marjorie lachte. »Ich glaube nicht, dass ich sie erwähnt habe.«

Bernice hatte das Gefühl, dass sie von ihrem Anliegen abgelenkt wurde. »Findest du, du hast mich gut behandelt?«

»Ich habe getan, was ich konnte. Du bist ein ziemlich harter Brocken.«

Bernice' Augenlider röteten sich.

»Ich finde, du bist hart und selbstsüchtig, und du hast keine einzige weibliche Tugend in dir.«

»O mein Gott!«, rief Marjorie voller Verzweiflung. »Du dummes Ding! Mädchen wie du sind schuld an all diesen langweiligen, farblosen Ehen; all diese scheußlichen Unzulänglichkeiten, die als weibliche Tugenden durchgehen! Was für ein Schlag für einen Mann mit Phantasie, wenn er das hübsche Kleiderbündel heiratet, um das er seine Ideale gerankt hat, und merkt, dass es bloß eine schwache, wehleidige, feige Anhäufung von Posen ist!«

Bernice' Mund stand mittlerweile halb offen.

»Die frauliche Frau!«, fuhr Marjorie fort. »Verbringt ihre ganze frühe Jugend mit wehleidiger Kritik an Mädchen wie mir, die sich wirklich gut amüsieren.«

Bernice' Unterkiefer klappte weiter herunter, während Marjories Stimme anstieg.

»Ein hässliches Mädchen kann ja von mir aus wehleidig sein. Wenn ich hässlich gewesen wäre, richtig hässlich, dann hätte ich meinen Eltern nie verziehen, dass sie mich auf die Welt gebracht haben. Aber du trittst dein Leben ohne jedes Handicap an – « Marjorie ballte ihre kleine Faust. »Wenn du von mir erwartest, dass ich in dein Gejammer einstimme, muss ich dich enttäuschen. Geh oder bleib, ganz wie du willst.« Darauf nahm sie ihre Briefe vom Tisch und verließ den Raum.

Bernice schützte Kopfschmerzen vor und erschien nicht zum Mittagessen. Sie hatten am Nachmittag eine Verabredung fürs Theater, doch da die Kopfschmerzen anhielten, entschuldigte Marjorie ihre Cousine bei einem nicht allzu niedergeschlagenen jungen Mann. Als sie jedoch am späten Nachmittag heimkam, fand sie Bernice mit seltsam gefasster Miene in ihrem Schlafzimmer vor, wo sie auf Marjorie gewartet hatte.

»Ich bin zu dem Schluss gekommen«, sagte Bernice ohne Umschweife, »dass du vielleicht recht hast – sicher bin ich mir nicht. Aber wenn du mir sagen könntest, warum deine Freunde sich nicht – sich nicht für mich interessieren, würde ich eventuell tun, was du für richtig hältst.«

Marjorie stand vor dem Spiegel und schüttelte ihr Haar aus.

»Meinst du das ernst?«

»Ja.«

»Ohne Einschränkungen? Bist du bereit, genau das zu tun, was ich dir sage?«

»Na ja, ich –«

»Nichts ›na ja‹! Bist du bereit, genau das zu tun, was ich sage?«

»Wenn es vernünftig ist.«

»Das ist es nicht! Vernunft ist das Letzte, was du brauchst.«

»Wirst du mich – wirst du mir empfehlen –«

»Ja, alles. Wenn ich sage, du sollst Boxen lernen, lernst du Boxen. Schreib deiner Mutter, dass du zwei Wochen länger bleibst.«

»Und wenn du sagst –«

»Also gut – ich gebe dir schon mal ein paar Beispiele. Erstens hast du kein unbefangenes Auftreten. Warum? Weil du dir deiner nicht sicher bist. Ein Mädchen, das sich perfekt frisiert und gekleidet fühlt, kann diesen Teil von sich vergessen. Das ist Charme. Je mehr von dir du vergessen kannst, umso größer dein Charme.«

»Sehe ich denn nicht gut aus?«

»Nein; zum Beispiel pflegst du deine Augenbrauen nicht. Sie mögen schwarz und glänzend sein, aber wenn sie in alle Richtungen abstehen, sind sie ein Makel. Sie wären sehr hübsch, wenn du dir für ihre Pflege ein Zehntel der Zeit nehmen würdest, die du mit Nichtstun verbringst. Du wirst sie bürsten, damit sie alle in eine Richtung wachsen.«

Bernice runzelte besagte Brauen.

»Heißt das etwa, dass Männer auf Augenbrauen achten?«

»Ja – unbewusst. Und wenn du wieder zu Hause bist, solltest du dir die Zähne ein wenig richten lassen. Es fällt kaum auf, aber –«

»Ich dachte«, unterbrach Bernice sie verwirrt, »du verachtest solche kleinen weiblichen Geziertheiten.«

»Ich verachte geziertes Denken«, antwortete Marjorie. »Aber äußerlich muss ein Mädchen geziert sein. Wer umwerfend aussieht, kann sich auch erlauben, über Russland, Pingpong oder den Völkerbund zu reden.«

»Was noch?«

»Oh, ich fange gerade erst an! Als Nächstes kommt die Art, wie du tanzt.«

»Tanze ich denn nicht gut?«

»Nein. Du stützt dich auf den Mann; doch, doch – ein ganz klein wenig. Es ist mir aufgefallen, als wir gestern zusammen beim Tanzen waren. Und du hältst dich vollkommen gerade, anstatt dich ein wenig vorzuneigen. Wahrscheinlich hat dir mal eine alte Dame vom Rand des Parketts aus zugeschaut und gesagt, du sähst so vornehm dabei aus. Aber wenn das Mädchen nicht zufällig sehr klein ist, hat der Mann es auf die Weise viel schwerer, und er ist schließlich derjenige, auf den es ankommt.«

»Weiter.« Bernice schwirrte der Kopf.

»Du musst lernen, auch zu den armen Teufeln nett zu sein. Du siehst immer aus, als hätte man dich beleidigt, sobald du an einen gerätst, der nicht zu den meistumschwärmten Jungen gehört. Aber, Bernice, ich werde alle paar Schritte abgeklatscht – und von wem wohl am häufigsten? Von besagten armen Teufeln natürlich. Kein Mädchen kann es sich leisten, sie zu übergehen. Sie bilden den größten Teil jeder Menge. Unreife, schüchterne Jungen, die den Mund nicht aufkriegen, sind das beste Konversationstraining. Ungeschickte Jungen sind die besten Tanzlehrer. Wenn du ihren Schritten folgen kannst und trotzdem graziös aussiehst, kannst du einem Panzer durch einen Wolkenkratzer aus Stacheldraht folgen.«

Bernice seufzte tief, doch Marjorie war noch nicht fertig.

»Wenn du auf einem Ball bist und vielleicht drei arme Teufel, die mit dir tanzen, richtig gut unterhältst; wenn du so amüsant mit ihnen plauderst, dass sie nicht merken, wie lange sie bei dir hängenbleiben, hast du schon einiges erreicht. Sie werden dich das nächste Mal wieder auffordern, und nach und nach werden so viele arme Teufel mit dir tanzen, dass die attraktiven Jungen keine Angst mehr haben müssen hängenzubleiben – und dann fordern sie dich auf.«

»Ja«, sagte Bernice matt. »Ich glaube, ich verstehe allmählich, was du meinst.«

»Und irgendwann«, sagte Marjorie abschließend, »werden sicheres Auftreten und Charme sich von selbst einstellen. Eines Morgens wirst du aufwachen und wissen, dass du beides hast, und auch die Männer werden es wissen.«

Bernice stand auf. »Das war furchtbar nett von dir – aber so hat noch nie jemand mit mir geredet; ich bin ein bisschen durcheinander.«

Marjorie gab keine Antwort, sondern betrachtete nachdenklich ihr eigenes Spiegelbild.

»Wie lieb, dass du mir hilfst, du bist ein Schatz«, fuhr Bernice fort.

Marjorie antwortete immer noch nicht, und Bernice fürchtete schon, sie habe zu dankbar gewirkt. »Ich weiß, du magst keine Gefühlsduselei«, sagte sie schüchtern.

Marjorie drehte sich rasch zu ihr um. »Ach, das ist es nicht. Ich habe gerade überlegt, ob wir dir nicht einen Bubikopf schneiden lassen sollten.«

Bernice fiel rückwärts aufs Bett.

IV

Am folgenden Mittwochabend fand im Countryclub ein Ball mit gesetztem Essen statt. Als die Gäste hereinschlenderten, suchte Bernice ihre Tischkarte und verspürte leisen Unmut. Zwar saß rechts von ihr G. Reece Stoddard, ein höchst begehrenswerter und vornehmer Junggeselle, doch den alles entscheidenden Platz zu ihrer Linken nahm nur

Charley Paulson ein. Charley mangelte es an Körpergröße, gutem Aussehen und gesellschaftlicher Raffinesse, und das Einzige, was ihn nach Bernice' neuem Wissensstand als ihren Partner qualifizierte, war die Tatsache, dass er noch nie bei ihr hängengeblieben war. Doch mit den letzten Suppentellern verschwand auch ihr Unmut, und Marjories präzise Lektionen fielen ihr wieder ein. Sie schluckte ihren Stolz hinunter, wandte sich Charley Paulson zu und sprang.

»Finden Sie, ich sollte mir einen Bubikopf schneiden lassen, Mr. Charley Paulson?«

Charley blickte überrascht auf. »Warum?«

»Weil ich es erwäge. Es ist eine so einfache und sichere Art, Aufmerksamkeit zu erregen.«

Charley lächelte liebenswürdig. Er konnte nicht ahnen, dass dies einstudiert war. Er antwortete, er wisse nicht viel über Bubiköpfe. Aber Bernice konnte es ihm erklären.

»Ich möchte ein Vamp sein, verstehen Sie«, verkündete sie frech und erklärte ihm dann, der Bubikopf sei der notwendige Auftakt dazu. Sie fügte hinzu, sie wolle seinen Rat einholen, weil sie gehört habe, dass er, was Mädchen betreffe, über ein so gutes Urteilsvermögen verfüge.

Charley, der von der Psychologie der Frauen so viel verstand wie vom Geisteszustand buddhistischer Mönche, fühlte sich vage geschmeichelt.

»Deshalb habe ich beschlossen«, fuhr sie fort und hob ein wenig die Stimme, »Anfang nächster Woche in den Herrensalon im Sevier Hotel zu gehen, dort auf dem ersten Stuhl Platz zu nehmen und mir einen Bubikopf schneiden zu lassen.«

Sie stockte, als sie bemerkte, dass die Leute um sie herum ihre Gespräche unterbrochen hatten und zuhörten; nach einer Sekunde der Verunsicherung jedoch verfing Marjories Nachhilfe wieder, und sie richtete den Rest ihrer Ausführungen an ein größeres Publikum.

»Natürlich verlange ich Eintritt, aber wenn Sie alle kommen und mir Beistand leisten wollen, verteile ich gerne Karten für die Logenplätze.«

Beifälliges Gelächter brandete auf, unter dessen Deckung G. Reece Stoddard sich rasch zu ihr herüberbeugte und ihr ins Ohr flüsterte: »Ich reserviere jetzt schon eine Loge.«

Sie begegnete seinem Blick und lächelte, als hätte er etwas unübertrefflich Geistreiches gesagt.

»Glauben Sie an den Bubikopf?«, fragte G. Reece mit dem gleichen Unterton.

»Ich finde ihn unmoralisch«, antwortete Bernice ernst. »Aber schließlich muss man die Leute entweder unterhalten, bewirten oder schockieren.« Das hatte Marjorie von Oscar Wilde geklaut. Es erntete wohlgefälliges Gelächter von den Männern und eine Reihe rascher, aufmerksamer Blicke von den Mädchen. Und als hätte sie nichts weiter Witziges oder Bedeutsames gesagt, wandte Bernice sich wieder Charley zu und sprach ihm vertraulich ins Ohr. »Ich würde Sie gern nach Ihrer Meinung zu einigen Leuten fragen. Ich stelle mir vor, dass Sie ein hervorragender Menschenkenner sind.«

Charley erbebte leicht – und machte ihr indirekt ein Kompliment, indem er ihr Wasserglas umstieß.

Als Warren McIntyre zwei Stunden später untätig in der

Riege der Herren stand, gedankenverloren den Tanzpaaren zuschaute und sich fragte, wohin und mit wem Marjorie verschwunden war, stahl sich nach und nach eine ganz andere Wahrnehmung in sein Bewusstsein – nämlich die, dass Bernice, Marjories Cousine, in den letzten fünf Minuten mehrere Male abgeklatscht worden war. Er schloss die Augen, öffnete sie und schaute erneut hin. Vor ein paar Minuten hatte sie mit einem Jungen von außerhalb getanzt, was leicht zu erklären war; ein Junge von außerhalb wusste es nicht besser. Doch jetzt tanzte sie mit einem anderen, und dort steuerte mit enthusiastischer Entschlossenheit im Blick schon Charley Paulson auf sie zu. Merkwürdig – Charley Paulson tanzte selten mit mehr als drei Mädchen pro Abend.

Warren war doch sehr erstaunt, als er – nach vollzogenem Wechsel – sah, dass der erlöste Mann kein anderer war als G. Reece Stoddard persönlich. Und G. Reece schien von seiner Erlösung keineswegs begeistert. Als Bernice das nächste Mal in seiner Nähe tanzte, betrachtete Warren sie aufmerksam. Ja, sie war hübsch, ausgesprochen hübsch sogar; und heute Abend wirkte ihr Gesicht richtig lebhaft. Sie hatte jenes Aussehen, das keine Frau, und sei sie eine noch so begabte Schauspielerin, erfolgreich vortäuschen kann – sie sah aus, als amüsiere sie sich. Ihm gefiel die Art, wie sie sich die Haare frisiert hatte, und er überlegte, ob es Brillantine war, die es so glänzen ließ. Und das Kleid stand ihr gut – ein dunkles Rot, das ihre schattigen Augen und rosigen Wangen hervorhob. Ihm fiel wieder ein, dass er sie am Anfang, als sie in die Stadt gekommen war, hübsch gefunden und erst später gemerkt hatte, wie langweilig sie war. Schade – langweilige Mädchen waren unerträglich –, aber hübsch war sie schon.

Seine Gedanken wanderten im Zickzack zu Marjorie zurück. Mit ihrem Verschwinden würde es sein wie so oft. Wenn sie wieder auftauchte, würde er sie fragen, wo sie gewesen sei – und sie würde ihm mit aller Deutlichkeit erwidern, das gehe ihn überhaupt nichts an. Wie dumm, dass sie sich seiner so sicher war! Sie sonnte sich in dem Wissen, dass kein anderes Mädchen in der ganzen Stadt ihn interessierte; sie forderte ihn dazu heraus, sich in Genevieve oder Roberta zu verlieben.

Warren seufzte. Der Weg zu Marjories Gefühlen war wirklich ein Labyrinth. Er blickte auf. Bernice tanzte erneut mit dem Jungen von außerhalb. Halb unbewusst tat er einen Schritt aus der Herrenriege heraus in ihre Richtung und zögerte. Dann sagte er sich, es sei ein Akt der Barmherzigkeit. Er ging auf sie zu – und stieß plötzlich mit G. Reece Stoddard zusammen.

»Verzeihung«, sagte Warren.

Doch G. Reece blieb nicht stehen, um sich zu entschuldigen. Er hatte schon wieder Bernice aufgefordert.

Nachts um ein Uhr drehte sich Marjorie, die Hand am Lichtschalter in der Diele, um und schaute noch ein letztes Mal in Bernice' blitzende Augen. »Es hat also funktioniert?«

»Oh, Marjorie, ja!«, rief Bernice.

»Ich habe gesehen, dass du dich gut amüsiert hast.«

»Das habe ich auch! Das einzige Problem war, dass mir gegen Mitternacht der Gesprächsstoff ausging. Ich musste mich wiederholen – natürlich vor anderen Männern. Ich hoffe, sie tauschen sich nicht aus.«

»Das tun Männer nicht«, sagte Marjorie und gähnte, »und selbst wenn sie es täten – sie würden dich nur für noch raffinierter halten.«

Sie knipste das Licht aus, und als sie die Treppe hinaufstiegen, griff Bernice dankbar nach dem Geländer. Zum ersten Mal in ihrem Leben war sie müde getanzt worden.

»Siehst du«, sagte Marjorie, als sie oben waren, »ein Mann sieht, wie ein anderer dich abklatscht, und denkt, da muss wohl irgendwas dran sein. Also, morgen lassen wir uns was Neues einfallen. Gute Nacht.«

»Gute Nacht.«

Als Bernice ihre Haare löste, ließ sie den Abend noch einmal Revue passieren. Sie hatte sich genau an die Anweisungen gehalten. Selbst als Charley Paulson sie zum achten Mal abklatschte, hatte sie getan, als sei sie hocherfreut, und sich so interessiert wie geschmeichelt gegeben. Sie hatte weder über das Wetter in Eau Claire noch über Autos noch über ihre Schule geredet, sondern die Unterhaltung auf mich, dich und uns beschränkt.

Doch ein paar Minuten bevor sie einschlief, wühlte ein rebellischer Gedanke schlaftrunken in ihrem Kopf – sie war diejenige, die all das vollbracht hatte. Gewiss, Marjorie hatte ihr erklärt, was sie sagen sollte, doch Marjorie hatte das meiste, was sie selber sagte, auch nur irgendwo gelesen. Bernice hatte das rote Kleid gekauft, obwohl es ihr nie besonders schön erschienen war, ehe Marjorie es aus ihrem Koffer ausgrub – ihre Stimme hatte die Sätze gesagt, ihre Lippen hatten gelächelt, ihre Füße getanzt. Marjorie nettes

Mädchen – aber eitel – netter Abend – nette Jungen – wie Warren – Warren – Warren – wie hieß er gleich – Warren –

Sie schlief ein.

V

Für Bernice war die nächste Woche eine Offenbarung. Mit dem Gefühl, dass es den Leuten wirklich Freude bereitete, sie anzuschauen und ihr zuzuhören, kam das Selbstvertrauen. Natürlich unterliefen ihr am Anfang zahlreiche Fehler. Sie wusste zum Beispiel nicht, dass Draycott Deyo für das Pfarramt studierte; ihr war nicht klar, dass er sie aufforderte, weil er sie für ein stilles, zurückhaltendes Mädchen hielt. Wäre es ihr bewusst gewesen, hätte sie ihn nicht mit dem Spruch »Hallo, Granatenwerfer!« beglückt und nahtlos die Badewannengeschichte angeschlossen: »Im Sommer kostet es mich schrecklich viel Kraft, mir die Haare zu frisieren – ich habe so viele davon –, deshalb frisiere ich sie mir immer zuerst, pudere mir das Gesicht und setze meinen Hut auf; dann steige ich in die Badewanne und kleide mich hinterher an. Meinen Sie nicht auch, das ist die beste Methode?«

Obgleich Draycott Deyo sich gerade mit schwierigen, die Immersionstaufe betreffenden Fragen herumquälte und hier eventuell einen Zusammenhang hätte entdecken können, müssen wir zugeben, dass dem nicht so war. Er betrachtete weibliches Baden als unsittlichen Gesprächsgegenstand und ließ Bernice an einigen seiner Gedanken zur Verkommenheit der modernen Gesellschaft teilhaben.

Doch zum Ausgleich dieses unseligen Zwischenfalls verzeichnete Bernice auf der Habenseite ein paar beachtliche Erfolge. Der kleine Otis Ormonde verzichtete auf eine Reise an die Ostküste und beschloss stattdessen, sich mit welpenhafter Ergebenheit an ihre Fersen zu heften, zum Amüsement seiner Freunde und zur Verärgerung G. Reece Stoddards, dessen nachmittägliche Aufwartungen durch die widerlich zärtlichen Blicke, die Otis auf Bernice richtete, mehrmals vollkommen verdorben wurden. Ja, zum Beweis, wie entsetzlich er und alle anderen sich in ihrem ersten Urteil über sie getäuscht hatten, erzählte er ihr sogar die Geschichte mit dem Holzscheit und der Damengarderobe. Bernice tat den Vorfall mit einem Lachen ab, obwohl es ihr einen kleinen Stich versetzte.

Von allem, was Bernice an Konversationskunst aufbot, war der bekannteste und mit dem größten Beifall aufgenommene Spruch der, dass sie sich einen Bubikopf schneiden lassen würde.

»Ach, Bernice, wann lassen Sie sich endlich einen Bubikopf schneiden?«

»Übermorgen vielleicht«, antwortete sie lachend. »Kommen Sie und schauen es sich an? Ich zähle nämlich auf Sie, müssen Sie wissen.«

»Ob wir kommen? Und ob! Aber beeilen Sie sich lieber.«

Bernice, deren Tonsurabsichten vollkommen unaufrichtig waren, lachte erneut.

»Es ist bald so weit. Sie werden staunen.«

Doch das bedeutsamste Zeichen ihres Erfolgs war womöglich der graue Wagen des über die Maßen kritischen Warren McIntyre, der täglich vor dem Harvey'schen Haus parkte. Zuerst war das Dienstmädchen richtig erschrocken, als er nach Bernice fragte und nicht nach Marjorie; nachdem das eine Woche so gegangen war, erzählte sie der Köchin, Miss Bernice hätte sich doch Miss Marjories besten Fisch geangelt.

Und das hatte Miss Bernice. Vielleicht fing es damit an, dass Warren Marjories Eifersucht wecken wollte; vielleicht war es Marjories vertrauter, wenn auch von ihm nicht erkannter Zungenschlag in Bernice' Konversationskunst; vielleicht war es beides und ein Quentchen ernsthaftes Interesse dazu. In jedem Fall hatte das kollektive Bewusstsein der jungen Leute innerhalb einer Woche bemerkt, dass Marjories treuester Verehrer eine erstaunliche Kehrtwendung vollzogen hatte und ohne jeden Zweifel Marjories Gast umwarb. Die brennende Frage war, wie Marjorie das aufnehmen würde. Warren rief Bernice zweimal am Tag an, er schickte ihr Nachrichten, und häufig sah man sie zusammen in seinem Roadster sitzen, augenscheinlich in eines jener intensiven, bedeutungsvollen Gespräche darüber vertieft, ob er es ernst meine oder nicht.

Marjorie lachte nur, wenn man sie damit aufzog. Sie sagte, sie freue sich riesig, dass Warren endlich jemanden gefunden habe, der ihn schätze. Daraufhin stimmten die jungen Leute in ihr Lachen ein, nahmen an, dass es Marjorie nicht weiter kümmere, und ließen es dabei bewenden.

Eines Nachmittags – drei Tage vor ihrer Abreise –, wartete Bernice in der Diele auf Warren, mit dem sie zu einer Bridgeparty eingeladen war. Sie fühlte sich großartig, und als Marjorie, die zu derselben Party wollte, neben ihr auftauchte und beiläufig vor dem Spiegel ihren Hut zurechtzurücken begann, war Bernice auf so etwas wie einen Streit nicht im Allergeringsten vorbereitet. Marjorie erledigte die Arbeit sehr kalt und rasch mit drei Sätzen.

»Du kannst dir Warren aus dem Kopf schlagen«, sagte sie knapp.

»Was?« Bernice war vollkommen verblüfft.

»Hör lieber auf, dich wegen Warren McIntyre lächerlich zu machen. Du bist ihm vollkommen schnuppe.«

Einen angespannten Augenblick lang schauten sie einander an – Marjorie trotzig und arrogant, Bernice verblüfft und halb ärgerlich, halb ängstlich. Dann fuhren zwei Wagen vor dem Haus vor, und wildes Hupen ertönte. Die beiden Mädchen keuchten leise, wandten sich um und eilten Seite an Seite hinaus.

Die ganze Bridgeparty hindurch bemühte Bernice sich vergebens, ihr wachsendes Unbehagen zu unterdrücken. Sie hatte Marjorie beleidigt, die Sphinx der Sphinxe. Mit den besten und arglosesten Absichten der Welt hatte sie Marjories Eigentum gestohlen. Auf einmal fühlte sie sich entsetzlich schuldig. Nach dem Bridge, als sie in lockerer Runde beisammensaßen und sich unterhielten, brach der Sturm allmählich los. Es war der kleine Otis Ormonde, der ihn unbeabsichtigt auslöste.

»Wann gehst du wieder in den Kindergarten, Otis?«, hatte ihn irgendjemand gefragt.

»Ich? Sobald Bernice sich einen Bubikopf schneiden lässt.«

»Dann ist deine Ausbildung bereits zu Ende«, sagte Marjorie schnell. »Sie hat nur geblufft. Das hättest du eigentlich merken müssen.«

»Tatsache?«, fragte Otis und bedachte Bernice mit einem vorwurfsvollen Blick.

Bernice bekam glühend rote Ohren, während sie nach einer wirkungsvollen Replik sann. Angesichts dieses Frontalangriffs war ihre Phantasie wie gelähmt.

»Es wird viel geblufft in der Welt«, fuhr Marjorie ganz freundlich fort. »Du bist eigentlich jung genug, um das zu wissen, Otis.«

»Na ja«, sagte Otis. »Mag sein. Aber wirklich – so ein Spruch wie der von Bernice –«

»Ach ja?«, gähnte Marjorie. »Was ist denn ihr neustes Bonmot?«

Niemand schien es zu wissen. Genau genommen hatte Bernice in letzter Zeit, während sie mit dem Verehrer ihrer Muse spielte, nichts Bemerkenswertes mehr von sich gegeben.

»War das wirklich nur ein Spruch?«, wollte Roberta wissen.

Bernice zögerte. Sie spürte, dass irgendetwas Geistreiches von ihr erwartet wurde, doch unter den plötzlich so kalten Augen ihrer Cousine fühlte sie sich dazu vollends außerstande. »Ich weiß nicht«, sagte sie, um Zeit zu gewinnen.

»Na los!«, sagte Marjorie. »Gib's zu!«

Bernice sah, dass Warrens Blick sich von der Ukulele, an der er herumgezupft hatte, löste und sich fragend auf sie heftete.

»Ach, ich weiß es nicht!«, wiederholte sie. Ihre Wangen glühten.

»Na los!«, rief Marjorie noch einmal.

»Geben Sie sich einen Ruck, Bernice«, drängte Otis sie. »Zeigen Sie ihr, wo Schluss ist.«

Bernice schaute erneut in die Runde – unfähig, sich Warrens Blick zu entziehen.

»Mir gefällt kurzes Haar«, sagte sie rasch, als hätte er ihr eine Frage gestellt, »und ich werde mir einen Bubikopf schneiden lassen.«

»Wann?«, fragte Marjorie.

»Egal.«

»Am besten sofort«, schlug Roberta vor.

Otis sprang auf. »Tolle Idee!«, rief er. »Wir veranstalten eine Bubikopf-Sommerparty! Im Herrensalon des Sevier Hotels, richtig?«

Augenblicklich waren alle auf den Beinen. Bernice' Herz hämmerte wie wild. »Was?«, keuchte sie.

Mitten aus der Gruppe ertönte, sehr klar und verächtlich, Marjories Stimme. »Keine Sorge – sie macht noch einen Rückzieher.«

»Kommen Sie schon, Bernice!«, rief Otis und lief zur Tür.

Vier Augen – Warrens und Marjories – starrten sie an, provozierten sie, forderten sie heraus. Eine weitere Sekunde lang schwankte sie heftig. »Na gut«, sagte sie rasch. »Dann mach ich's eben.«

Als sie eine Ewigkeit von Minuten später neben Warren durch den Spätnachmittag gen Stadt fuhr, von den anderen in Robertas Wagen dicht gefolgt, fühlte Bernice sich ganz und gar wie Marie Antoinette im Schinderkarren auf dem Weg zur Guillotine. Benommen fragte sie sich, warum sie nicht laut hinausschrie, dass dies alles ein Irrtum sei. Es fehlte nicht viel, und sie hätte sich mit beiden Händen ins Haar gegriffen, um es vor einer schlagartig feindlich gewordenen Welt zu beschützen. Doch sie tat beides nicht. Selbst der Gedanke an ihre Mutter war keine Abschreckung mehr. Hier stand ihr Sportgeist auf dem Prüfstand; ihr Recht, unbehelligt in den Sternenhimmel der umschwärmten Mädchen aufzusteigen.

Warren verharrte in mürrischem Schweigen, und als sie beim Hotel ankamen, hielt er am Bordstein und gab Bernice mit einem Nicken zu verstehen, sie solle vor ihm aussteigen. Robertas Wagen entließ eine lachende Meute in das Geschäft, das der Straße zwei kühne Glasfenster präsentierte.

Bernice stand am Bordstein und blickte auf das Schild, Sevier Herrensalon. Es war in der Tat eine Guillotine, und der Henker war der erste Barbier, der, in eine weiße Jacke gekleidet und eine Zigarette rauchend, lässig am ersten Stuhl lehnte. Er hatte bestimmt schon von ihr gehört; hatte bestimmt die ganze Woche gewartet und neben jenem unheilvollen, zu oft erwähnten ersten Stuhl eine Zigarette nach der anderen geraucht. Würde man ihr die Augen verbinden? Nein, aber man würde ihr einen weißen Umhang um den Hals legen, damit kein Blut – Unsinn: Haar – auf ihre Kleider kam.

»Also gut, Bernice«, sagte Warren rasch.

Mit gerecktem Kinn schritt sie über den Gehweg, drückte die Schwingtür auf und hielt, ohne die aufgekratzte, lärmende Meute, die jetzt die Wartebank in Beschlag nahm, eines Blickes zu würdigen, auf den ersten Barbier zu.

»Ich möchte, dass Sie mir einen Bubikopf schneiden.«

Der Mund des Barbiers öffnete sich einen Spaltbreit. Seine Zigarette fiel zu Boden.

»Wie?«

»Meine Haare – schneiden Sie sie ab!«

Ohne sich auf weiteres Vorgeplänkel einzulassen, nahm Bernice hoch oben Platz. Ein Mann auf dem Stuhl neben ihr wandte den Kopf zur Seite und warf ihr einen Blick zu, halb Rasierschaum, halb Erstaunen. Einer der Barbiere erschrak und ruinierte den monatlichen Haarschnitt des kleinen Willy Schuneman. Mr. O'Reilly, der im letzten Stuhl saß, grunzte und fluchte sehr musikalisch in altem Gälisch, als das Rasiermesser ihn in die Wange biss. Zwei Stiefelputzer bekamen große Augen und stürzten auf ihre Füße zu. Nein. Bernice wollte ihre Schuhe nicht poliert haben.

Draußen blieb einer stehen und starrte herein; ein Paar gesellte sich zu ihm; ein halbes Dutzend kleiner Jungensnasen blitzten auf, platt gegen die Fensterscheibe gedrückt; und durch die Fliegengittertür wehte die Sommerbrise den einen oder anderen Gesprächsfetzen herein.

»Guck mal, 'n Junge mit so langen Haaren!«

»Blödsinn! Das ist 'ne bärtige Frau, die er grad fertigrasiert hat.«

Doch Bernice sah nichts und hörte nichts. Ihr einziger noch lebendiger Sinn sagte ihr, dass der Mann in der weißen Jacke ihr erst einen Schildpattkamm und dann einen zweiten aus dem Haar genommen hatte; dass seine Finger sich linkisch an den ungewohnten Haarnadeln zu schaffen machten; dass dieses Haar, ihr wunderschönes Haar, gleich verschwunden sein würde – nie wieder würde sie seine sinnliche Schwerkraft spüren, wenn es ihr in seiner dunkelbraunen Pracht den Rücken herabhing. Eine Sekunde lang war sie kurz davor, klein beizugeben, und dann schwamm ein Bild mechanisch in ihr Gesichtsfeld – Marjories Mund, der sich zu einem leisen, ironischen Lächeln verzog, als wollte sie sagen: »Gib auf und steig da runter! Du wolltest mich übers Ohr hauen, und ich habe dich gezwungen, Farbe zu bekennen. Du siehst, du hast keine Chance.«

Ein letzter Rest Energie regte sich in Bernice, sie ballte unter dem weißen Umhang die Fäuste, und ihre Augen verengten sich auf eine so eigentümliche Weise, dass Marjorie noch lange Zeit danach davon erzählte.

Zwanzig Minuten später schwang der Barbier sie herum, damit sie sich im Spiegel betrachten konnte, und sie zuckte zusammen, als sie das ganze Ausmaß des Schadens erfasste, der hier angerichtet worden war. Sie hatte kein lockiges Haar, und jetzt hing es in strähnigen, leblosen Blöcken zu beiden Seiten ihres erbleichten Gesichts herab. Es war hässlich wie die Sünde – sie hatte es vorher gewusst. Der besondere Charme ihres Gesichts war eine madonnenhafte Schlichtheit gewesen. Davon war nichts mehr übrig, und sie sah – nun ja, entsetzlich mittelmäßig aus, nicht exzentrisch, sondern bloß lächerlich, wie eine Intelligenzbestie aus Greenwich Village, die ihre Brille zu Hause vergessen hatte.

Als sie vom Stuhl hinunterstieg, versuchte sie zu lächeln – was kläglich scheiterte. Sie sah zwei der Mädchen Blicke wechseln, nahm wahr, dass Marjories Mund sich in verhaltenem Spott verzog – und dass Warrens Augen auf einmal sehr kalt waren.

»Sehen Sie« – ihre Worte fielen mitten in ein betretenes Schweigen hinein –, »ich hab's getan.«

»Ja – das haben Sie«, gab Warren zu.

»Gefällt es Ihnen?«

Zwei oder drei Stimmen brachten ein halbherziges »Klar« hervor, dann herrschte erneut betretenes Schweigen. Schließlich wandte Marjorie sich rasch und mit schlangenhafter Intensität Warren zu.

»Könntest du mich vielleicht bei der Reinigung vorbeifahren?«, fragte sie. »Ich muss vor dem Abendessen unbedingt noch ein Kleid dort hinbringen. Roberta fährt direkt nach Hause, sie kann die anderen mitnehmen.«

Warren blickte geistesabwesend auf irgendeinen unbestimmten Punkt draußen vor dem Fenster. Dann ruhte sein Blick einen Moment lang kalt auf Bernice, ehe er zu Marjorie wanderte.

»Aber gern«, sagte er langsam.

VI

Was für eine abscheuliche Falle man ihr gestellt hatte, wurde Bernice vollends klar, als sie kurz vor dem Abendessen dem fassungslosen Blick ihrer Tante begegnete.

»Aber Bernice!«

»Ich hab's mir abschneiden lassen, Tante Josephine.«

»Aber Kind!«

»Gefällt es dir?«

»Aber Ber-nice!«

»Jetzt habe ich dich wohl schockiert.«

»Nein, aber was wird Mrs. Deyo morgen Abend denken? Bernice, du hättest bis nach dem Tanzfest bei den Deyos warten sollen – du hättest noch warten sollen, wenn du so etwas machen wolltest.«

»Es war eine spontane Idee, Tante Josephine. Außerdem – warum sollte es gerade Mrs. Deyo etwas ausmachen?«

»Ach, Kind«, rief Mrs. Harvey, »beim letzten Treffen des Donnerstagsclubs hat sie in ihrem Vortrag über ›Die Schwächen der jüngeren Generation‹ dem Bubikopf volle fünfzehn Minuten gewidmet. Es ist das Thema, über das sie sich am allerliebsten entrüstet. Und sie gibt dieses Tanzfest für dich und Marjorie!«

»Es tut mir leid.«

»Oh, Bernice, was wird bloß deine Mutter sagen? Sie wird glauben, ich hätte es dir erlaubt.«

»Es tut mir leid.«

Das Abendessen war eine Qual. Sie hatte hastig mit dem Lockenstab experimentiert und sich dabei den Finger und viel Haar verbrannt. Sie sah, dass ihre Tante besorgt und bekümmert war, und ihr Onkel sagte in gekränktem und leicht feindseligem Ton wieder und wieder: »Wie ist das bloß zu fassen.« Und Marjorie saß, hinter einem leichten, einem leicht spöttischen Lächeln verschanzt, ganz still da.

Irgendwie überstand Bernice den Abend. Drei Jungen kamen vorbei; Marjorie verschwand mit einem davon, und Bernice unternahm den lustlosen, vergeblichen Versuch, die beiden anderen zu unterhalten – und seufzte dankbar auf, als sie gegen halb elf hinaufging, um sich in ihr Zimmer zurückzuziehen. Was für ein Tag!

Während sie sich auszog, öffnete sich die Tür und Marjorie kam herein. »Bernice«, sagte sie. »Das mit dem Tanzfest bei den Deyos tut mir schrecklich leid. Ich hatte es völlig vergessen, Ehrenwort.«

»Schon gut«, gab Bernice knapp zurück. Sie stand vor dem Spiegel und zog mit langsamen Strichen den Kamm durch ihr kurzes Haar.

»Lass uns morgen zusammen in die Stadt gehen«, fuhr Marjorie fort. »Der Friseur wird sich was einfallen lassen, damit du toll aussiehst. Ich hätte nicht gedacht, dass du es machen würdest. Es tut mir wirklich furchtbar leid.«

»Ach, schon gut!«

»Wenigstens ist es dein letzter Abend, da macht es wohl nicht so viel aus.«

Dann zuckte Bernice zusammen, als Marjorie sich das eigene Haar über die Schulter warf und es langsam zu zwei langen, blonden Zöpfen zu flechten begann, bis sie in ihrem cremefarbenen Négligé dem zarten Bildnis einer sächsischen Prinzessin glich. Fasziniert sah Bernice die Zöpfe wachsen. Schwer und üppig bewegten sie sich unter den biegsamen Fingern wie unruhige Schlangen – und Bernice blieben nur diese Reste und der Lockenstab und die Aussicht auf einen Tag voller Blicke. Sie sah es schon vor sich, wie G. Reece Stoddard, der sie mochte, sein Harvard-Gebaren annahm und seiner Tischdame erklärte, man hätte Bernice nicht erlauben sollen, so viel ins Kino zu gehen; sie sah Draycott Deyo Blicke mit seiner Mutter wechseln und sich dann pflichtschuldig ihrer annehmen. Doch vielleicht würde die Neuigkeit ja bis morgen schon an Mrs. Deyos Ohr gedrungen sein; vielleicht würde sie eine eisige kleine Nachricht schicken, Bernice möge bitte davon absehen, bei ihr zu erscheinen – und alle würden hinter ihrem Rücken lachen und wissen, dass Marjorie sie zum Gespött gemacht hatte; dass ihre aufblühende Schönheit der eifersüchtigen Laune eines selbstverliebten Mädchens geopfert worden war. Sie setzte sich plötzlich vor den Spiegel und biss sich auf die Innenseite ihrer Wange.

»Mir gefällt es«, sagte sie nach einiger Überwindung. »Ich glaube, man wird sagen, dass es mir steht.«

Marjorie lächelte. »Es sieht nicht schlecht aus. Zerbrich dir um Himmels willen nicht den Kopf deswegen!«

»Nein, nein.«

»Gute Nacht, Bernice.«

Doch als die Tür zufiel, zerriss etwas in Bernice. Voller Elan sprang sie auf, ballte die Fäuste und ging rasch und geräuschlos zu ihrem Bett hinüber, um ihren Koffer darunter hervorzuzerren. Sie warf ihre Toilettenartikel und Kleidung zum Wechseln hinein. Dann drehte sie sich zum Schrank um und kippte zwei Schubladen voller Unterwäsche und Sommerkleider in den Koffer. Sie bewegte sich leise, aber mit tödlicher Effizienz, und innerhalb einer Dreiviertelstunde war ihr Koffer verschlossen und verschnürt, und sie selbst hatte ein kleidsames neues Reisekostüm an, das auszusuchen Marjorie ihr geholfen hatte.

Sie setzte sich an ihren Schreibtisch und verfasste einen knappen Brief an Mrs. Harvey, in dem sie kurz die Gründe ihrer Abreise skizzierte. Sie versiegelte ihn, adressierte ihn und legte ihn auf ihr Kissen. Dann schaute sie auf ihre Armbanduhr. Der Zug fuhr um eins, und sie wusste, dass sie beim Marlborough Hotel, das nur zwei Querstraßen entfernt war, ohne weiteres ein Taxi bekommen würde.

Plötzlich zog sie scharf die Luft ein, und in ihren Augen blitzte ein Ausdruck auf, den ein im Charakterstudium geübter Beobachter mit jener entschlossenen Miene in Verbindung hätte bringen können, die sie auf dem Friseurstuhl gezeigt hatte – quasi eine Weiterentwicklung derselben. Für Bernice war es ein ganz neuer Ausdruck – und er hatte Folgen.

Sie schlich zu ihrer Kommode, nahm einen dort liegenden Gegenstand in die Hand, löschte alle Lichter und blieb stehen, bis ihre Augen sich an die Dunkelheit gewöhnt hatten. Behutsam drückte sie die Tür zu Marjories Zimmer auf. Sie hörte den leisen, gleichmäßigen Atem eines Menschen, der mit ruhigem Gewissen schläft.

Einen Augenblick später stand sie sehr besonnen und beherrscht am Bettrand. Sie handelte rasch. Beugte sich vor, fand einen von Marjories geflochtenen Zöpfen und tastete sich mit der Hand daran entlang, bis sie so nah wie möglich am Kopf war, und während sie das Haar möglichst locker hielt, damit die Schlafende kein Ziehen verspürte, fuhr sie mit der Schere nach unten und trennte es ab. Den Zopf in der Hand, hielt sie den Atem an. Marjorie hatte im Schlaf gemurmelt. Bernice amputierte flink und geschickt den anderen Zopf, hielt einen Moment inne und huschte dann rasch und leise wieder in ihr Zimmer.

Unten öffnete sie die große Haustür, zog sie vorsichtig hinter sich ins Schloss und trat, den schweren Koffer wie eine Einkaufstasche schwenkend, mit einem sonderbar freudigen, überschwenglichen Gefühl von der Veranda hinunter ins Mondlicht. Nachdem sie eine Minute forsch vorangeschritten war, stellte sie fest, dass sie die beiden blonden Zöpfe noch in der Hand hielt. Sie lachte unvermittelt auf – musste die Lippen fest zusammenkneifen, um nicht in schallendes Gelächter auszubrechen. Jetzt kam sie an Warrens Haus vorbei, und einer spontanen Eingebung folgend, stellte sie ihren Koffer ab, schwang die Zöpfe wie Taue und schleuderte sie auf die Holzveranda, wo sie mit einem leichten, dumpfen Schlag landeten. Sie lachte erneut, diesmal, ohne sich zu bezähmen.

»Hihi!«, kicherte sie wildvergnügt. »Das selbstsüchtige Ding hätten wir skalpiert!«

Dann nahm sie ihren Koffer und setzte, halb im Laufschritt, ihren Weg auf der mondbeschienenen Straße fort.

Erster Mai

Ein Krieg war geführt und gewonnen worden, über der großen Stadt des Siegervolkes wölbten sich Triumphbögen, und ein bunter Regen aus weißen, roten und rosafarbenen Blumen belebte ihren Anblick. Einen langen Frühlingstag nach dem anderen marschierten die heimkehrenden Soldaten zum stampfenden Rhythmus der Trommeln und zu den fröhlich schallenden Weisen der Blaskapellen die Hauptstraße entlang, und die Kaufleute und Kanzleischreiber vergaßen das Gefeilsche und die Pfennigfuchserei und belagerten in dichten Scharen die Fenster, die aneinandergedrängten Bleichgesichter in feierlichem Ernst den Bataillonen zugewandt, die dort vorüberzogen.

Nie zuvor war die große Stadt in solchen Glanz getaucht gewesen, denn der gewonnene Krieg hatte Reichtum in seinem Gefolge, und von Süden und Westen waren die Kaufleute mit ihren Familien herbeigeeilt, um teilzuhaben an all den köstlichen Banketten und all die ausschweifenden Lustbarkeiten zu erleben – und um ihren Frauen Pelze für den nächsten Winter zu kaufen und goldgewirkte Handtäschchen und farbenprächtige Pantöffelchen aus Seide und Silber und rosa Satin und Goldbrokat.

So heiter und in höchsten Tönen besangen die Skribenten und Poeten des Siegervolks den Frieden und den nun verheißenen Wohlstand, dass immer mehr gutbetuchte Herrschaften aus den Provinzen herbeigeeilt kamen, um den Wein des Überschwangs zu trinken, und die Kaufleute ihre Kinkerlitzchen und Pantöffelchen immer schneller loswurden, bis sie endlich lauthals nach mehr Kinkerlitzchen und mehr Pantöffelchen riefen, auf dass sie die gewünschte Ware auch weiterhin verschachern könnten. Einige warfen gar hilflos die Arme in die Luft und schrien:

»O weh! Alle Pantöffelchen sind ausverkauft! und o weh! Alle Kinkerlitzchen – ausverkauft! Himmel hilf, was mach ich bloß?«

Doch niemand achtete auf ihren mächtigen Aufschrei, denn die Menge war viel zu beschäftigt – Tag für Tag schritten die Fußsoldaten beschwingt die Hauptstraße hinauf, und alles jubelte, denn die Jünglinge, die aus dem Feld heimkamen, waren rein und kühn, mit kräftigem Gebiss und frischen Wangen, und die jungen Mädchen des Landes waren jungfräulich und hübsch von Angesicht wie von Gestalt.

Und so begab sich in der großen Stadt in all der Zeit so manches Abenteuer, und einige davon – vielleicht auch nur ein einziges – wollen wir hier erzählen.

I

Am ersten Mai 1919 um neun Uhr in der Frühe erschien ein junger Mann im Hotel Biltmore und fragte an der Rezeption nach, ob Mr. Philip Dean dort abgestiegen sei; falls ja, ob man ihn dann wohl bitte mit der Suite von Mr. Dean verbinden könne. Bekleidet war der Frager mit einem gutsitzenden, aber abgetragenen Anzug. Er war klein und hager und sah nicht schlecht aus, wenn auch etwas finster; die Augen waren oben von ungewöhnlich langen Wimpern gesäumt und unten von bläulichen Ringen, die auf eine angeschlagene Gesundheit hindeuteten und deren Wirkung noch verstärkt wurde durch das unnatürliche Glühen seines Teints, dessenthalben sein Gesicht den Eindruck machte, als ob er ständig leichtes Fieber habe.

Mr. Dean war in der Tat dort abgestiegen. Man dirigierte den jungen Mann zu einem Telefon, das abseits stand.

Wenige Sekunden später war die Verbindung hergestellt; verschlafen fragte eine Stimme von irgendwo oben: »Hallo?«

»Mr. Dean?« Und dann mit großem Eifer: »Phil? Hier ist Gordon. Gordon Sterrett. Ich bin unten in der Halle. Ich hab gehört, du bist in New York, und irgendwie hab ich geahnt, dass du hier absteigst.«

Die verschlafene Stimme wurde allmählich munter. Ja, wie's denn seinem alten Spezi Gordy gehe! Nein, so eine Überraschung aber auch, das sei ja eine Riesenfreude! Gordy solle doch um Himmels willen augenblicklich raufkommen!

Ein paar Minuten später öffnete Philip Dean in einem Pyjama aus blauer Seide seine Tür, und die zwei jungen Männer begrüßten sich mit leicht verlegenem Überschwang. Beide waren etwa vierundzwanzig, und beide hatten in dem Jahr, bevor der Krieg ausbrach, in Yale ihr Examen abgelegt, hier aber hörten ihre Ähnlichkeiten auch schon auf. Dean war blond, rotbackig und strotzte unter seinem dünnen Schlafanzug vor Kraft. Ein durchtrainierter Bursche, der sich sichtlich wohl fühlte in seiner Haut. Wenn er lächelte, was er häufig tat, bleckte er seine großen, vorstehenden Zähne.

»Ich hab eh vorgehabt, bei dir vorbeizuschauen«, rief er ganz begeistert. »Ich hab mir ein paar Wochen freigenommen. Setz dich doch einen Moment, ich bin gleich wieder da. Will bloß noch schnell unter die Dusche.«

Damit verschwand er in der Badestube, indes sich sein Besucher mit unstet umherschweifendem Blick im Zimmer umsah, kurz die große englische Reisetasche in der Ecke musterte und dann all die reinseidenen Hemden betrachtete, die scharenweise zwischen eindrucksvoll gemusterten Krawatten und weichen Wollsocken über sämtliche Stühle verstreut waren.

Gordon erhob sich, nahm eines der Hemden zur Hand und sah es sich gründlich an. Es war aus schwerer Seide, gelb, mit blaßblauen Streifen – und es gab beinah ein Dutzend seiner Art. Unwillkürlich fiel sein Blick auf seine eigenen Hemdmanschetten – verschlissen waren sie, ausgefranst und schmutzig grau. Er legte das Seidenhemd wieder hin und zog seine abgewetzten Manschetten so weit hoch und die Ärmel seines Rocks so weit herunter, dass Letztere die Ersteren verbargen. Dann trat er vor den Spiegel und schaute sich zwar aufmerksam, doch lust- und freudlos darin an. Seine einst so prachtvolle Krawatte war mittlerweile speckig und verschossen und taugte nicht mal mehr dazu, die ausgerissenen Knopflöcher am Kragen seines Hemdes zu verstecken. Ausgesprochen missvergnügt erinnerte er sich daran, wie er vor drei Jahren am College kurz vor der Abschlussprüfung an der Wahl zum bestgekleideten Mann seines Semesters teilgenommen hatte und dabei durchaus die eine oder andere Stimme auf sich hatte vereinen können.

Dean, noch dabei, seinem Leib den letzten Schliff zu verpassen, kam aus dem Badezimmer zurück.

»Hab gestern Abend eine alten Freundin von dir getroffen«, bemerkte er. »Bin in der Halle mit ihr zusammengestoßen und kam doch ums Verrecken nicht auf ihren Namen. Diese Kleine, die du damals im letzten Semester nach New Haven mitgebracht hast.«

Gordon zuckte zusammen.

»Edith Bradin? Meinst du die?«

»Genau die. Sieht verdammt gut aus. Immer noch so 'n hübsches Püppchen – weißt schon, so eine, wo man sich nicht traut, sie anzufassen, vor lauter Angst, man könnt sie schmutzig machen.«

Selbstzufrieden begutachtete er seine glänzende Erscheinung im Spiegel und lächelte sich rasch zu, wobei er einen Teil seines Gebisses entblößte.

»Na, die muss jedenfalls inzwischen auch so zirka dreiundzwanzig sein«, fuhr er fort.

»Zweiundzwanzig, letzten Monat«, sagte Gordon zerstreut.

»Wie bitte? Ach so, letzten Monat. Na fein, ich vermute mal, die ist wegen des Balls der Gamma-Psi-Verbindung hier. Wusstest du schon, dass wir heute Abend im Delmonico einen Gamma-Psi-Ball der Yale-Absolventen haben? Da musst du unbedingt hinkommen, Gordy. Wetten, dass sich dort halb New Haven trifft? Ich kann dir 'ne Einladung besorgen.«

Dean schlüpfte, wenn auch widerstrebend, in seine frische Unterwäsche, steckte sich eine Zigarette an, nahm am offenen Fenster Platz und machte sich daran, im vollen Schein der Morgensonne, die ins Zimmer fiel, seine Knie und Waden einer eingehenden Inspektion zu unterziehen.

»Setz dich doch, Gordy«, schlug er vor, »und erzähl mir, was du unterdessen so getrieben hast und was du heute treibst und so weiter und so fort.«

Da kippte Gordon völlig unerwartet um und fiel aufs Bett, wo er ermattet und wie leblos liegen blieb. Sein Mund, der ohnehin schon immer etwas offen stand, wenn sein Gesicht entspannt war, sah plötzlich hilflos aus, mitleiderregend.

»Was ist denn los mit dir?«, fragte Dean rasch.

»O Gott!«

»Was ist denn los?«

»Was los ist?«, sagte Gordon kläglich. »Der Teufel ist los, verdammter Mist. Ich bin komplett am Ende, Phil. Ich bin erledigt.«

»Häh?«

»Ich bin erledigt.« Seine Stimme bebte.

Dean sah ihn sich genauer an, taxierte ihn mit seinen blauen Augen.

»Du siehst tatsächlich ganz schön fertig aus.«

»Bin ich auch. Ich hab alles versaut, einfach alles.« Er überlegte einen Moment. »Ich fang am besten ganz am Anfang an – oder langweilt dich das?«

»Nein, nein, überhaupt nicht, schieß los«, erwiderte Dean, doch seine Stimme klang ein ganz klein wenig zögernd. Dieser Ausflug an die Ostküste war als Urlaub geplant gewesen, und so richtig passte es ihm nicht in den Kram, den völlig aufgelösten Gordon Sterrett hier anzutreffen.

»Na, schieß schon los«, wiederholte er und fügte noch ziemlich leise hinzu: »Bring's hinter dich.«

»Also gut«, fing Gordon zaghaft an, »im Februar bin ich aus Frankreich zurückgekommen, war erst mal vier Wochen daheim in Harrisburg und bin dann runter nach New York, um mir eine Stelle zu suchen. Hab auch eine gefunden – bei einem Exportunternehmen. Und gestern haben sie mich entlassen.«

»Entlassen?«

»Dazu komm ich gleich noch, Phil. Ich will ganz offen zu dir sein. Du bist so ziemlich der Einzige, an den ich mich in dieser Sache wenden kann. Du hast doch nichts dagegen, wenn ich ganz offen mit dir rede, nicht wahr, Phil?«

Dean ging noch etwas mehr auf Distanz. Er tätschelte weiter seine Knie, inzwischen aber nur mehr rein mechanisch. Ihn beschlich das vage Gefühl, dass ihm da eine Verantwortung aufgebürdet werden sollte für irgendwas, womit er nicht das Geringste zu tun hatte; auf einmal war er sich nicht mehr so sicher, ob er die Geschichte wirklich hören wollte. Er hätte sich überhaupt nicht gewundert, wenn Gordon Sterrett einfach ein bisschen in der Klemme gesteckt hätte, aber so ein Bild des Jammers, nein, das fand er abstoßend, das machte ihn innerlich ganz hart, obwohl es andererseits auch seine Neugier weckte.

»Erzähl weiter.«

»Es geht um ein Mädchen.«

»Hm.« Dean beschloss, sich seine Reise auf keinen

Fall vermiesen zu lassen. Sollte Gordon ihm aufs Gemüt schlagen, nun, dann würde er sich eben von ihm fernhalten müssen.

»Jewel Hudson heißt sie«, kam es in bedrücktem Ton vom Bett herüber. »Und sie war, glaube ich, immer noch ›rein‹, bis vor etwa einem Jahr. Wohnt hier in New York – armer Leute Kind. Die Eltern sind inzwischen tot, sie lebt bei einer alten Tante. Weißt du, als ich sie kennengelernt hab, das war die Zeit, als alle in hellen Scharen aus Frankreich zurückkamen – und ich hab weiter nichts gemacht, als die Neuankömmlinge in Empfang zu nehmen und mit ihnen auf Partys zu gehen. Damit hat alles angefangen, Phil, ich hab mich doch einfach bloß so gefreut, die andern alle wiederzusehen, und die haben sich genauso gefreut, mich wiederzusehen.«

»Hättest du mal lieber auf die Vernunft gehört.«

»Ich weiß.« Gordon überlegte kurz und fuhr dann trübsinnig fort. »Jetzt bin ich ganz auf mich gestellt, verstehst du, und, Phil, ich kann es einfach nicht ertragen, arm zu sein. Und dann kam dieses vermaledeite Mädel. Eine Zeitlang war sie in mich verliebt oder so, und irgendwie ist sie mir ständig über den Weg gelaufen, obwohl ich überhaupt nicht vorhatte, mich mit ihr einzulassen. Und diese Exportfirma – du kannst dir ja denken, was ich da so zu tun hatte – und dabei hatte ich doch immer zeichnen wollen; Illustrationen für Magazine; da ist 'n Haufen Geld drin.«

»Und warum hast du's nicht getan? Man muss sich halt dahinterklemmen, wenn man was erreichen will«, erklärte Dean mit kühler Sachlichkeit.

»Ich hab's ja versucht, ein bisschen jedenfalls, aber meine

Sachen sind noch nicht richtig ausgereift. Ich hab durchaus Talent, Phil; ich kann wirklich zeichnen – ich weiß bloß noch nicht so recht, wie ich es angehn muss. Eigentlich müsste ich auf eine Kunstakademie, aber das kann ich mir nicht leisten. Also, vor einer Woche kam dann der Zusammenbruch. Ich war sowieso schon blank bis auf den letzten Dollar, und da kommt auch noch dieses Mädel an und macht mir die Hölle heiß. Sie will Geld von mir; sie sagt, sie kann mir großen Ärger machen, wenn sie keins kriegt.

»Und? Kann sie das?«

»Ich fürchte, ja. Das ist einer der Gründe, weshalb ich meine Anstellung verloren hab – die hat andauernd in der Firma angerufen, bis es den Leuten dort gereicht hat. Außerdem hat sie einen Brief geschrieben, alles schon fix und fertig, den will sie meinen Eltern schicken. O Gott, die hat mich echt am Kragen. Irgendwie muss ich Geld für sie auftreiben.«

Darauf trat eine unbehagliche Pause ein. Gordon lag ganz reglos da, die Hände zu Fäusten geballt.

»Ich bin total am Ende«, fuhr er mit bebender Stimme fort. »Phil, ich bin halb verrückt. Hätte ich nicht erfahren, dass du hier rüberkommst, ich glaub, ich hätt mich umgebracht. Kannst du mir dreihundert Dollar leihen?«

Deans Hände, die die ganze Zeit die nackten Fußknöchel getätschelt hatten, hielten plötzlich inne, die eigentümliche Unsicherheit, die zwischen den beiden Männern geherrscht hatte, schlug jäh um und wich einer gezwungenen, angespannten Atmosphäre.

Einen Augenblick später fuhr Gordon fort: »Meine

Familie hab ich schon dermaßen geschröpft, dass ich mich schämen würde, sie auch nur um einen einzigen weiteren Nickel anzubetteln.«

Dean schwieg beharrlich weiter.

»Jewel sagt, sie braucht zweihundert Dollar.«

»Dann sag du ihr, sie kann dich mal.«

»Ja, wenn das so einfach wäre. Sie hat Briefe von mir, die ich in betrunkenem Zustand an sie geschrieben habe. Und leider ist sie kein so schwankes Rohr im Wind, wie du vielleicht vermutest.«

Dean verzog angewidert das Gesicht.

»Genau die Sorte Frauen, die ich nicht ausstehn kann. Hättest du sie dir doch bloß vom Leibe gehalten.«

»Ich weiß ja«, räumte Gordon kleinlaut ein.

»Man muss den Dingen doch ins Auge sehn. Wer kein Geld hat, muss halt arbeiten und die Finger von den Frauen lassen.«

»Du hast leicht reden«, fiel Gordon ihm ins Wort. Er kniff die Augen zusammen. »Du hast ja Geld wie Heu.«

»Das denkst du vielleicht. Aber meine Familie hält mich verdammt kurz und passt ganz genau auf, was ich ausgebe. Ich habe zwar ein kleines bisschen Spielraum, aber gerade darum muss ich ganz besonders Obacht geben, dass ich nichts verschleudere.«

Er zog die Jalousie hoch, damit noch mehr Sonnenschein das Zimmer überfluten konnte.

»Ich bin weiß Gott kein Tugendbold«, fuhr er bedachtsam fort. »Ich find es herrlich, mich zu amüsieren – und das reichlich, besonders auf so einer Urlaubsreise hier, aber du – du bist in einer ganz entsetzlichen Verfassung. So hab ich dich ja noch nie reden hören. Du scheinst mir irgendwie bankrott zu sein – moralisch und auch finanziell.«

»Geht nicht normalerweise das eine mit dem anderen einher?«

Dean schüttelte unwirsch den Kopf.

»Dich umgibt ja eine richtige Aura, eine Aura, die ich nicht recht zu deuten weiß. Irgendwas Unheilvolles.«

»Ach, das ist weiter nichts als ein Konglomerat von Sorgen, Armut und schlaflosen Nächten«, sagte Gordon einigermaßen trotzig.

»Ich weiß nicht.«

»Schon gut, ich seh's ja ein, ich schlag dir aufs Gemüt. Ich schlag mir selber aufs Gemüt. Aber, meine Güte, Phil, eine Woche Erholung, ein neuer Anzug und das nötige Kleingeld in der Tasche, und ich bin – bin wieder ganz der Alte. Phil, ich kann zeichnen wie der Blitz, das weißt du doch. Aber meistens hatte ich einfach kein Geld, um mir anständiges Zeichenzeug zu kaufen – und wenn ich müde bin und mutlos und total erledigt, dann kann ich auch nicht zeichnen. Aber wenn ich das nötige Kleingeld hätte, dann könnt ich ein paar Wochen ausspannen und wieder auf die Beine kommen.«

»Und woher soll ich wissen, dass du's nicht gleich wieder für die nächste Frau ausgibst?«

»Musst du mir das immerzu unter die Nase reiben?«, sagte Gordon leise.

»Ich reib dir doch nichts unter die Nase. Es tut mir in der Seele weh, dich so zu sehen.«

»Kannst du mir's denn nun leihen oder nicht, Phil?«

»So mir nichts, dir nichts kann ich das nicht entscheiden. Es ist ja schließlich eine Menge Geld, und, verflixt noch mal, für mich wär das mit allerlei Ungelegenheiten verbunden.«

»Und für mich wär's schlicht die Hölle, solltest du's nicht können – ich weiß, ich winsele hier herum, und dabei bin ich ja an allem selber schuld – aber das ändert doch nichts an der Sachlage.«

»Wann könntest du es mir denn wiedergeben?«

Das klang nicht sehr ermutigend. Gordon dachte nach. Wahrscheinlich war es das Klügste, ganz ehrlich zu sein.

»Ich könnte dir natürlich versprechen, dass ich's dir nächsten Monat zurückschicke, aber – ich sag es dir ganz unumwunden, besser wär in drei Monaten. Sobald ich's schaffe, die ersten Zeichnungen zu verkaufen.«

»Und woher weiß ich, ob du überhaupt jemals irgendwelche Zeichnungen verkaufst?«

In Deans Stimme lag eine ungewohnte Härte, die in Gordon Zweifel weckte und ihn frösteln machte. Konnte es denn möglich sein, dass er das Geld doch nicht bekam?

»Ich dachte immer, du hättest ein klein wenig Vertrauen zu mir.«

»Hatte ich ja auch – aber wenn ich dich so ansehe, dann kommen mir da doch gewisse Zweifel.«

»Ja, meinst du denn, ich würde mich mit so was an dich wenden, wenn ich nicht vollends in der Tinte sitzen würde? Glaubst du, mir macht das Spaß?« Er schwieg und biss sich auf die Unterlippe, denn er merkte, dass es besser war, den aufkeimenden Groll zu unterdrücken, der nach und nach in seinen Worten mitschwang. Schließlich war er der Bittsteller.

»Du machst dir's ganz schön leicht«, fuhr Dean ihn an. »Du drehst die Sache einfach so, dass ich mir wie ein Schuft vorkommen muss, wenn ich dir dieses Geld nicht gebe – oh ja, das tust du wohl. Aber lass dir gesagt sein, dass es für mich durchaus kein Kinderspiel ist, dreihundert Dollar aufzutreiben. So hoch ist mein Einkommen nämlich nicht, dass mich ein solcher Batzen nicht in Teufels Küche bringen könnte.«

Damit erhob er sich aus seinem Sessel und fing an, sich anzuziehen, wobei er jedes Kleidungsstück mit großer Sorgfalt wählte. Gordon breitete die Arme aus, umklammerte die Bettkanten und kämpfte das Verlangen nieder, laut aufzuschreien. Ihm schwirrte der Kopf, sein Schädel wollte schier zerspringen, die Zunge klebte ihm am Gaumen, er hatte einen bitteren Geschmack im Mund und hatte ein Gefühl, als jagte ihm das Fieber das Blut in raschen Stößen durch die Adern, wie Sturzbäche von Regenwasser, die durch die Dachrinne hinunterrauschen.

Dean knüpfte unterdessen akkurat seinen Krawattenknoten, bürstete sich die Augenbrauen und tupfte sich mit feierlichem Ernst einen Tabakkrümel von den Zähnen. Dann füllte er sein Zigarettenetui, warf die leere Schachtel gedankenverloren in den Papierkorb und steckte das Behältnis in die Westentasche.

»Schon gefrühstückt?«, fragte er

»Nein; das Frühstücken hab ich mir abgewöhnt.«

»Na schön, dann gehn wir jetzt erst mal was essen. Und das mit dem Geld, das entscheiden wir später. Ich bin das Thema leid. Schließlich bin ich hergekommen, um mir ein paar schöne Tage zu machen. Komm, wir gehn rüber in den Yale Club«, fuhr er mürrisch fort, um dann verhalten vorwurfsvoll hinzuzufügen: »Du hast ja deine Stellung aufgegeben. Du hast doch weiter nichts zu tun.«

»Ich müsste nur das nötige Kleingeld haben, dann hätte ich eine Menge zu tun«, sagte Gordon spitz.

»Himmelherrgott, kannst du dieses Thema nicht mal eine Weile ruhen lassen? Es hat doch keinen Sinn, mir die ganze Reise zu vergällen. Hier, da hast du dein Kleingeld.«

Er zog einen Fünfdollarschein aus der Brieftasche und schob ihn Gordon hin, der ihn sorgsam zusammenfaltete und in die Tasche steckte. Dabei vertiefte sich das Rot auf seinen Wangen noch, und dieses heftigere Glühen – es kam nicht vom Fieber. Ehe sie sich zum Gehen wandten, begegneten sich ihre Blicke einen winzigen Moment lang, und in diesem winzigen Moment entdeckten beide etwas, das sie dazu bewog, die Augen ganz schnell niederzuschlagen. Denn in diesem winzigen Moment erkannten beide unversehens, dass sie einander ohne jeden Zweifel hassten.

II

An der Ecke, wo die Forty-fourth Street auf die Fifth Avenue trifft, herrschte mittägliches Gewimmel. Glitzernd warf die reiche, glückstrahlende Sonne ihr flüchtiges Gold durch die dicken Fensterscheiben der eleganten Geschäfte auf silbergewirkte Handtäschchen und Geldbörsen, Perlenketten in grauen Samtetuis, Fächer aus buntschillernden Federn, auf die Spitzenbesätze und Seidenstoffe kostbarer Roben, auf die schlechten Gemälde und die feinen Stilmöbel in den kunstreich gestalteten Ausstellungsräumen der Innenausstatter.

Teils zu zweit, teils auch in kleinen Gruppen oder ganzen Schwärmen schlenderten berufstätige junge Mädchen an den Auslagen vorüber und suchten sich in diesem oder jenem prächtig dekorierten Schausalon ihre künftige Schlafzimmereinrichtung aus, einschließlich des traut auf dem Bett drapierten seidenen Herrenschlafanzugs. Vor den Juwelierläden blieben sie stehen, um sich ihre Verlobungsringe auszuwählen, ihre Eheringe und Platinarmbanduhren, und dann zogen sie weiter und nahmen die Federfächer und Operntoiletten in Augenschein und verdauten währenddessen die Sandwichs und Eisbecher, die sie zu Mittag gegessen hatten.

Allenthalben in der Menge sah man Männer in Uniform, Matrosen von der Großen Weißen Flotte, die auf dem Hudson vor Anker lag, Soldaten mit Divisionsabzeichen von Massachusetts bis Kalifornien, die sich nichts sehnlicher wünschten, als irgendwie aufzufallen, und die erkennen mussten, dass die große Stadt Soldaten gründlich über hatte, sofern sie nicht hübsch ordentlich in Reih und Glied, Tornister und Gewehre schleppend, einhermarschierten.

Durch dieses buntgemischte Treiben bahnten sich Dean und Gordon also ihren Weg, Ersterer höchst interessiert und sichtlich belebt durch dieses heftig wogende, schillernde Menschengewühl, derweil Letzterer daran denken musste, wie oft er selbst so in der Menge aufgegangen war, ein müder, überarbeiteter Bursche, der sich verzettelte und für den regelmäßige Mahlzeiten ein Fremdwort waren.

Für Dean war das Gedränge verheißungsvoll, fröhlich und jung; für Gordon aber war es trostlos, sinnlos, endlos.

Im Yale Club trafen sie eine Gruppe von Kommilitonen, die Dean, den Gast von weit her, lautstark begrüßten. Man lümmelte im Halbkreis auf Chaiselongues und in tiefen Sesseln und schlürfte seinen Highball.

Für Gordon war die Unterhaltung nur ein ermüdendes, nicht enden wollendes Geplapper. Sie aßen alle zusammen Mittag, und als der Nachmittag hereinbrach, war die ganze Truppe schön durchgewärmt vom Alkohol. Am Abend wollten sie gemeinsam auf den Gamma-Psi-Ball gehen, denn der versprach, die beste Party seit dem Krieg zu werden.

»Edith Bradin kommt auch«, sagte jemand zu Gordon. »Ist das nicht 'ne alte Flamme von dir? Seid ihr nicht beide aus Harrisburg?«

»Ja.« Er versuchte, das Thema zu wechseln. »Ihren Bruder treff ich manchmal. Das ist einer von diesen spinnerten Sozialisten. Gibt so was wie 'ne Zeitung raus hier in New York.«

»Nicht so wie seine lebenslustige Schwester, was?«, fiel ihm sein Informant beflissen ins Wort. »Na, heute Abend kommt sie jedenfalls mit einem Burschen aus dem vorletzten Semester, Peter Himmel heißt er.«

Um acht war Gordon mit Jewel Hudson verabredet – er hatte ihr versprochen, dass er Geld mitbringen würde. Immer wieder schaute er nervös auf seine Armbanduhr. Um vier stand Dean zu seiner Erleichterung auf und erklärte, er wolle jetzt zu Rivers Brothers rüber und ein paar Kragen und Krawatten kaufen. Doch als sie den Club verließen, schloss sich ihnen zu Gordons Entsetzen einer der anderen an. Dean war inzwischen ganz jovial gestimmt, fröhlich, voller Vorfreude auf das Tanzvergnügen am Abend, ja fast ein bisschen übermütig. Bei Rivers suchte er ein Dutzend Krawatten aus, nicht ohne sich bei einer jeden ausgiebig mit dem anderen Mann beraten zu haben. Ob dieser ebenfalls der Ansicht sei, dass schmale Schlipse wieder in Mode kämen? Und ob es denn nicht eine Schande sei, dass Rivers keine Kragen von Welch Margetson mehr führe? Es gebe einfach keinen besseren Kragen als den »Covington«.

Gordon wurde allmählich nervös. Er brauchte das Geld, und zwar sofort. Und er bekam nach und nach Lust, auch mit auf den Gamma-Psi-Ball zu gehen. Er wollte Edith wiedersehen – Edith, die er das letzte Mal an jenem romantischen Abend in Harrisburg im Country Club gesehen hatte, unmittelbar vor seiner Abreise nach Frankreich. Ein kleines Techtelmechtel, das gestorben war, untergegangen in den Wirren des Krieges und dann, im wilden Auf und Ab des letzten Vierteljahrs, so gut wie in Vergessenheit geraten, doch nun sah er sie plötzlich vor sich, gestochen scharf – ein reizendes Geschöpf, das herrlich selbstvergessen und ganz unbefangen plaudern konnte, und völlig unerwartet waren Hunderte Erinnerungen wieder da. Ediths Gesicht war es gewesen, das er all die Jahre auf dem College mit einer Art interesseloser und dennoch zärtlicher Bewunderung lieb und wert gehalten hatte. Er hatte sie unglaublich gern gezeichnet – überall in seinem Zimmer hatten Dutzende Skizzen von ihr gehangen – beim Golfspielen, beim Schwimmen – ihr keckes, faszinierendes Profil, buchstäblich mit geschlossenen Augen konnte er es zeichnen.

Um halb sechs verließen sie den Herrenausstatter und blieben noch ein paar Minuten draußen auf dem Trottoir stehen.

»So«, sagte Dean aufgeräumt, »jetzt hab ich alles, was ich brauche. Dann geh ich wohl mal ins Hotel zurück, rasieren und Haare schneiden, und danach lass ich mir noch eine Massage verpassen.«

»Gute Idee«, sagte der andere, »ich glaub, ich schließe mich dir an.«

Gordon fragte sich, ob er zu guter Letzt doch noch abgewimmelt werden sollte. Er brauchte seine ganze Kraft, um den Mann nicht einfach anzuschreien: »Verdammt noch mal, jetzt zischen Sie doch endlich ab!« In seiner Verzweiflung argwöhnte er, dass Dean dem Burschen was gesteckt hatte und ihn die ganze Zeit absichtlich mitschleppte, um einer Auseinandersetzung bezüglich des Geldes aus dem Weg zu gehen.

Und dann betraten sie das Biltmore, in dessen Halle es nunmehr von jungen Mädchen wimmelte, größtenteils von der Westküste und aus dem Süden – es war die *crème de la crème* der Debütantinnen aus vielen Städten, die hier versammelt war, um auf dem Ball einer altehrwürdigen Studentenverbindung einer altehrwürdigen Universität zu tanzen. Für Gordon aber waren das nur Traumgesichter. Er nahm all seine Kraft zusammen, um noch einen letzten verzweifelten Vorstoß zu wagen; er hatte keine Ahnung, wie anfangen, doch als er gerade loslegen wollte, entschuldigte sich Dean auf einmal bei dem anderen Mann, hakte Gordon unter und nahm ihn beiseite.

»Gordy«, sagte er rasch, »ich hab mir die ganze Sache

gründlich überlegt und bin zu dem Schluss gekommen, dass ich dir das Geld nicht leihen kann. Ich wär dir wirklich gern gefällig, aber mein Gefühl rät mir, es nicht zu tun – ich wäre dadurch einen ganzen Monat lang in der Bredouille.«

Gordon war wie vor den Kopf geschlagen; er sah Dean an und wunderte sich darüber, dass ihm dessen vorstehende Zähne noch nie aufgefallen waren.

»Es tut mir wahnsinnig leid, Gordon«, fuhr dieser fort, »aber so sieht's nun einmal aus.«

Er holte seine Brieftasche hervor und zählte sorgfältig einige Geldscheine ab – fünfundsiebzig Dollar.

»Hier«, sagte er und hielt sie Gordon hin, »hier hast du fünfundsiebzig, das macht dann achtzig insgesamt. Mehr Bargeld hab ich nicht bei mir, außer meiner Reisekasse.«

Gordon hob mechanisch die zur Faust geballte Hand, öffnete sie wie eine Zange, schnappte sich das Geld und schloss die Faust gleich wieder.

»Wir sehn uns nachher auf dem Ball«, sagte Dean. »Ich muss mich beeilen, dass ich's noch zum Friseur schaffe.«

»Bis nachher«, sagte Gordon verkrampft und mit heiserer Stimme.

»Bis nachher.«

Dean verzog das Gesicht zu einem Lächeln, schien sich's dann aber anders überlegt zu haben. Er nickte kurz und machte sich davon.

Gordon jedoch blieb wie angewurzelt stehen und hielt die Geldscheinrolle fest umklammert; sein hübsches Gesicht war schmerzverzerrt. Plötzlich schossen ihm Tränen in die Augen, und tapsig, wie ein Blinder, torkelte er die Eingangsstufen des Biltmore hinunter.

III

Am selben Abend, ungefähr gegen neun, kamen zwei Individuen aus einem billigen Restaurant auf der Sixth Avenue. Sie waren hässlich, unterernährt, bar jeglicher Intelligenz, oder allenfalls auf der untersten Stufe derselben, und noch nicht einmal im Besitz jener Ausgelassenheit, und sei es auch nur in ihrer animalischen Form, die von sich aus schon Farbe ins Leben bringt; von Ungeziefer waren sie letzthin befallen, verkühlt und ausgehungert, in einer schmutzigen Stadt in einem fremden Land; sie waren arm und ohne Freunde; herumgestoßen waren sie, wie Treibholz, seit dem Tag ihrer Geburt, und würden es auch bleiben, herumgestoßen wie Treibholz, bis zu ihrem Tod. Sie trugen die Uniform der US-Army, und auf ihren Schulterstücken prangten die Abzeichen einer Wehrpflichtigendivision aus New Jersey, die erst vor drei Tagen wieder heimgekommen war.

Der Größere der beiden hieß Carrol Key, ein Name, der vermuten lässt, dass das Blut in seinen Adern, mochte es durch über Generationen währende Degeneration auch noch so sehr verdünnt sein, doch einst zu mancher Hoffnung Anlass gab. Indes, selbst wenn man bis in alle Ewigkeit in dieses lange, kinnlose Gesicht mit seinen trüben, triefenden Augen und den hohen Wangenknochen starrte, es war darin auch nicht die allerkleinste Spur von noblen Erbanlagen oder angeborener Gewitztheit zu entdecken.

Sein Kumpan war dunkelhaarig, hatte Säbelbeine, Rattenaugen und eine mannigfach gebrochene Hakennase.

Sein aufsässiges Gebaren war offenkundig Maskerade, so was wie eine Waffe zur Selbstverteidigung, entliehen jener Welt, in der das Knurren und das Zähnefletschen, die körperliche Täuschung und die körperliche Drohung an der Tagesordnung sind und in der er von jeher lebte. Sein Name war Gus Rose.

Nachdem sie das Café verlassen hatten, schlenderten sie, genüsslich und vollkommen hemmungslos mit ihren Zahnstochern herumfuhrwerkend, die Sixth Avenue hinunter.

»Und wohin jetzt?«, fragte Rose in einem Ton, der die Vermutung nahelegte, dass er durchaus nicht überrascht gewesen wäre, wenn Key die Südseeinseln vorgeschlagen hätte.

»Was meinstn, wollma nichma kuckn, obma ürgntwo 'n Schnäpschen kriegen?« Es war noch keine Prohibition. Das Scharfe an Keys Vorschlag war, dass an Soldaten laut Gesetz kein Alkohol verkauft werden durfte.

Rose stimmte begeistert zu.

»Ich hab da 'ne Idee«, fuhr Key nach kurzer Überlegung fort, »ich hab hia ürgntwo 'n Bruda.«

»Hia in New York?«

»Hmhm. So 'n olln Knilch.« Damit wollte er sagen, dass es sich um einen älteren Bruder handelte. »Der is als Kellna inna Hasch-Spielunke.«

»Da kanna uns ja was besorgn.«

»Und oppa kann!«

»Du, morgen ziech abba endlichma diese scheiß Uniform hia aus, das kannste glaum. In so was kricht mich keina nochma rein. Morgen organisier ich mir Zivilklamotten.«

»Denkste, ich nich?«

Da ihre Barschaft insgesamt knapp unter fünf Dollar betrug, darf man diese Absichtserklärung ruhig als ein launiges, ebenso harmloses wie Trost spendendes spielerisches Wortgeplänkel werten. Allerdings schienen beide ihre helle Freude daran zu haben, untermauerten sie das Gesagte doch mit reichlich viel Gekicher, zitierten allerlei hochgestellte Persönlichkeiten aus Bibelkreisen und würzten das Ganze obendrein mit häufig wiederholten Wendungen wie »Mein lieba Mann!« und »Weißt schon!« oder »Na, und ob!«.

Das intellektuelle Reservoir, über das die zwei verfügten, erschöpfte sich in jahrelang eingeübten, mit quengelnder Stimme vorgetragenen Nörgeleien über die Institution – Armee, Gewerbe oder Armenhaus –, die sie jeweils am Leben hielt, und über ihren jeweiligen unmittelbaren Vorgesetzten. Bis heute früh war diese Institution der »Staat« gewesen und der unmittelbare Vorgesetzte der »Käpten«, und diesen beiden just entwischt, befanden sie sich nunmehr in der ziemlich unbequemen Lage, dass sie in Bälde einer neuen Fron sich würden unterwerfen müssen. Unsicher waren sie, gereizt und einigermaßen missvergnügt. Das überspielten sie, indem sie eine übertriebene Erleichterung darüber an den Tag legten, nicht mehr in der Armee zu sein, und einander unentwegt versicherten, nie wieder werde sich ihr sturer, freiheitsliebender Wille der militärischen Disziplin beugen. In Wahrheit aber hätten sie sich beide im Kerker weitaus mehr daheim gefühlt als in dieser neuerrungenen, unangefochtenen Freiheit.

Plötzlich beschleunigte Key seine Schritte. Rose sah auf und folgte seinem Blick und erspähte fünfzig Meter voraus eine Ansammlung von Menschen auf der Straße. Key rannte mit beglücktem Glucksen auf die Menge zu, worauf Rose gleichfalls gluckste und mit seinen kurzen Säbelbeinen neben seinem ungelenk mit weit ausholenden Schritten dahineilenden Kumpan einhertrippelte.

Kaum hatten sie den Saum der Ansammlung erreicht, da wurden sie auch schon von ihr verschluckt. Sie bestand aus zerlumpten Zivilisten, denen bereits der Alkohol zugesetzt hatte, und Soldaten aus allen möglichen Divisionen und in allen möglichen Stadien der Nüchternheit, und alle drängten sich um einen kleinen, wild gestikulierenden Juden mit langem schwarzem Backenbart, der wild mit den Armen fuchtelte und eine erregte, aber durchaus schlüssige Philippika hielt. Key und Rose, die sich sozusagen fast bis zum Parkett vorgearbeitet hatten, beäugten ihn mit heftigem Argwohn, derweil ihnen seine Worte ins Bewusstsein drangen.

»Nu, und was hat er euch gebracht, der Krieg?«, rief der Jude hitzig aus. »Schauts euch doch um, schauts euch nur um! Seids geworden reich? Habts gekrickt 'n Haufen Geld? – nebbich; von Glück könnts sagen, wenns noch seid am Leben und habt behalten eure Beine alle zwei; von Glück könnts sagen, wenns seid heimgekehrt und eure Frau ist euch noch nicht davongelaufen mitm andern, der hat gehabt das Geld, dass er vom Krieg sich frei konnt kaufen! Dann könnts ihr sagen von Glück! Wer hat denn schon Gewinn gehabt davon, wer denn schon außer J. P. Morgan und John D. Rockefeller?«

An dieser Stelle unterbrach ein feindlicher Fausthieb die flammende Rede des kleinen Juden und traf punktgenau sein bärtiges Kinn, so dass er umkippte und rücklings, alle viere von sich streckend, auf dem Pflaster liegen blieb.

»Gottverdammter Bolschewist!«, schrie der stramme Schmied in Soldatenuniform, der ihm den Hieb verabfolgt hatte. Beifälliges Gebrabbel erhob sich; die Menge rückte noch dichter zusammen.

Der Jude rappelte sich wieder auf, wurde jedoch sogleich von einem halben Dutzend neuer Fäuste getroffen und ging abermals zu Boden. Diesmal blieb er unten; er atmete schwer, Blut quoll aus seiner von innen und von außen aufgeplatzten Lippe.

Alles kreischte und schrie wild durcheinander, und im nächsten Augenblick merkten Rose und Key, wie die bunt zusammengewürfelte Rotte, angeführt von einem spillerigen Zivilisten mit einem Schlapphut auf dem Kopf und jenem Muskelpaket in Uniform, das den Volksredner zum Schweigen gebracht hatte, sie mitriss die Sixth Avenue hinunter. Auf wundersame Weise war der Mob inzwischen zu einem furchterregenden Haufen angewachsen, rechts und links auf dem Gehsteig eskortiert von Strömen unbeteiligter Bürger, die die Menge mit gelegentlichen Hurrarufen ihrer moralischen Unterstützung versicherten.

»Und wohin jetzt?«, brüllte Key seinem Nebenmann ins Ohr. Der zeigte auf den Anführer mit dem Schlapphut.

»Der da, der weiß, wo's noch 'n ganzen Haufen von der Sorte gibt! Denen werden wir's zeigen!«

»Denen werden wir's zeigen!«, flüsterte Key überglücklich Rose zu, der den Satz entzückt seinem Nebenmann auf der anderen Seite zurief.

Der Zug wogte weiter die Sixth Avenue hinunter, und hie

und da schlossen sich Soldaten und Matrosen und ab und zu auch Zivilisten an, allesamt mit der unvermeidlichen Erklärung, sie seien selber gerade raus aus der Armee – ein Satz, den sie vorzeigten wie den Mitgliedsausweis eines jüngst gegründeten Sport- und Vergnügungsclubs.

Dann schwenkte der Zug in eine Querstraße ein und bewegte sich auf die Fifth Avenue zu, und hier und da war das Gerücht zu hören, sein Ziel sei eine Versammlung der Roten in der Tolliver Hall.

»Wo ist das denn?«

Die Frage wurde von hinten nach vorne weitergereicht, und gleich darauf kam die Antwort zurück: Die Tolliver Hall sei unten an der Tenth Street. Es sei übrigens noch ein zweiter Haufen von Kommissköppen unterwegs, um diese Kundgebung zu sprengen, die müssten mittlerweile angekommen sein!

Tenth Street – das hörte sich indes nach einem ziemlich weiten Fußmarsch an, und so erhob sich, als das Wort die Runde machte, allgemeines Stöhnen, und eine ganze Menge Leute zog es vor, sich zu verkrümeln. Darunter Rose und Key, die einfach im Spazierschritt weiterschlenderten und die Entflammteren an sich vorüberziehen ließen.

»Also, 'n Schnäpschen wär mir lieba«, sagte Key, als sie schließlich stehen blieben und sich, begleitet von Schmährufen wie »Rohrkrepierer!« und »Drückeberger!«, zum Trottoir durchdrängelten.

»Dein Bruda, is dem seine Kneipe nich vielleicht ürgntwo hia im Dreh?«, fragte Rose mit der Miene eines Mannes, der genug hat von den Oberflächlichkeiten und zum Wesentlichen kommt.

»Müsste einklich«, erwiderte Key. »Hab 'n paar Jahre nich gesehn. Weil, ich war doch drühm in Pennsylvania. Kann sein, er arbeit' übahaups nich abens. Is jehnfalz gleich hia inna Nähe. Wenna noch da is, kanna uns bestümmt ürgntwas besorgen.«

Ein paar Minuten suchten sie die Straße rauf und runter, dann hatten sie das Etablissement gefunden – ein schäbiges Lokal, wenn auch immerhin mit Tischdecken, zwischen der Fifth Avenue und dem Broadway. Dorthinein ging Key, um nach seinem Bruder George zu fragen, während Rose draußen vor dem Eingang wartete.

»Der arbeit' nich mehr hia«, sagte Key, als er wieder herauskam. »Der is jetzt Kellner ohm im Delmonico.«

Rose nickte verständnisinnig, als hätte er damit schon gerechnet. Wen wundert es denn auch, wenn einer, der was auf dem Kasten hat, die Stellung wechselt? Er habe da mal einen Kellner gekannt ... Und während sie nun weitergingen, entspann sich eine lange Diskussion darüber, ob Kellner ihren Lebensunterhalt eher von ihrem regulären Lohn bestreiten oder vom Trinkgeld, und am Ende waren sie sich einig, dass es ganz darauf ankomme, in was für ein Milieu der Laden einzuordnen sei, in dem ein Kellner arbeite. Und nachdem sie einander in den schillerndsten Farben all die Millionäre beschrieben hatten, die im Delmonico speisten und nach der ersten Flasche Champagner gewiss nur so mit Fünfzigdollarscheinen um sich warfen, dachten sie beide im Stillen darüber nach, ob sie nicht gleichfalls Kellner werden sollten. Ja, insgeheim formierte sich hinter Keys fliehender Stirn sogar der Entschluss, seinen Bruder zu fragen, ob er ihm nicht eine Anstellung besorgen könnte.

»Als Kellner kannste immer den ganzen Champagner aussaufen, der noch unten drin is, weil kriegen ihre Flaschen nämlich immer nich ganz leer, die Burschen«, sinnierte Rose genüsslich und schickte noch ein »Mein lieber Scholli!« hinterher.

Als sie am Delmonico ankamen, war es halb elf, und die zwei staunten nicht schlecht, als sie dort eine lange Schlange von Taxis vorfahren sahen und jedem eine wunderhübsche junge Dame ohne Hut entstieg, jeweils in Begleitung eines steifen jungen Herrn im Abendanzug.

»Das is 'ne geschlossne Gesellschaft«, sagte Rose einigermaßen ehrfürchtig. »Vielleicht gehn wir da lieber doch nich rein. Der hat bestümmt zu tun.«

»Ach was. Der würt schon Zeit ham.«

Nach kurzem Zögern betraten sie das Etablissement durch die in ihren Augen am wenigsten auffällige Tür und verzogen sich, augenblicklich von Unschlüssigkeit übermannt, nervös in den hintersten Winkel des kleinen Restaurants, in dem sie sich befanden. Sie nahmen ihre Mützen ab und behielten sie in der Hand. Es war, als senkte eine dunkle Wolke sich auf sie herab, doch plötzlich fuhren sie erschrocken hoch, denn vis-à-vis flog krachend eine Tür auf, ein Kellner kam wie ein Komet herausgeschossen, sauste quer durch den Saal und verschwand durch eine zweite Tür am anderen Ende des Raumes.

Drei solcher Blitzdurchgänge brauchte es, bevor die beiden Arbeitsuchenden auf den schlauen Einfall kamen, einen der Kellner anzusprechen. Er wandte sich um, sah sie misstrauisch an und näherte sich ihnen dann auf leisen Sohlen, geschmeidig wie eine Katze, gleichsam bereit, jeden Moment kehrtzumachen und die Flucht zu ergreifen.

»Sag mal«, fing Key an, »sag mal, kennst du vielleicht mein' Bruder? Der is hia Kellner.«

»Er heißt Key«, ergänzte Rose.

Ja, der Kellner kannte Key. Der sei vermutlich oben, meinte er. Im zentralen Ballsaal sei ein großes Tanzvergnügen. Er werde ihm Bescheid sagen.

Zehn Minuten später erschien George Key und begrüßte seinen Bruder mit äußerstem Argwohn, war doch sein erster und natürlichster Gedanke, dass dieser ihn gewiss um Geld angehen wolle.

George war ein hochgewachsener Mann mit fliehendem Kinn, doch damit war's auch schon vorbei mit der Familienähnlichkeit. Die Augen des Kellners waren durchaus nicht trübe, sondern hellwach, und sie blitzten nur so, er war höflich und manierlich und ein ganz klein wenig von oben herab. Sie tauschten steif ein paar Informationen aus. George war verheiratet und hatte drei Kinder. Dass Carrol als Soldat im Ausland gewesen war, nahm er mit Interesse zur Kenntnis, ohne sich jedoch davon beeindrucken zu lassen. Das enttäuschte Carrol.

»Du, George«, sagte der jüngere Bruder, nachdem sie die Artigkeiten hinter sich gebracht hatten, »wir wolln uns so gerne ein' ansaufen, und uns verkaufen se doch nix. Kannst du uns nich was besorgen?«

George dachte nach.

»Klar. Müsste zu machen sein. Kann aber eine halbe Stunde dauern.«

»Is gut«, sagte Carrol, »wir warten.«

Als Rose sich daraufhin anschickte, in einem bequemen Sessel Platz zu nehmen, scheuchte George ihn empört wieder hoch: »Heh! Pass bloß auf, du! Kannst dich doch hier nicht einfach hinsetzen! Ist doch schon alles eingedeckt fürs Mitternachtsbankett.«

»Ich mach schon nix dreckich«, erwiderte Rose verärgert. »War ja schließlich zur Entlausung.«

»Egal«, sagte George streng, »wenn der Oberkellner mich hier mit euch plaudern sieht, dann kann ich mich auf was gefasst machen.«

»Oh.«

Die Erwähnung des Oberkellners genügte den beiden; nervös fummelten sie an ihren Käppis herum und warteten, was für einen Vorschlag George ihnen machen würde.

»Hört zu«, sagte George nach einer kleinen Pause, »ich weiß, wo ihr warten könnt; kommt mit.«

Er führte sie zur gegenüberliegenden Tür hinaus, durch einen verlassenen Vorratsraum und über zwei dunkle Wendeltreppen, bis sie sich endlich in einer winzigen Kammer wiederfanden, die mit aufgetürmten Wischeimern und Stapeln von Scheuerbürsten vollgestellt und von zwei trüben Glühbirnen beleuchtet war. Dort ließ er sie, nachdem er ihnen zwei Dollar abgenommen hatte, zurück mit dem Versprechen, in einer halben Stunde mit einer Flasche Whiskey wiederzukommen.

»Wetten, du, der George macht richtich Geld«, sagte Key finster und setzte sich auf einen umgedrehten Eimer. »Wetten, der macht die Woche fuffzich Dollar.«

Rose nickte und spuckte aus. »Da wett ich auch drauf, du.«

»Was hatta gleich nomma gesacht, was das für'n Tanzvergnügen is?«

»Ürgndwie 'n Haufen Collegestudenten. Yale.«

Sie nickten einander wortlos zu.

»Möchte ma wissen, wo die ganzen Kommissköppe inzwischen abgebliem sind.«

»Weiß nich. Ich weiß bloß eins: Das war vadammt weit wech, so weit kann ich nich latschen.«

»Ich auch nich. Das würstu nich erlehm, dass ich so lange latschen tu.«

Nach zehn Minuten wurden sie unruhig.

»Ich kuck ma, was da draußen los is«, sagte Rose und schlich sich vorsichtig zu der anderen Tür.

Es war eine mit grünem Fries ausgeschlagene Tür; er schob sie ganz behutsam einen Spaltbreit auf.

»Ürgndwas zu sehn?«

Rose aber zog statt einer Antwort nur mit einem pfeifenden Geräusch die Luft ein.

»Mannometer! Wenn mich nich alles täuscht, dann is hier lauter Sprit drin!«

»Sprit?« Key gesellte sich zu Rose, der immer noch an der Tür stand, und guckte neugierig durch den Spalt.

»Da kannste Gift drauf nehm', du, das, was da steht, is würklich Sprit«, sagte er, nachdem er einen Moment konzentriert hingeschaut hatte.

Der Raum war etwa doppelt so groß wie der, in dem sie sich befanden, und was sie dort erblickten, war ein wahres Festbankett an Spirituosen. Auf zwei weiß gedeckten Tischen standen in Reih und Glied, nach Sorten geordnet, lauter verschiedene Flaschen: Whiskey, Gin, Brandy, französischer und italienischer Wermut und Orangensaft, gar nicht zu reden von einer ganzen Kolonne von Siphons und zwei großen leeren Schüsseln für Punschbowle. Und weit und breit kein Mensch zu sehen.

»Das is für dieses Tanzvergnügen da ohm; hat grade angefang'«, flüsterte Key; »hörste die Geigen? Mensch, du, ich hätt ja auch ma wieda Lust zum Tanzn.«

Sie schlossen die Tür ganz leise und zwinkerten einander in wortlosem Einvernehmen zu. Auch ohne Worte wusste jeder, was der andere dachte.

»Ich tät schon gerne 'n paar von diese Pullen da in die Finger kriegen«, sagte Rose entschieden.

»Ich auch.«

»Meinste, uns kann eina sehn?«

Key dachte nach.

»Vielleicht isses besser, wir warten, bis die Sauferei losgeht. Jetzt, wo se grade alles hingestellt ham, wissen se doch ganz genau, wie viele Pullen da stehn.«

Sie debattierten etliche Minuten über diesen Punkt. Rose war dafür, sich jetzt gleich eine Flasche zu schnappen und sie unter seinem Rock zu verstecken, bevor noch irgendjemand in den Raum kam. Key aber riet zur Vorsicht. Er hatte Angst, sein Bruder könnte Ärger kriegen. Sie müssten doch bloß warten, bis ein paar von den Flaschen offen waren, dann wäre es ein Kinderspiel, sich rasch eine zu schnappen, weil dann doch jeder denken würde, dass es einer von den Collegeburschen war.

Während sie noch so hin und her argumentierten, kam George Key herein, rannte an ihnen vorbei, knurrte ihnen bloß kurz irgendwas zu und verschwand durch die grün ausgeschlagene Tür. Gleich darauf hörten sie mehrere Korken knallen, Eiswürfel klirrten, und Flüssigkeit plätscherte in ein Gefäß. George mixte die Punschbowle.

Beglückt grinsten die zwei Soldaten einander zu.

»Mein lieber Scholli!«, flüsterte Rose.

George kam zurück.

»Schön ruhig bleiben, Jungs«, sagte er rasch. »In fünf Minuten hab ich was für euch.«

Er verschwand durch dieselbe Tür, durch die er eingetreten war.

Sobald seine Schritte auf der Treppe verhallt waren, schaute sich Rose noch einmal vorsichtig um; dann spurtete er flink in jenes Reich der Wonnen und war im nächsten Augenblick mit einer Flasche in der Hand zurück.

»Verstehste, wie ich meine?«, sagte er, als sie strahlend dasaßen und ihren ersten Schluck verdauten. »Wir warten, bissa wieda raufkommt, und dann fragen wir ihn, ob wir nich einfach hierbleiben könn' und das Zeugs trinken, wassa uns bringt – nich wahr? Wir sagen einfach, wir haben nix, wo wir hingehn könn', um uns ein' anzutütern – nich wahr? Dann könn wa uns imma, wenn keina da is, heimlich wieda reinschleichen und schiem uns 'ne neue Pulle untan Rock. Das langt dann ersma 'n paar Tage – nich wahr?«

»Klar«, stimmte Key begeistert zu. »Mein lieber Scholli! Und wenn wa wolln, könn' wa das Zeuch auch jedazeit an die Kommissköppe verscherbeln, wenn wa wolln.«

Sie schwiegen einen Augenblick und malten sich die Sache in den rosigsten Farben aus. Dann griff Key sich an den Hals und hakte seinen Uniformkragen auf.

»Heiß hier drinne, nich wahr?«

Rose stimmte mit ernster Miene zu.

»Höllisch heiß.«

IV

Als sie aus der Garderobe kam und den kleinen Salon durchquerte, der in den großen Saal führte, war sie immer noch verärgert – verärgert, gar nicht so sehr über das eigentliche Ereignis, denn das war schließlich eine Lappalie, die ihr im gesellschaftlichen Umgang jeden Tag passieren konnte, sondern vielmehr darüber, dass ihr das ausgerechnet heute Nacht passiert war. Mit sich selbst brauchte sie nicht zu hadern, denn schließlich hatte sie wie stets mit just der rechten Mischung aus Würde und verhaltenem Bedauern reagiert. Sie hatte ihm eine Abfuhr erteilt – kurz und bündig und keineswegs ungeschickt.

Es war passiert, als ihr Taxi vom Biltmore abgefahren war – noch nicht mal einen halben Block weit waren sie gekommen. Er hatte ungelenk den rechten Arm gehoben – sie saß zu seiner Rechten – und den Versuch gemacht, ihr denselben um ihren scharlachroten, pelzbesetzten Abendmantel zu legen und sie einfach an sich zu ziehen. Allein das war bereits ein Fehler gewesen. Wenn ein junger Mann eine junge Dame in den Arm nehmen möchte, ohne sich zuvor ihres Einverständnisses versichert zu haben, dann ist es jedenfalls entschieden eleganter, zunächst den anderen, ihr abgewandten Arm um sie zu legen, denn auf diese Weise kann er es vermeiden, den ihr näheren Arm so ungelenk anheben zu müssen.

Sein zweiter Fauxpas war ihm unbewusst unterlaufen. Sie hatte den Nachmittag beim Friseur verbracht; nichts schreckte sie so sehr wie der Gedanke, ihre Frisur könnte irgendwie Schaden nehmen, doch Peter hatte sie bei diesem unglückseligen Annäherungsversuch mit seinem angewinkelten Ellenbogen gestreift. Das war sein zweiter Fauxpas. Und zwei waren wahrlich mehr als genug.

Und dann hatte er auch noch angefangen zu murren. Und als das losging, war sie mit sich übereingekommen, dass er einfach bloß ein stinknormaler kleiner Collegeknabe war – Edith war zweiundzwanzig, und dieser Ball, der erste seiner Art seit Kriegsende, erinnerte sie ohnehin im immer schneller werdenden Takt der Assoziationen an etwas völlig anderes – einen völlig anderen Ball und einen völlig anderen Mann, einen Mann, der für sie ein bisschen mehr gewesen war als bloß der Schwarm eines Backfischs mit traurigen Augen. Edith Bradin war gerade im Begriff, sich in ihre Erinnerungen an Gordon Sterrett zu verlieben.

So trat sie aus der Garderobe des Delmonico, blieb einen Augenblick in der Tür stehen und schaute über die in Schwarz gehüllte Schulter vor sich zur Schar der Yale-Männer hinüber, die wie gravitätische schwarze Falter auf dem Treppenabsatz herumschwirrten. Aus dem Raum, den sie soeben verlassen hatte, quoll eine schwere Wolke von Gerüchen, die die vielen parfümierten jungen Schönheiten beim Ein-und-aus-Gehen hinter sich zurückließen – eine Wolke aus üppigen Parfums und dem feinen, erinnerungsträchtigen Staub wohlriechender Puderquasten. Dieser herausströmende Duft vermischte sich mit dem scharfen

Aroma des Zigarettenrauchs im Foyer, wallte dann mit sinnlicher Trägheit die Treppe hinab und sickerte in den Ballsaal, in dem der Tanzabend der Gamma-Psi-Verbindung stattfinden sollte. Wie gut sie ihn doch kannte, diesen Duft – aufregend, stimulierend, beunruhigend süß – der klassische Duft eines eleganten Balls.

Sie stellte sich ihr eigenes Aussehen vor. Die bloßen Arme und die Schultern waren cremeweiß gepudert. Ihr war bewusst, dass sie äußerst grazil erschienen und sich milchzart von all den schwarzen Rücken abheben würden, vor deren Hintergrund sie heute Abend Wirkung entfalten sollten. Der Friseurbesuch war ein Erfolg gewesen; ihr volles rötliches Haar war zu einem hochmütig wippenden, kurvenreichen, schwungvoll geknifften und geknoteten Wunderwerk aufgetürmt. Ihre Lippen waren akkurat karminrot nachgezogen, ihre Augen von einem feinen, geradezu zerbrechlichen Blau, wie Porzellanaugen. Ihre Schönheit war vollendet, namenlos graziös, beinah vollkommen, und bildete eine weich fließende Linie von der raffinierten Frisur bis hinab zu den schmalen kleinen Füßen.

Sie dachte daran, was sie heute Abend sagen würde bei diesem ausgelassenen Fest, das seine Schatten schon vorauswarf in Gestalt von glockenhellem oder auch sonorem Lachen, Tanzschuhgetrippel und paarweisem Auf-und-ab-Gewoge auf den Treppen. Sie würde in derselben Sprache sprechen wie seit vielen Jahren – in ihrem gewohnten Stil – die gängigen Redensarten, garniert mit ein paar Brocken Zeitungsjargon und etwas Collegeslang, verflochten zu einem geschlossenen Ganzen, lässig, leicht provokant, verhalten sentimental. »Ach, Schätzchen, du weißt ja noch nicht mal die Hälfte!«, hörte sie ein junges Mädchen sagen, das neben ihr auf der Treppe saß, und musste leise lächeln.

Und während sie so lächelte, vergaß sie für einen Moment ihren Ärger, schloss die Augen und atmete tief und genüsslich durch. Sie ließ die Arme sinken, so dass sie leicht das glatte Futteral berührten, das ihre Figur verbarg und gleichzeitig erahnen ließ. Nie hatte sie so sehr gespürt, wie ungemein grazil sie war, nie hatte sie die Weiße ihrer Arme so genossen.

›Ich riech so gut‹, sagte sie sich ganz umstandslos – und dann kam ihr gleich noch ein anderer Gedanke: ›Ich bin geschaffen für die Liebe.‹

Der Gedanke gefiel ihr so gut, dass sie ihn gleich noch einmal dachte, und plötzlich wurde sie, ohne dass sie sich dagegen wehren konnte, von einem ganzen Geschwader frisch erwachter Wunschträume überrannt, die sich allesamt ganz allein um Gordon drehten. Der Streich, den ihre Phantasie ihr vor zwei Monaten gespielt hatte, diese Vorspiegelung, dass sie sich insgeheim danach verzehre, ihn wiederzusehen, dieser Streich schien sie nun geradewegs hierhergeführt zu haben, auf diesen Ball, zu dieser Stunde.

Denn ungeachtet ihrer makellosen Schönheit war Edith doch ein ernstes Mädchen und pflegte gründlich nachzudenken. Mit ihrem Bruder verband sie nicht allein der Hang zum Grübeln, sondern auch der jugendliche Idealismus, also just die beiden Eigenschaften, die jenen zum Sozialisten und Pazifisten gemacht hatten. Henry Bradin war aus Cornell, wo er Wirtschaftswissenschaften gelehrt hatte, fortgegangen und nach New York gekommen, um dort in den Spalten einer radikalen Wochenzeitschrift die neusten Heilmittel für allerlei unheilbare Übel feilzubieten.

Edith, die nicht so einfältig war wie ihr Bruder, hätte sich schon damit begnügt, Gordon Sterrett zu heilen. Gordon war ein wenig willensschwach – ein Zug, dessen sie sich gerne angenommen hätte, und er hatte so etwas Hilfloses, was in ihr den Drang wachrief, ihn zu beschützen. Und außerdem wünschte sie sich einen, den sie schon seit langem kannte, einen, der sie schon seit langem liebte. Sie war es langsam leid; sie wollte endlich heiraten. Ein Stapel Briefe, ein halbes Dutzend Fotos, genauso viele Erinnerungen und eben, dass sie es leid war: Dies alles hatte sie zu dem Schluss gelangen lassen, dass ihre Beziehung zu Gordon beim nächsten Wiedersehen eine neue Wendung nehmen müsse. Sie wollte etwas sagen, wodurch sich alles ändern würde. Und da war er nun, dieser Abend. Es war ihr Abend. Jeder Abend war ihr Abend.

Mitten in diese Gedanken hinein platzte ein düster dreinblickender Studiosus mit beleidigter Miene und angestrengt förmlichem Gehabe, der vor sie hintrat und einen ungewöhnlich tiefen Diener machte. Es war Peter Himmel – der Mann, mit dem sie hergekommen war. Er war ein hochgewachsener, lustiger Bursche mit einer Hornbrille, schrullig, aber durchaus attraktiv. Sie konnte ihn auf einmal nicht mehr leiden – wahrscheinlich, weil er es nicht geschafft hatte, sie zu küssen.

»Na«, sagte sie, »immer noch wütend auf mich?«

»Überhaupt nicht.«

Sie trat auf ihn zu und griff nach seinem Arm.

»Verzeihen Sie mir bitte«, sagte sie sanft. »Ich weiß selber nicht, warum ich Sie so angefahren habe. Komisch, aus irgendeinem Grunde bin ich heute Abend richtig schlecht gelaunt. Entschuldigen Sie.«

»Schon gut«, murmelte er, »keine Ursache.«

Ihm war nicht wohl in seiner Haut. Wollte sie ihm etwa noch einmal unter die Nase reiben, dass er vorhin Mist gebaut hatte?

»Es war ein Fehler«, fuhr sie auf diese gespielt sanfte Tour fort. »Wir wollen es einfach vergessen.« Dafür hasste er sie.

Ein paar Minuten später schwebten sie übers Parkett, indes die zwölf singenden, swingenden Mitglieder der eigens engagierten Big Band der Menge im Ballsaal die wichtige Mitteilung machten: »Bist du allein und hast ein Saxophon, so hast du einen Freu-heund schon!«

Ein Mann mit einem Oberlippenbart klatschte sie ab. »Hallo«, begann er vorwurfsvoll. »Aha, Sie erinnern sich nicht mehr an mich.«

»Ich komm grad nicht auf Ihren Namen«, sagte sie leichthin, »und dabei kenn ich Sie doch ganz genau.«

»Wir sind uns oben in –« Doch da kam ein Blonder und klatschte sie ab, wobei er die Stimme des Mannes mit dem Menjoubärtchen hoffnungslos übertönte. Edith murmelte artig: »Vielen Dank – versuchen Sie's doch bitte später noch mal.« Doch der sehr blonde Unbekannte bestand darauf, ihr enthusiastisch die Hand zu schütteln. Sie sortierte ihn bei den zahlreichen Jims unter ihren Bekannten ein – Nachname schleierhaft. Sie wusste sogar noch, dass er beim Tanzen einen ganz bestimmten Schritt hatte, was sie, als sie sich in Bewegung setzten, auch sogleich bestätigt fand.

»Bleiben Sie lange hier?«, flüsterte er ihr vertraulich ins Ohr. Sie lehnte sich zurück und blickte zu ihm hoch.

»Paar Wochen.«

»Und wo logieren Sie?«

»Im Biltmore. Sie können mich ja mal anrufen, irgendwann.«

»Na und ob!«, versicherte er ihr. »Und ob! Wir können ja mal zusammen Tee trinken.«

»Ja, sicher – melden Sie sich halt.«

Nun klatschte ein dunkelhaariger, betont förmlicher Mann sie ab.

»Nicht wahr, Sie erinnern sich nicht mehr an mich?«, fragte er ernst.

»Ich glaube doch. Sie heißen Harlan.«

»Nicht doch. Barlow.«

»Ach so, ich wusste doch, ein zweisilbiger Name. Sind Sie nicht der, der auf der Party bei Howard Marshall so schön Ukulele gespielt hat?«

»Ich hab zwar gespielt – aber nicht –«

Sie wurde von einem Mann mit vorstehenden Zähnen abgeklatscht. Edith roch seine leichte Whiskeyfahne. Sie mochte es, wenn Männer etwas getrunken hatten; sie waren dann viel fröhlicher, verständnisvoller und höflicher – es ließ sich auch viel besser mit ihnen reden.

»Dean, mein Name – Philip Dean«, sagte er aufgeräumt. »Ich weiß schon, Sie erinnern sich nicht an mich, aber Sie sind immer nach New Haven gekommen, zusammen mit einem Kommilitonen, mit dem ich im Abschlussjahr die Wohnung geteilt habe, Gordon Sterrett.«

Edith blickte rasch auf.

»Ja, zweimal war ich mit ihm dort – beim Pumps- und Slipperball und beim Abschlussfest des vorletzten Semesters.«

»Sie werden ihn ja sicher schon entdeckt haben«, sagte Dean obenhin. »Er ist nämlich auch hier heute Abend. Gerade eben hab ich ihn gesehen.«

Edith zuckte zusammen. Dabei hatte sie doch schon so eine Ahnung gehabt, dass er hier sein würde.

»Ähm, nein, ich hab –«

Ein dicker Mann mit roten Haaren klatschte sie ab.

»Hallo, Edith«, fing er an.

»Ach – hallo –«

Sie rutschte aus und geriet leicht ins Stolpern.

»Entschuldigung, mein Lieber«, murmelte sie mechanisch.

Sie hatte Gordon gesehen – Gordon, der sehr blass und teilnahmslos rauchend im Türrahmen lehnte und in den Ballsaal schaute. Edith sah, wie ausgemergelt und bleich sein Gesicht war – und wie seine Hand zitterte, wenn er die Zigarette an die Lippen führte. Sie und ihr Partner tanzten jetzt ganz nah an ihm vorbei.

»– Die laden heutzutage so viele Burschen von außerhalb ein, dass man –«, sagte der Moppel mit den roten Haaren.

»Hallo, Gordon«, rief Edith ihm über die Schulter ihres Tanzpartners hinweg zu. Ihr Herz hämmerte wie wild.

Seine großen dunklen Augen fixierten sie. Er trat einen Schritt auf sie zu. Ihr Tanzpartner führte sie weg – sie hörte ihn blöken: »– aber die Hälfte von den Jungs kriegt keine Dame ab und verschwindet beizeiten wieder, also –«

Dann hörte sie neben sich eine leise Stimme.

»Darf ich bitten?«

Und plötzlich tanzte sie mit Gordon; er hielt sie fest im Arm, sie spürte, wie verkrampft und angespannt er war, sie spürte seine rechte Hand in ihrem Rücken, die gespreizten Finger. Und wie er mit der Linken ihre Hand beinah zerquetschte, in der sie das Spitzentüchlein hielt.

»Ach, Gordon«, begann sie atemlos.

»Hallo, Edith.«

Abermals rutschte sie aus und konnte sich gerade noch fangen, wurde aber aus der Bewegung heraus nach vorn geschleudert, so dass ihr Gesicht das schwarze Tuch seines Abendanzugs berührte. Sie liebte ihn – sie wusste, dass sie ihn liebte. Dann schwiegen sie einen Moment, und da verspürte sie auf einmal so ein merkwürdiges Unbehagen. Irgendetwas stimmte nicht.

Und dann krampfte sich ihr Herz schmerzhaft zusammen, und sie begriff, was mit ihm los war. Er war in einem jämmerlichen Zustand, ein richtiges Häufchen Elend, leicht betrunken und zum Umfallen müde.

»Oh –«, rief sie unwillkürlich.

Er blickte zu ihr hinunter. Und da sah sie seine wild rollenden, rotgeäderten Augen.

»Komm mit, Gordon«, sagte sie leise, »komm, wir setzen uns; ich möchte mich hinsetzen.«

Sie waren fast in der Mitte des Parketts, doch Edith, die gesehen hatte, wie von den beiden entgegengesetzten Enden des Saales her zwei Männer auf sie zugeschossen kamen, blieb stehen, griff nach Gordons schlaffer Hand und schob sich mit ihm durchs Gedränge. Sie hatte die Lippen fest zusammengepresst, ihr Gesicht war ein bisschen blass unter dem Rouge, und in ihren Augen glänzten Tränen.

Sie fand einen Platz ganz oben auf der mit einem weichen Läufer belegten Treppe, wo er sich schwer neben ihr niederplumpsen ließ.

»Weißt du, Edith«, fing er an und musterte sie mit unstetem Blick, »ich bin wirklich froh, dass ich dich sehe.«

Sie schaute ihn an, ohne etwas zu erwidern. Die Wirkung, die das alles auf sie hatte, war ganz ungeheuerlich. Im Laufe der Jahre hatte sie eine Menge Männer in den verschiedensten Stadien der Trunkenheit erlebt, angefangen bei ihren Onkeln bis hinunter zu den Chauffeuren, und bei manchen hatte sie es amüsant gefunden, bei manchen hatte es sie abgestoßen, nun aber packte sie zum ersten Mal im Leben ein ganz neues Gefühl – ein namenloses Grauen.

»Gordon«, sagte sie vorwurfsvoll und war den Tränen nah, »du siehst aus wie der Teufel.«

Er nickte. »Ich bin in Schwierigkeiten, Edith.«

»Was denn für Schwierigkeiten?«

»Alle möglichen Schwierigkeiten. Sag bloß nichts der Familie, Edith, aber ich bin total erledigt. Ich bin am Ende.«

Gordon ließ den Mund leicht offen stehen. Er schien sie gar nicht richtig wahrzunehmen.

»Kannst du … kannst du …?« Sie zögerte. »Kannst du mir nicht erzählen, was passiert ist, Gordon? Du weißt doch, du bist mir noch nie gleichgültig gewesen.«

Sie biss sich auf die Unterlippe – eigentlich hatte sie noch deutlicher werden wollen, hatte aber dann gemerkt, dass sie es doch nicht fertigbrachte.

Gordon schüttelte benommen den Kopf. »Ich kann dir's

nicht erzählen. Du bist 'ne anständige Frau, und 'ner anständigen Frau kann ich diese Geschichte nicht erzählen.«

»Unsinn«, sagte sie trotzig. »Das ist ja regelrecht beleidigend, jemanden in dieser Weise als anständige Frau zu bezeichnen. Ein Schlag ins Gesicht ist das. Du hast getrunken, Gordon.«

»Vielen Dank auch.« Er senkte bedeutungsschwer den Kopf. »Vielen Dank, dass du mir das sagst.«

»Warum trinkst du?«

»Weil's mir so verdammt elend geht.«

»Ach, und du glaubst, vom Trinken wird es besser?«

»Was soll denn das – willst du mich umkrempeln?«

»Nein, Gordon; ich will dir helfen. Kannst du mir nicht einfach sagen, was los ist?«

»Ich sitz ganz furchtbar in der Tinte. Am besten tust du so, als ob wir uns gar nicht kennen.«

»Aber wieso denn, Gordon?«

»Entschuldige, dass ich dich abgeklatscht hab – das ist nicht fair dir gegenüber. Du bist 'ne unbescholtene Frau … und alles. Warte, ich besorg dir 'n andern Tänzer.«

Er stand unbeholfen auf, doch sie griff nach seiner Hand und zog ihn wieder zu sich herunter.

»Menschenskinder, Gordon, du machst dich lächerlich. Du beleidigst mich. Du führst dich auf wie ein … wie ein Verrückter –«

»Ich geb's ja zu. Ich bin ein bisschen verrückt. Mit mir stimmt was nicht, Edith. Ich hab sie nicht mehr alle, irgendwie. Aber lass, ist nicht so wichtig.«

»Doch, Gordon, erzähl's mir.«

»Ganz einfach. Bin doch immer schon 'n komischer

Kauz gewesen – bisschen anders als die andern Jungs. Aufm College ging's ja noch, aber jetzt geht irgendwie gar nichts mehr. Bei mir hat's sozusagen ausgehakt, seit vier Monaten schon, wie die kleinen Häkchen bei 'nem Kleid, und wenn noch 'n paar mehr aufgehn, dann ist es aus. Ich werd so nach und nach verrückt.«

Er sah ihr starr in die Augen und fing an zu lachen, und da wich sie erschrocken zurück.

»Was ist denn los?«

»Na, ich, ich bin los«, wiederholte er. »Ich dreh allmählich durch. Das kommt mir hier alles vor wie ein Traum – dieses ganze Delmonico –«

Und während er noch redete, erkannte sie auf einmal, wie sehr er sich verändert hatte. Keine Spur mehr von lockerer, fröhlicher Unbeschwertheit – er war von einer großen Lethargie befallen und durch und durch verzagt. Und plötzlich empfand sie Unwillen und gleich danach überraschenderweise sogar so etwas wie Langeweile. Ihr war, als käme seine Stimme aus einer großen Leere zu ihr.

»Weißt du, Edith«, sagte er, »ich hab mich immer für einen klugen, talentierten Kerl gehalten, für einen Künstler. Heute weiß ich, ich bin eine Null. Ich kann überhaupt nicht zeichnen, Edith. Weiß selber nicht, warum ich dir das sage.«

Sie nickte zerstreut.

»Ich kann nicht zeichnen, ich kann gar nichts. Ich bin arm wie 'ne Kirchenmaus.« Er lachte bitter und um einiges zu laut. »Zum Bettler hab ich's gebracht, verdammt noch mal, ein Blutegel bin ich, der seine Freunde aussaugt. Ein Versager bin ich, völlig verarmt. Ein armer Teufel.«

Ihr Widerwille wuchs. Diesmal nickte sie bloß noch kaum wahrnehmbar und wartete ungeduldig auf die erstbeste Gelegenheit, sich zu erheben.

Auf einmal hatte Gordon Tränen in den Augen.

»Edith«, sagte er und drehte sich, sichtlich um Selbstbeherrschung ringend, zu ihr herum, »ich kann dir gar nicht sagen, wie viel es mir bedeutet, zu wissen, dass es wenigstens noch einen Menschen gibt, dem ich nicht gleichgültig bin.«

Er wollte ihre Hand streicheln, doch sie zog sie unwillkürlich zurück.

»Das ist wirklich prima von dir«, fuhr er fort.

»Na ja«, sagte sie gedehnt und sah ihm in die Augen, »man freut sich doch immer, wenn man einen alten Freund wiedertrifft – aber es tut mir wirklich leid, dich in so einer Verfassung vorzufinden, Gordon.«

Dann herrschte Schweigen, sie sahen einander an, und die Munterkeit, die für einen kurzen Moment in seinem Blick aufgeflackert war, erstarb nach und nach wieder. Sie stand auf und blickte mit fast völlig ausdrucksloser Miene zu ihm hinab.

»Wollen wir tanzen?«, schlug sie mit kühler Stimme vor.

Liebe ist sehr zerbrechlich, dachte sie, aber die Scherben sind vielleicht noch zu gebrauchen – was einem auf der Zunge lag, was man noch hätten sagen wollen. Die neuen Liebesworte und die eingeübten Zärtlichkeiten hebt man sich auf für seinen nächsten Schatz.

V

Peter Himmel, der die reizende Edith auf diesen Ball begleitet hatte, war es nicht gewohnt, dass man ihm einen Korb gab, aber er hatte dennoch einen bekommen, und nun war er gekränkt, es war ihm peinlich, und er schämte sich. Rund zwei Monate korrespondierte er jetzt schon tagein, tagaus per Eilboten mit Edith Bradin, und da er sehr wohl wusste, dass die einzige Rechtfertigung und auch Erklärung dafür, weshalb man den Eilboten bemüht, in dem Romantikfaktor lag, um den diese Form der Briefzustellung eine Korrespondenz bereicherte, war er sich seiner Sache vollkommen sicher gewesen. Und nun suchte er vergebens nach einem Grund dafür, weshalb sich Edith plötzlich wegen eines simplen Kusses derartig angestellt hatte.

Und darum ging er, nachdem ihm der Mann mit dem Menjoubärtchen soeben die Tanzpartnerin abgeklatscht hatte, ins Foyer hinaus, im Kopf einen Satz, den er mehrmals vor sich hin sagte und der mit einigen nicht unerheblichen Auslassungen wie folgt lautete: »Also, wenn jemals eine einem Mann erst Hoffnungen gemacht und ihn dann abblitzen lassen hat, dann die – und darum hat die auch nicht den geringsten Grund, sich zu beschweren, wenn ich mich jetzt aus dem Staube mache und mir schön ’n paar hinter die Binde gieß.«

Und so spazierte er quer durchs Restaurant in ein Hinterzimmer, das er schon früher am Abend ausgekundschaftet hatte und in dem mehrere Schüsseln mit Punschbowle standen, flankiert von zahlreichen Flaschen. Er holte sich einen Stuhl und setzte sich an den Tisch mit den Flaschen.

Beim zweiten Highball versanken die Langeweile und die Entrüstung, die Eintönigkeit und die Wirrnis der Ereignisse in einem verschwommenen Hintergrund, vor dem auf einmal ein Muster aus lauter glitzernden Spinnweben entstand. Was eben noch mit sich gehadert hatte, einigte sich plötzlich wieder, nichts mehr, was störte, alles blieb hübsch artig da, wo's hingehörte; zackig traten die Ärgernisse des Tages an, und als er sie mit einem kurzen Wink entließ, marschierten sie in Reih und Glied hinaus und waren weg. Und kaum dass der Kummer abgezogen war, trat eine strahlende, alles durchdringende Symbolik an seine Stelle. Edith wurde zu einem flatterhaften kleinen Gör, über das man sich nicht ärgern musste, sondern über das man allenfalls lachen konnte. Wie ein Geschöpf aus einem Traum kam sie hereingehuscht in jene Oberflächenwelt, die sich um ihn herum formierte. Und auch er selbst wurde gewissermaßen zu einem Symbol – zum Inbegriff des enthaltsamen Genießers, des glänzenden Traumschauspielers.

Nach und nach legte sich diese Anwandlung von Symbolismus wieder, und während er seinen dritten Highball schlürfte, ergab sich seine Phantasie der Glut, die ihn von innen wärmte, und er glitt in einen Zustand hinüber, der dem Gefühl glich, das man hat, wenn man sich in lauem Wasser auf dem Rücken liegend treiben läßt. Und an diesem Punkt bemerkte er eine mit grünem Fries ausgeschlagene Tür, die etwa fünf Zentimeter weit offen stand, und in dem Spalt ein Augenpaar, das ihn angestrengt beobachtete.

»Hm«, machte Peter seelenruhig.

Die grüne Tür ging zu – und wieder auf – doch diesmal höchstens anderthalb Zentimeter weit.

»Kuckuck«, machte Peter leise.

Die Tür blieb unverändert, und dann vernahm er ein angespanntes, immer wieder von kurzen Pausen unterbrochenes Geflüster.

»Da is einer drin.«

»Und was macht er?«

»Sitzt da und kuckt.«

»Der soll bloß Leine ziehn. Wir brauchen ’ne neue Pulle.«

Peter lauschte, und allmählich drangen ihm die Worte ins Bewusstsein.

›Na, so was‹, dachte er, ›das ist ja höchst bemerkenswert.‹

Er war ganz aufgeregt. Innerlich jubilierte er geradezu. Er meinte, auf ein Geheimnis gestoßen zu sein. Mit gespielt unbekümmerter Pose stand er auf und ging um den Tisch herum, machte dann blitzschnell kehrt und riss die grüne Tür auf, worauf ihm Soldat Rose beinahe in die Arme stürzte.

Peter machte einen Diener.

»Wie ist das werte Befinden?«, fragte er.

Soldat Rose setzte vorsichtig einen Fuß vor den anderen, bereit, zu kämpfen, zu flüchten oder sich gütlich zu einigen.

»Wie ist das werte Befinden?«, wiederholte Peter höflich.

»Geht schon.«

»Darf ich Ihnen vielleicht einen Drink anbieten?«

Soldat Rose sah ihn forschend an, argwöhnte womöglich, der andere wolle ihn auf den Arm nehmen.

»Na gut«, sagte er endlich.

Peter wies auf einen Stuhl.

»Möchten Sie sich nicht setzen?«

»Ich hab 'n Freund«, sagte Rose, »da drinne is 'n Freund von mir.« Er zeigte auf die grüne Tür.

»Na, den müssen wir doch unter allen Umständen mit rüberholen.«

Peter ging quer durchs Zimmer, öffnete die Tür und begrüßte den überaus misstrauischen, unsicheren und schuldbewussten Soldaten Key. Man schaffte Stühle herbei, und die drei ließen sich um die Punschbowle herum nieder. Peter machte drei Highballs zurecht und hielt den beiden sein Zigarettenetui hin. Ein wenig schüchtern griffen sie zu.

»Nun denn«, nahm Peter den Faden leichthin wieder auf, »darf ich fragen, wieso es den Herren gefällt, ihre Freizeit in einem Raum zu verbringen, dessen Mobiliar, wenn ich mich nicht täusche, vornehmlich aus Scheuerbürsten besteht? Und nachdem die Menschheit so weit fortgeschritten ist, dass sie Tag für Tag, ausgenommen die Sonntage, siebzehntausend Stühle produziert …« Er machte eine Pause. Rose und Key sahen ihn verständnislos an. »Würden Sie mir wohl verraten«, fuhr Peter fort, »wieso Sie sich da ausgerechnet einen Gegenstand als Sitzgelegenheit erkoren haben, mit dem man üblicherweise Wasser von einem Ort zum anderen zu transportieren pflegt?«

An diesem Punkt trug Rose mit einem Grunzlaut zu der Unterhaltung bei.

»Und zu guter Letzt«, kam Peter zum Ende, »würden Sie mir wohl erzählen, weshalb Sie es in so einem wunderschön mit riesigen Kronleuchtern vollgehängten Gebäude vorziehen, diese abendlichen Stunden unter einer einzelnen anämischen Glühbirne zuzubringen?«

Rose schaute Key an; Key schaute Rose an. Und beide brachen in Gelächter aus; in schallendes Gelächter; sie konnten sich einfach nicht anschauen, ohne lachen zu müssen. Doch lachten sie nicht *mit* dem Fremden, sondern *über* ihn. Wer auf solche Weise sprach, der war in ihren Augen entweder irrsinnig betrunken oder einfach irrsinnig.

»Ich nehme an, Sie sind gleichfalls Yale-Männer«, sagte Peter, während er seinen Highball austrank und sich bereits den nächsten mischte.

Sie lachten abermals.

»Nö-höhö.«

»Ach so? Und ich hatte gemeint, Sie wären vielleicht Kommilitonen der unter dem Namen Sheffield Scientific School bekannten niederen Abteilung der Universität.«

»Nö-höhö.«

»Hm. Wie schade. Dann sind Sie ohne Zweifel Harvard-Leute und darauf bedacht, in diesem – diesem Paradies in Veilchenblau, wie die Zeitungen schreiben, Ihr Inkognito zu wahren.«

»Nö-höhö«, sagte Key höhnisch, »wir wartn bloß uff wen.«

»Ah ja«, rief Peter aus und erhob sich, um ihre Gläser neu zu füllen, »sehr interessant. Wohl ein Rendezvous mit einer Lady vom Scheuerlappengeschwader, wie?«

Das wiesen beide empört zurück.

»Ist schon in Ordnung«, sagte Peter beschwichtigend, »Sie brauchen sich nicht zu entschuldigen. Die Ladys vom Scheuerlappengeschwader sind nicht besser und nicht schlechter als sonst irgendeine Lady auf dieser Welt. Wie heißt es doch so schön bei Kipling? ›Unter der Haut ist jede Lady 'ne Judy O'Grady.‹«

»Gewiss doch«, sagte Key und zwinkerte Rose vielsagend zu.

»Zum Beispiel mein Fall«, fuhr Peter fort und leerte sein Glas. »Ich bin mit einer hergekommen, die ist so was von verwöhnt. Die verwöhnteste Göre, die ich je erlebt hab. Hat sich geweigert, mich zu küssen; ohne jeden Grund. Erst verleitet sie mich mutwillig dazu, dass ich annehmen muss: Aber selbstverständlich will sie mich küssen, und dann – *peng!* – lässt sie mich sitzen! Die Jugend von heute – wo soll das bloß noch hinführen?«

»Is 'n harter Schlach«, sagte Key. »'n furschbar harter Schlach.«

»Mein lieber Scholli!«, sagte Rose.

»Sie auch noch einen?«, fragte Peter.

»Also wir sind vor 'ner Weile in so 'ne Art Kampf reingeraten«, sagte Key nach einer Pause, »war abba zu weit wech.«

»Ein Kampf? – Dolle Sache!«, sagte Peter und setzte sich schwankend wieder hin. »Macht sie fertig, alle Mann! Ich war auch in der Army.«

»Da war so 'n Bolschewistenbengel.«

»Dolle Sache!«, rief Peter begeistert. »Sag ich doch immer! Fertigmachen, diese Bolschewisten! Alle ausrotten!«

»Wir sind Ammörikana«, sagte Rose – ganz standhaft-trotziger Patriot.

»Aber gewiss doch«, sagte Peter. »Die Größten auf der

Welt! Wir sind alle Ammörikana! Ihr nehmt doch noch einen?«

Und da nahmen sie noch einen.

VI

Nachts um eins traf im Delmonico ein ganz besonderes Orchester ein, ein Orchester, das selbst an einem Tag mit lauter besonderen Orchestern noch etwas ganz Besonderes war und dessen Mitglieder sich mit arroganter Miene rund um den Flügel herum niederließen und die Güte hatten, die Studentenverbindung Gamma Psi mit Musik zu versorgen. Ihr Leiter war ein berühmter Flötenspieler, der es draufhatte, auf dem Kopf stehend im Shimmy-Rhythmus mit den Schultern zu wackeln und dabei auf seiner Flöte den neusten Jazz zu spielen, was ihn in ganz New York bekannt gemacht hatte. Während seiner Darbietung gingen alle Lichter aus, bis auf ein Spotlight für den Flötenspieler und einen hin und her schwenkenden Scheinwerfer, der die dicht gedrängte Schar der Tanzenden bald in flackernde Schatten, bald in ein Meer von kaleidoskopartig wechselnden Farben tauchte.

Edith hatte sich in jenen müden, traumverlorenen Zustand getanzt, in den normalerweise nur Debütantinnen geraten, einen Zustand, etwa vergleichbar dem stillen Glühen eines edlen Gemüts nach dem soundsovielten doppelten Highball. Benebelt wiegte sich ihr Geist am Busen ihrer eigenen Musik; unwirklichen Phantomen gleich lösten sich ihre Partner ab im bunten Wechselspiel des

Schummerlichts, und in dem zeitweiligen Dämmerzustand, in dem sie sich befand, kam es ihr vor, als tanzte sie seit Tagen schon auf diesem Ball. Sie hatte mit allen möglichen Männern alle möglichen Themen gestreift. Einmal war sie geküsst und sechsmal zärtlich umschlungen worden. Am Anfang des Abend hatten mehrere Studenten aus den unteren Semestern mit ihr getanzt, inzwischen aber hatte sie, wie die Begehrteren der Mädchen allesamt, ihre eigene Entourage – was bedeutete, dass ein halbes Dutzend Kavaliere entweder auf sie allein ein Auge geworfen hatten oder aber noch zwischen ihren Reizen und denen irgendeiner anderen auserwählten Schönheit schwankten; sie wurde unausweichlich immer wieder abgeklatscht.

Gordon hatte sie noch etliche Male gesehen – er hatte eine ganze Weile dort oben auf der Treppe gesessen, die Wange in die Hand gestützt, den trüben Blick auf einen imaginären Fleck vor sich auf dem Boden geheftet, sehr bedrückt, wie es aussah, und ziemlich betrunken –, doch Edith hatte jedes Mal rasch in eine andere Richtung geschaut. Das alles schien indessen lange her; jetzt war ihr Geist ganz träge, ihre Sinne dämmerten in einem tranceartigen Schlummer vor sich hin; nur ihre Füße tanzten weiter, und ihre Stimme plapperte immerfort irgendwelches nebulös-romantisches Geschwätz.

So müde aber, dass sie nicht mehr in der Lage gewesen wäre, sich zu entrüsten, als Peter Himmel plötzlich dastand und sie mit großer Geste und fröhlich angetütert abzuklatschen versuchte, o nein, so müde war Edith längst noch nicht. Sie schnappte nach Luft und schaute zu ihm hoch.

»Also, Peter!«

»Ich hab ’n Klein’ sitzen, Edith.«

»Du, Peter? – Na, du bist mir ja vielleicht ein Früchtchen! Du benimmst dich ganz schön gemein, findest du nicht? – Immerhin sind wir zusammen hergekommen.«

Doch als sie sein zwischen sentimentalem Uhublick und albernem, krampfhaftem Grinsen hin- und herspringendes Mienenspiel sah, musste sie unwillkürlich lächeln.

»Edith, mein Schätzchen«, fing er in ernstem Ton an, »du weißt doch ganz genau, dass ich dich liebe, oder etwa nicht?«

»Pah! Lippenbekenntnisse!«

»Ich liebe dich – ich wollte doch bloß einen Kuss von dir«, fügte er traurig hinzu.

Keine Spur mehr von Verlegenheit, von Scham. Sie war dis allaschönste Mädel auffa ganzn Wölt. So ’ne schön’ Augen abba auch, wie die Sterne ohm am Hümmel. Er wollte »’schuljunk« sagen – ers’ns, weil er gemeint hatte, er könne es sich einfach so erlauben, sie zu küssen; zweitens wegen dem Trinken –, aber dis war doch so ’ne schlümme Schlappe gewesen, weil, er hatte doch gedacht sie wär verrückt nach ihm –

Moppel Rotschopf kam und klatschte Edith ab; er schaute sie mit strahlendem Lächeln von unten herauf an.

»Sind Sie mit jemand hier?«, fragte sie ihn.

Nein. Moppel Rotschopf war ohne Damenbegleitung da.

»Ach, würden Sie es – würden Sie es als eine sehr große Zumutung empfinden, wenn ich Sie bitten würde, mich – mich nachher heimzubringen?« (Diese übertriebene Schüchternheit war natürlich ein charmanter Trick von

Edith, denn ihr war durchaus klar, dass Moppel Rotschopf auf der Stelle in höchstem Entzücken dahinschmelzen würde.)

»Eine Zumutung? Ach, du liebe Güte, ein Mordsvergnügen wär mir das! Verstehen Sie, ein Mordsvergnügen.«

»Tausend Dank! Das ist ja schrecklich lieb von Ihnen.«

Sie warf einen kurzen Blick auf ihre Armbanduhr. Es war halb zwei. Und während sie so vor sich hin sagte: »Halb zwei«, kam ihr plötzlich wie von ungefähr der Gedanke, dass ihr Bruder, der bei einer Zeitung arbeitete, ihr beim Mittagessen erzählt hatte, er verlasse die Redaktion immer erst nach halb zwei in der Nacht.

Edith drehte sich abrupt zu ihrem Tanzpartner herum.

»An welcher Straße ist das Delmonico eigentlich?«

»An welcher Straße? Na, an der Fifth Avenue, natürlich.«

»Ich meine, welche Querstraße?«

»Ach so – lassen Sie mich mal überlegen – Forty-fourth Street.«

Damit bestätigte er, was sie sich schon gedacht hatte. Henrys Redaktion musste gleich hier gegenüber sein, bloß rasch um die Ecke, und plötzlich ging ihr durch den Sinn, dass sie doch schnell mal heimlich rüberflitzen und überraschend in ihrem neuen Abendmantel, so als schimmerndes Wunderwesen, bei ihm hereinschneien könnte, um ihn »ein bisschen aufzumuntern«. Edith hatte eine Schwäche für solche kleinen Abenteuer – solche unkonventionellen kleinen Dreistigkeiten. Die Idee nahm von ihr Besitz und beschäftigte ihre Phantasie – ein kurzer Augenblick des Zögerns, und schon war ihr Entschluss gefasst.

»Meine Frisur ist komplett in Auflösung begriffen«,

sagte sie in vergnügtem Ton zu Moppel Rotschopf; »hätten Sie was dagegen, wenn ich gerade mal verschwinde und sie wieder in Ordnung bringe?«

»Aber woher denn.«

»Sie sind ein Schatz.«

Ein paar Minuten später huschte sie, in ihren scharlachroten Abendmantel gehüllt und mit vor Aufregung glühenden Wangen, eine Hintertreppe hinunter. Sie kam an einem heftig streitenden Paar vorbei, das unten an der Tür stand – er ein Kellner mit fliehendem Kinn, sie eine allzu auffällig geschminkte junge Dame –, öffnete die Tür zur Straße und trat hinaus in die laue Maiennacht.

VII

Die allzu auffällig geschminkte junge Dame schickte ihr einen kurzen, verbitterten Blick hinterher, bevor sie sich wieder dem Kellner mit dem fliehenden Kinn zuwandte und fortfuhr, sich mit ihm zu streiten.

»Wenn Sie nicht auf der Stelle raufgehn und ihm sagen, dass ich da bin«, erklärte sie trotzig, »dann geh ich selber.«

»O nein, das werden Sie nicht tun!«, sagte George unnachgiebig.

Das Mädchen grinste höhnisch.

»Ach, werd ich nicht, nein, werd ich nicht? Na, dann werd ich Ihnen mal was sagen, ich kenne wesentlich mehr Collegeleute, die mich kennen und mich liebend gerne mit auf eine Party nehmen möchten, als Sie in Ihrem Leben gesehn haben.«

»Das mag schon sein –«

»Das mag schon sein«, äffte sie ihn nach. »Oh Mann, jeder kann hier einfach so rein- und rausrennen – wie die da grade eben, weiß der Himmel, wo die hin ist –, da sagt keiner was, bloß weil die ’ne Einladung haben, können sie kommen und gehen, wie’s ihnen passt, aber wenn ich mich hier mit ’nem Freund treffen will, da stelln sie so ’n schäbigen, speckigen Hamburgerjongleur hierhin, damit er mich rausschmeißt.«

»Hören Sie mal«, sagte der ältere Key empört, »ich kann es mir nicht leisten, meine Stellung zu verlieren. Vielleicht will Sie der Kerl, von dem Sie mir hier erzählen, ja gar nicht sehen.«

»Und ob der mich sehn will!«

»Und überhaupt, wie soll ich ihn denn finden in dem Gedränge hier?«

»Oh, der wird schon da sein«, behauptete sie im Brustton der Überzeugung. »Fragen Sie einfach nach Gordon Sterrett, die werden Ihnen schon zeigen, welcher das ist. Die kennen sich doch alle untereinander, diese Burschen.«

Sie holte ein silbergewirktes Abendtäschchen hervor, entnahm ihm eine Dollarnote und drückte sie George in die Hand.

»Hier«, sagte sie, »Schmiergeld. Sie gehn ihn suchen und richten ihm meine Nachricht aus. Sie richten ihm aus, wenn er nicht in fünf Minuten hier ist, komm ich rauf.«

George schüttelte pessimistisch den Kopf, überlegte einen Moment, rang heftig mit sich – und zog ab.

Die gesetzte Frist war noch nicht verstrichen, als Gordon bereits die Treppe herunterkam. Er war stärker und irgendwie anders betrunken als vorhin. Es schien, als hätte sich der Alkohol um ihn herum verhärtet und eine Art Kruste gebildet. Er taumelte und sprach mit schwerer Zunge, kaum verständlich.

»He, Jewel«, sagte er schleppend. »Bin gleich gekomm'. Du, Jewel, das Geld hab ich nich zusammkricht. Hab alles versucht.«

»Ach, Geld!«, fuhr sie ihn an. »Du hast dich schon zehn Tage nicht mehr bei mir blicken lassen. Was ist los?«

Er schüttelte schwerfällig den Kopf. »Bin total am Boden gewesen, Jewel. Bin krank gewesen.«

»Warum hast du mir denn nicht Bescheid gesagt, wenn du krank warst. Das Geld ist mir doch gar nicht so wichtig. Ich hab doch überhaupt erst angefangen, dir deswegen die Hölle heißzumachen, als du dich plötzlich nicht mehr hast blicken lassen.«

Er schüttelte abermals den Kopf.

»Nich blicken lassen? Stümmt doch ganich.«

»Das stimmt wohl! Du hast drei Wochen lang nichts von dir hören lassen, außer, du warst dermaßen blau, dass du nicht mehr gewusst hast, was du tust.«

»Ich war krank, Jewel«, wiederholte er und sah sie mit todmüden Augen an.

»Ach, aber um hierherzukommen und dich mit deinen Freunden aus der feinen Gesellschaft zu amüsieren, dazu bist du nicht zu krank. Du hast gesagt, du willst heute Abend mit mir essen gehn, du hast gesagt, du hast Geld für mich. Nicht mal angerufen hast du.«

»Ich konnte doch keins auftreiben, kein Geld.«

»Hab ich dir nicht grade gesagt, dass mir das Geld egal

ist? Ich wollt dich einfach sehen, Gordon, aber du ziehst ja offensichtlich jemand anders vor.«

Das stritt er ganz erbittert ab.

»Dann hol gefälligst deinen Hut und komm«, verlangte sie.

Gordon zögerte, und da kam sie plötzlich ganz nah an ihn heran und schlang ihm beide Arme um den Hals.

»Komm mit mir mit, Gordon«, sagte sie beinahe flüsternd. »Wir gehn rüber ins Divineries und trinken was, und nachher kommst du mit zu mir nach Hause.«

»Ich kann nich, Jewel –«

»Klar kannst du«, sagte sie eindringlich.

»Mir is hundeelend!«

»So? Na, dann kannst du aber auch nicht hierbleiben und tanzen.«

Gordon, halb erleichtert, halb verzweifelt um sich blickend, zögerte noch immer; und plötzlich zog sie ihn an sich und küsste ihn mit weichen, fleischigen Lippen.

»Na schön«, sagte er mit schwerer Zunge. »Ich geh und hol mein' Hut.«

VIII

Die Avenue war menschenleer, als Edith ins klare Blau der Maiennacht hinaustrat. Die Schaufenster der großen Geschäfte waren dunkel; die Türen verbargen ihre Gesichter hinter schweren eisernen Masken und erschienen nur mehr wie die düsteren Grabmale des Glamours des dahingegangenen Tages. Als sie zur Forty-second Street hinüberblickte, verschwammen die flimmernden Lichter der Nachtlokale vor ihren Augen und flossen ineinander. Quer über die Sixth Avenue donnerte zwischen den funkelnden Lichterreihen des Bahnhofs die Hochbahn wie ein greller Feuerstrahl dahin und raste weiter in die frische dunkle Nachtluft. An der Forty-fourth Street aber war alles still.

Edith wickelte sich fester in ihren Abendmantel und rannte über die Fahrbahn. Als ein einzelner Mann an ihr vorüberging und heiser flüsterte: »Na, Kleine, so spät noch unterwegs?«, zuckte sie erschrocken zusammen. Sie musste daran denken, wie sie einmal als kleines Mädchen nachts im Schlafanzug um den Block gestreift war und plötzlich von einem großen, unheimlichen Hinterhof her einen Hund hatte heulen hören.

Eine Minute später hatte sie ihr Ziel erreicht, ein zweigeschossiges, relativ altes Gebäude an der Forty-fourth Street, hinter dessen oberem Fenster sie zu ihrer Erleichterung noch Licht brennen sah. Draußen war es hell genug, dass sie das Schild neben dem Fenster erkennen konnte: *New York Trumpet.* Sie trat in den dunklen Hausflur, und nach ein paar Sekunden entdeckte sie in der Ecke die Treppe.

Wenig später befand sie sich in einem langen Raum mit vielen Schreibtischen, an dessen Wänden ringsherum lauter Zeitungsseiten hingen. Es waren nur zwei Männer dort. Einer saß im vorderen, einer im hinteren Teil des Raumes, beide trugen grüne Augenschirme und schrieben jeweils beim Licht einer einzelnen Schreibtischlampe.

Sie blieb einen Moment lang unentschlossen in der Tür stehen, doch dann wandten sich die beiden Männer plötzlich gleichzeitig um, und sie erkannte ihren Bruder.

»Edith! Na, so eine Überraschung!« Schnell stand er auf, kam auf sie zu und nahm seinen Augenschirm ab. Er war groß und schlaksig, hatte dunkles Haar und durchdringende dunkle Augen, die hinter ungewöhnlich dicken Brillengläsern hervorschauten. Augen, deren Blick ins Weite ging und immer auf einen Punkt irgendwo oberhalb der Person geheftet zu sein schien, mit der er gerade sprach.

Er nahm sie bei den Armen und gab ihr einen Kuss auf die Wange.

»Was ist denn passiert?«, fragte er leicht besorgt.

»Ach, Henry, ich war bei einem Tanzabend im Delmonico«, sagte sie aufgeregt, »und da konnte ich der Versuchung nicht widerstehen, rasch mal rübergehuscht zu kommen und dich zu besuchen.«

»Na, das ist ja eine Freude!« Doch im nächsten Moment war seine Lebhaftigkeit wieder der gewohnten Zerstreutheit gewichen. »Aber meinst du nicht auch, du solltest nachts nicht so allein da draußen rumlaufen?«

Der Mann am anderen Ende des Raumes hatte sie zunächst neugierig von weitem gemustert, war dann aber auf Henrys einladende Geste hin zu ihnen herübergekommen. Er war ziemlich pummelig, hatte kleine, ständig zwinkernde Augen, und da er Schlips und Kragen abgelegt hatte, erinnerte er ein bisschen an einen Farmer aus dem Mittleren Westen an einem Sonntagnachmittag.

»Das hier ist meine Schwester«, sagte Henry. »Sie ist bloß kurz vorbeigekommen, um mich zu besuchen.«

»Freut mich, Sie kennenzulernen, Miss Bradin«, sagte der mollige Mann lächelnd. »Mein Name ist Bartholomew.

Ich weiß, Ihr Bruder hat schon längst vergessen, wie ich heiße.«

Edith lachte höflich.

»Tja«, fuhr er fort, »eine Luxusunterkunft ist das hier nicht gerade, nicht wahr?«

Edith sah sich um im Raum.

»Ist doch ganz hübsch hier«, erwiderte sie. »Wo halten Sie denn die Bomben versteckt?«

»Die Bomben?«, wiederholte Bartholomew lachend. »Der ist gut – die Bomben. Hast du das gehört, Henry? Sie will wissen, wo wir die Bomben versteckt halten. Alle Achtung, der ist richtig gut.«

Edith schwang sich auf einen leeren Schreibtisch und ließ die Beine über die Tischkante baumeln. Ihr Bruder zog sich einen Stuhl heran.

»Na«, fragte er geistesabwesend, »und wie gefällt New York dir diesmal so?«

»Ganz gut. Bis Sonntag bin ich mit den Hoyts drüben im Biltmore. Kannst du nicht vielleicht morgen zum Mittagessen rüberkommen?«

Er überlegte einen Moment. »Ich hab grad so besonders viel zu tun«, sagte er entschuldigend, »und außerdem hasse ich Frauen, wenn sie im Rudel auftreten.«

»Na gut«, gab sie gelassen nach. »Dann gehen halt wir zwei zusammen Mittag essen.«

»Einverstanden.«

»Um zwölf hol ich dich ab.«

Bartholomew hatte es sichtlich eilig, wieder an seinen Schreibtisch zu kommen, fand es aber offenbar ungehörig, sich ohne eine spaßige Bemerkung zurückzuziehen.

»Nun ja«, fing er verlegen an.

Die beiden drehten sich zu ihm herum.

»Nun ja, vorhin – also vorhin gab's ja hier schon eine kleine Aufregung.«

Die zwei Männer wechselten einen Blick.

»Sie hätten ein bisschen früher kommen sollen«, fuhr Bartholomew etwas mutiger fort. »Vorhin gab's hier 'ne richtige kleine Varietévorstellung.«

»Ach, wirklich?«

»Ein Ständchen«, sagte Henry. »Da unten auf der Straße, da hatte sich ein Haufen Soldaten zusammengerottet, plötzlich haben sie angefangen, zu unserem Schild hier heraufzubrüllen.«

»Aber wieso denn?«, wollte Edith wissen.

»War halt 'ne Zusammenrottung«, sagte Henry zerstreut. »Zusammenrottungen müssen Krach machen, das gehört dazu. So 'n richtigen Anführer hatten die anscheinend nicht, sonst wären sie bestimmt hier eingedrungen und hätten alles kurz und klein geschlagen.«

»Ja«, sagte Bartholomew und wandte sich abermals an Edith, »schade, dass Sie nicht hier waren.«

Dies schien ihm als Stichwort für seinen Rückzug auszureichen, denn nun machte er abrupt kehrt und ging zurück zu seinem Schreibtisch.

»Sind denn alle Soldaten gegen die Sozialisten?«, fragte Edith ihren Bruder. »Ich meine, greifen die euch richtig an, richtig mit Gewalt und so?«

Henry setzte seinen Augenschirm wieder auf und gähnte.

»Die Menschheit hat's wahrhaftig weit gebracht«, sagte er leichthin, »aber bei den meisten von uns schlägt der alte

Adam immer wieder durch; diese Soldaten, die wissen selber nicht, was sie wollen oder was sie hassen oder was ihnen gefällt. Die sind es gewohnt, immer in großer Formation vorzugehen, und darum müssen sie anscheinend alle naselang Demonstrationen machen. Und diesmal geht es halt per Zufall gegen uns. Heute Abend gab's überall in der Stadt Unruhen. Ist eben Erster Mai, nicht wahr.«

»Waren die Turbulenzen hier bei euch denn ernst?«

»Keine Spur«, sagte er höhnisch. »So gegen neun sind an die fünfundzwanzig Leute unten auf der Straße stehen geblieben und haben den Mond angebellt.«

»Ach.« – Sie wechselte das Thema. »Sag mal, Henry, freust du dich eigentlich wirklich, mich zu sehen?«

»Ja, sicher.«

»Macht aber gar nicht den Eindruck.«

»Klar freu ich mich.«

»Ich nehme an, in deinen Augen bin ich ein – ein wertloser Mensch. Der schädlichste Schmetterling der Welt sozusagen.«

Henry lachte.

»Überhaupt nicht. Amüsier dich ruhig, solang du noch jung bist. Wie kommst du denn bloß auf so was? Seh ich etwa aus wie ein Tugendbold, einer, der keinen Spaß versteht?«

»Nein« – sie überlegte einen Moment –, »mir ist bloß grad so durch den Kopf gegangen, wie grundlegend sich doch die Gesellschaft, bei der ich da drüben bin, von – von all den Idealen unterscheidet, die du vertrittst. Das passt doch irgendwie nicht recht zusammen, nicht wahr? Ich bin da drüben auf so einem Ball, und du bist hier und arbeitest für eine völlig andere Sache, und wenn deine Ideen umgesetzt werden, sind solche Bälle ein für alle Mal passé.«

»Ich sehe das nicht so. Du bist jung, und du verhältst dich genau so, wie es deiner Erziehung entspricht. Nur zu – geh nur und amüsiere dich.«

Sie hörte auf, gedankenverloren mit den Beinen zu baumeln, und ihr Ton wurde ernster.

»Ich wünschte, du – du würdest wieder heimkommen nach Harrisburg und dich ebenfalls amüsieren. Bist du dir wirklich sicher, dass du auf dem richtigen Wege bist –«

»Sehr schöne Strümpfe hast du an«, fiel er ihr ins Wort. »Was ist das denn nur für ein Material, aus dem die sind?«

»Die sind bestickt«, erwiderte sie und senkte den Blick. »Hübsch, nicht?« Sie hob die Röcke hoch und entblößte ihre schlanken, seidenumspannten Waden. »Oder hast du was gegen Seidenstrümpfe?«

Leicht gereizt, wie es schien, richtete er seine dunklen Augen auf sie und sah sie durchdringend an.

»Hör mal, Edith, du willst mich doch wohl nicht so hinstellen, als ob ich was an dir auszusetzen hätte, oder wie?«

»Ganz und gar nicht.«

Sie schwieg. Bartholomew brummte irgendwas. Sie drehte sich um und sah, dass er seinen Schreibtisch verlassen hatte und am Fenster stand.

»Was ist denn los?«, fragte Henry.

»Lauter Leute«, sagte Bartholomew, und dann, nach einer kleinen Pause:

»Unmassen. Die kommen von der Sixth Avenue.«

»Leute?«

Der pummellige Mann drückte sich die Nase an der Fensterscheibe platt.

»Gott steh mir bei, Soldaten!«, sagte er mit fester Stimme. »Hab mir gleich gedacht, dass die noch mal wiederkommen.«

Edith sprang auf; sie rannte rüber ans Fenster zu Bartholomew und schaute mit ihm zusammen hinaus.

»Es sind ganz, ganz viele!«, rief sie aufgeregt. »Henry, komm her!«

Henry rückte sich seinen Augenschirm zurecht, blieb aber sitzen.

»Vielleicht sollten wir lieber das Licht ausmachen?«, schlug Bartholomew vor.

»Ach was. Die sind gleich wieder weg.«

»Du irrst dich«, sagte Edith, die immer noch am Fenster stand und vorsichtig hinausspähte. »Die denken gar nicht daran, wegzugehen. Es kommen immer mehr. Sieh doch nur – da vorne von der Sixth Avenue her, da kommt ein ganzer Pulk um die Ecke gebogen.«

Im gelben, blaue Schatten werfenden Schein der Straßenlaterne erkannte sie, dass das ganze Trottoir voller Menschen war. Die meisten waren in Uniform, einige nüchtern, einige vom Alkohol beschwingt, und über dem Ganzen wogte ein diffuses Gejohle und Gekreische.

Henry stand auf; er trat ans Fenster und zeigte sich im Licht der Bürolampen als langer Schattenriss den Demonstranten. Sogleich schwoll das Gekreische an zu einem anhaltenden Gebrüll, und eine Salve von kleinen Wurfgeschossen – Kautabackbröckchen, Zigarettenschachteln, ja sogar Pennymünzen – prasselte an die Scheibe. Und dann begannen die Türen zu rotieren, und nach und nach kroch der Lärm bis zu ihnen herauf.

»Sie kommen rauf!«, schrie Bartholomew.

Edith schaute ängstlich zu Henry hinüber.

»Sie kommen hier rauf, Henry.«

Von unten aus dem Vestibül waren jetzt deutlich einzelne Rufe auszumachen.

»– gottverdammtes Sozialistenpack!«

»Deutschenfreunde! Die sind für die *boches*!«

»Erster Stock, vorne! Na, los doch!«

»Die schnappen wir uns, die Schweine ...«

Die nächsten fünf Minuten waren wie ein Traum. Edith merkte noch, wie sich der Tumult gleich einer Regenwolke jäh über ihnen entlud; sie hörte das Getrappel vieler Füße draußen auf der Treppe, Henry hatte sie am Arm gepackt und in die hinterste Ecke des Raums gezerrt. Dann sprang die Tür auf, und ein Schwall von Menschen drängte herein – nicht die Anführer, sondern einfach die, die zufällig vorne waren.

»Hallo, Bürschchen!«

»Na, so spät noch auf?«

»Mit deiner Puppe. Hol's der Teufel!«

Edith entdeckt unter denen, die nach vorne gespült worden waren, zwei sturzbetrunkene, albern herumtorkelnde Soldaten – der eine klein und dunkelhaarig, der andere hochgewachsen und mit fliehendem Kinn.

Henry trat vor und hob die Hand.

»Freunde!«, rief er.

Für einen Augenblick erstarb der Lärm, und nur hier und da war vereinzeltes Gemurmel zu hören.

»Freunde!«, wiederholte er, den weitschweifenden Blick auf einen Punkt oberhalb der Menge geheftet, »damit, dass ihr heute Nacht hier einbrecht, schadet ihr niemand anders als euch selber. Sehen wir etwa wie reiche Leute aus? Sehen wir aus wie Deutsche? Ich frage euch in aller Offenheit –«

»Halt die Fresse!«

»Genau so seht ihr aus!«

»He, Kumpel, deine Puppe is 'ne richtich feine Dame, was!«

Plötzlich hielt ein Zivilist, der auf einem der Tische herumgewühlt hatte, eine Zeitung in die Höhe.

»Hier steht's doch drin!«, schrie er. »Die wollten, dass die Deutschen den Krieg gewinnen!«

Vom Treppenhaus her schwappte die nächste Welle herein, und mit einem Mal war der Raum voll von Männern, die das blasse Grüppchen im Hintergrund umzingelten. Edith sah den hochgewachsenen Soldat mit dem fliehenden Kinn, der immer noch ganz vorne war. Der kleine Dunkle aber war verschwunden.

Sie wich noch etwas weiter zurück und stand jetzt dicht am offenen Fenster, durch das ein Schwall klarer, kühler Nachtluft hereinwehte.

Und dann war plötzlich alles in hellem Aufruhr. Sie kriegte mit, wie Soldaten nach vorn stürmten, erspähte den pummeligen Mann, der einen Stuhl überm Kopf schwang – im nächsten Moment ging das Licht aus, sie spürte das Herandrängen warmer Körper unter rauem Tuch, und ihr platzte fast das Trommelfell von all dem Schreien, dem Getrampel und Gekeuche.

Gleichsam aus dem Nichts tauchte eine Gestalt neben ihr

auf, stolperte, wurde zur Seite geschubst und flog auf einmal hilflos mit einem abgerissenen, staccatohaft anschwellenden und dann im allgemeinen Krawall ersterbenden Angstschrei zum offenen Fenster hinaus. Im schwachen Licht, das von dem hinten angrenzenden Haus herüberschien, wurde Edith blitzartig klar, dass die Gestalt der hochgewachsene Soldat mit dem fliehenden Kinn gewesen war.

Sie staunte selber über die enorme Wut, die plötzlich in ihr hochstieg. Sie ruderte wild mit den Armen und schob sich blindlings mitten ins Gedränge, wo es am dichtesten war. Sie hörte Ächzen, Flüche, gedämpfte Fausthiebe.

»Henry!«, rief sie wie von Sinnen. »Henry!«

Und dann, Minuten später, spürte sie auf einmal, dass noch andere Gestalten im Raum waren. Sie hörte eine tiefe, einschüchternde, gebieterische Stimme; hier und da strichen gelbe Lichtkegel über dem Tumult dahin. Allmählich ließ das Geschrei nach. Die Rauferei schwoll nochmals an, um schließlich abzuflauen.

Auf einmal ging das Licht an, und der Raum war voller Polizisten, die rechts und links mit ihren Knüppeln um sich schlugen. Dröhnend rief die tiefe Stimme:

»Schluss jetzt! Schluss jetzt! Schluss jetzt!«

Und dann:

»Ruhe jetzt und raus hier! Schluss jetzt!«

Daraufhin leerte sich der Raum, wie wenn man eine Waschschüssel auskippt. Ein Polizist, der noch in einer Ecke in ein Handgemenge verwickelt war, ließ den Soldaten, mit dem er kämpfte, los und beförderte ihn mit einem kräftigen Schubs in Richtung Tür. Die tiefe Stimme dröhnte immer noch. Edith stellte fest, dass sie von einem stiernackigen Polizeihauptmann kam, der direkt an der Tür stand.

»Schluss jetzt! So geht das doch nicht! Da hinten hamse ein' von euch zum Fenster rausgeschubst, da is 'n Soldat zu Tode gekommen!«

»Henry!«, rief Edith. »Henry!«

Sie trommelte wie eine Wilde mit den Fäusten auf den Rücken des Mannes ein, der vor ihr stand, schob sich zwischen zwei anderen hindurch, kämpfte, kreischte und boxte sich durch bis zu der Gestalt, die kreidebleich neben einem der Schreibtische auf dem Boden saß.

»Henry«, schrie sie außer sich, »was ist denn los? Was ist mit dir? Bist du verletzt?«

Er hatte die Augen geschlossen. Er stöhnte, dann sah er auf und sagte wütend: »Die haben mir das Bein gebrochen. Mein Gott, diese Idioten!«

»Schluss jetzt!«, rief der Polizeihauptmann. »Schluss jetzt! Schluss jetzt!«

IX

Morgens um acht unterscheidet sich das Childs' in der Fifty-ninth Street von den anderen Vertretern der gleichnamigen Kette allenfalls durch die Breite seiner Marmortische und den Blankheitsgrad der Bratpfannen. Ansonsten sieht man dort einfach eine Menge armer Teufel, die noch den Schlafsand in den Augen haben und angestrengt auf ihre Teller stieren, um niemanden ringsherum ansehen zu müssen. Vier Stunden früher aber ist das Imbissrestaurant

Childs in der Fifty-ninth Street mit keinem anderen Childs' von Portland, Oregon, bis Portland, Maine, zu vergleichen. In seinen blassen, aber hygienisch einwandfreien Mauern findet man eine lärmende Schar von Revuegirls, Collegestudenten, Debütantinnen, Lebemännern und Freudenmädchen – ein durchaus repräsentatives Gemisch aus allem, was der Broadway und selbst noch die Fifth Avenue an bunten Vögeln zu bieten hat.

In den frühen Morgenstunden des zweiten Mai herrschte ungewöhnlich großer Andrang. An den Marmortischen saßen mit aufgeregten Gesichtern Bubikopfmädchen, deren Väter ganze Dörfer ihr Eigen nannten. Genüsslich und mit gesundem Appetit aßen sie Pfannkuchen aus Buchweizenmehl und Rührei, eine Leistung, die am selben Ort zu wiederholen ihnen vier Stunden später völlig unmöglich gewesen wäre.

Bis auf die Tänzerinnen einer Mitternachtsrevue, die an einem Tisch an der Seite saßen und sich ärgerten, dass sie sich nach der Show nicht etwas gründlicher abgeschminkt hatten, kam fast die ganze Gesellschaft vom Gamma-Psi-Ball im Delmonico. Hier und da beobachtete eine trübsinnige, hoffnungslos deplatziert wirkende mausgraue Gestalt mit müde staunender Neugier die Schar der bunten Schmetterlinge. Doch solche trübsinnigen Gestalten waren die Ausnahme. Es war der Morgen nach dem Ersten Mai; die Festtagsstimmung lag noch in der Luft.

Zu diesen trübsinnigen Gestalten muss auch Gus Rose gerechnet werden, der zwar unterdessen nüchtern war, aber dennoch einigermaßen benommen. Wie er nach dem Tumult von der Forty-fourth Street in die Fifty-ninth Street gekommen war, daran konnte er sich nur äußerst vage erinnern. Er hatte noch gesehen, wie sie den toten Carrol Key in einen Krankenwagen geschoben und abtransportiert hatten; danach war er mit zwei, drei anderen Soldaten zusammen losgegangen in Richtung Norden. Irgendwo zwischen der Forty-fourth und der Fifty-ninth Street hatten die anderen Soldaten ein paar Frauen getroffen und sich mit ihnen aus dem Staub gemacht. Rose war weitermarschiert bis zum Columbus Circle und hatte sich das Childs' mit seiner grellen Leuchtreklame ausgesucht, um dort sein Verlangen nach Kaffee und Doughnuts zu stillen. Er ging hinein und setzte sich.

Um ihn herum schwirrte die Luft von munter dahinplätscherndem Geplapper und schrillem Gelächter. Zuerst begriff er gar nichts, doch nachdem er fünf Minuten gerätselt hatte, was los war, wurde ihm klar, dass er mitten in die Nachwehen einer ausgelassenen Party geraten war. Hier und da flanierte ein übermütiger junger Mann, den das Verlangen nach allgemeiner Verbrüderung und familiärer Vertraulichkeit von seinem Stuhl hochgetrieben hatte, zwischen den Tischen umher, schüttelte wahllos Hände und blieb hin und wieder stehen, um ein paar lustige Bemerkungen zu wechseln, bis einer der aufgeregten, Teller mit Kuchen und Rührei über ihren Köpfen balancierenden Kellner kam und ihn leise fluchend beiseiteschubste. Auf Rose, der an einem besonders unauffälligen Tisch Platz genommen hatte, an dem besonders wenige Leute saßen, wirkte all das wie ein bunter Zirkus von Schönheit und lärmender Vergnügungssucht.

Nach einer kleinen Weile dämmerte ihm allmählich, dass

das Pärchen schräg gegenüber von ihm, das mit dem Rücken zum Saal saß, gar nicht uninteressant war. Der Mann war betrunken. Er trug einen Smoking, doch die Fliege hing offen herunter, und das Chemisett war aufgequollen von verschüttetem Wein und Wasser. Seine Augen waren trüb und von roten Äderchen durchschossen, und sein wirrer Blick schweifte unstet bald zur einen, bald zur anderen Seite. Sein Atem ging heftig und keuchend.

»Der hat aber ganz schön einen draufgemacht!«, dachte Rose.

Die Frau war auch nicht völlig, aber doch ziemlich nüchtern. Sie war hübsch, hatte dunkle Augen und vor Aufregung gerötete Wangen und einen wachsamen Raubvogelblick, mit dem sie ihren Gefährten die ganze Zeit fixierte. Hin und wieder beugte sie sich zu ihm rüber und redete eindringlich flüsternd auf ihn ein, worauf er den Kopf noch tiefer hängen ließ oder mit einem scheußlichen, eigentümlich makaberen Blinzeln reagierte.

Rose beobachtete die beiden eine Weile mit unverhohlener Neugier, bis die Frau ihm einen raschen, tadelnden Blick zuwarf; daraufhin wandte er seine Aufmerksamkeit zwei besonders aufgekratzten, besonders übermütigen Flaneuren zu, die sich auf einem ausgedehnten Bummel von einem Tisch zum anderen befanden. Zu seiner Überraschung erkannte er in einem der beiden den jungen Mann wieder, der ihn im Delmonico so lustig bewirtet hatte. Sogleich musste er fast wehmütig und nicht ohne eine gewisse Ehrfurcht an Key denken. Key war tot. Er war über zehn Meter in die Tiefe gestürzt und hatte sich den Schädel gebrochen – aufgeplatzt wie eine geknackte Kokosnuss.

»Er war ’n verdammt guter Kerl«, dachte Rose bekümmert, »’n verdammt guter Kerl, alles, was recht is. Hat verdammt Pech gehabt, der Junge.«

Die beiden Flaneure kamen näher, sie schlängelten sich zwischen Rose’ Tisch und dem daneben hindurch und sprachen Bekannte und Unbekannte mit gleichermaßen jovialer Vertraulichkeit an. Plötzlich sah Rose, wie der Blonde mit den vorstehenden Zähnen stehen blieb, das vis-à-vis von ihm sitzende Pärchen fragend ansah und vorwurfsvoll den Kopf schüttelte.

Der Mann mit den rotgeäderten Augen schaute auf.

»Gordy«, sagte der Flaneur mit dem Nahkampfgebiss, »Gordy.«

»Hallo«, erwiderte der Mann mit dem bekleckerten Chemisett mit schwerer Zunge.

Der mit dem Nahkampfgebiss drohte dem Pärchen missmutig mit dem Zeigefinger und warf der Frau einen verächtlichen, hochmütig-tadelnden Blick zu.

»Was hab ich dir denn gesagt, Gordy?«

Gordon zuckte auf seinem Stuhl zusammen.

»Scher dich doch zum Teufel!«, antwortete er.

Dean blieb ungerührt stehen und fuhr fort, mit dem Zeigefinger zu wackeln. Die Frau wurde langsam wütend.

»Gehn Sie schon!«, schrie sie erzürnt. »Sie sind ja betrunken, jawohl, betrunken sind Sie!«

»Er doch auch«, erwiderte Dean, und dann hielt er den Finger still, streckte ihn aus und zeigte damit auf Gordon.

Da kam Peter Himmel angeschlendert, nahm seine Uhupose ein und war sichtlich in der Stimmung, große Reden zu schwingen.

»Schluss jetzt«, fing er an, als habe man ihn herbeigerufen, um irgendeinen albernen Kinderstreit zu schlichten. »Was ist denn hier los?«

»Bringen Sie mal Ihren Freund hier weg«, sagte Jewel forsch. »Der stört uns.«

»Wie bitte?«

»Sie haben doch ganz genau gehört, was ich gesagt habe!«, rief sie schrill. »Ich hab gesagt, Sie sollen Ihren betrunkenen Freund hier wegbringen.«

Immer lauter wurde ihre Stimme, immer durchdringender, bis sie die Geräuschkulisse des Restaurants übertönte und ein Kellner herbeigeeilt kam.

»Sie müssen leiser sein!«

»Der Kerl da ist betrunken«, schrie sie. »Der beleidigt uns.«

»Siehste, siehste, Gordy«, beharrte der Beschuldigte. »Hab ich dir doch gesagt.« Er wandte sich an den Kellner. »Gordy is ’n Freund von mir. Ich wollt ihm helfen, stümmt doch, Gordy, oder nich?«

Gordy blickte auf.

»Helfen? Mir? Du? Nein, zum Teufel!«

Plötzlich stand Jewel auf, packte Gordon am Arm und half ihm auf die Beine.

»Komm, Gordy!«, sagte sie, beugte sich zu ihm rüber und fuhr halblaut fort: »Komm raus hier. Ist ja widerlich, wie betrunken der Kerl ist.«

Gordon ließ sich von ihr hochhelfen und machte sich auf den Weg zur Tür. Jewel drehte sich noch mal kurz um.

»Ich weiß Bescheid!«, sagte sie aufgebracht zu dem Mann, der ihren überstürzten Aufbruch zu verantworten hatte. »Ein schöner Freund sind Sie, ich muss schon sagen. Er hat mir alles über Sie erzählt.«

Dann packte sie Gordons Arm, und gemeinsam bahnten sich die beiden ihren Weg durch die neugierige Menge, zahlten ihre Rechnung und verließen das Lokal.

»Setzen Sie sich gefälligst hin«, sagte der Kellner zu Peter, nachdem sie draußen waren.

»Wie bitte? Hinsetzen?«

»Ja – oder Sie gehen hinaus.«

Peter wandte sich an Dean.

»Komm«, schlug er vor. »Komm, wir verprügeln den Kellner.«

»Geht in Ordnung.«

Sie blickten plötzlich entschlossen drein und rückten gegen den Kellner vor. Dieser wich zurück.

Auf einmal langte Peter zum Nachbartisch hinüber, schnappte sich dort von einem Teller eine Handvoll Haschee und schmiss es in die Luft. Es kam in weichem, elliptischen Bogen wieder herunter und schneite denen, die ringsherum saßen, in dicken Flocken auf die Köpfe.

»He! Beruhige dich mal!«

»Schmeißt ihn raus!«

»Setz dich hin, Peter!«

»Hör auf mit dem Mist!«

Peter verbeugte sich lachend.

»Danke für Ihren reizenden Applaus, meine Damen und Herren. Wenn mir jemand freundlicherweise noch ein bisschen mehr Haschee überlassen und einen Zylinder leihen könnte, tät ich die Nummer noch weiter ausbauen.«

Der Rausschmeißer drängte sich durch die Reihen.

»Sie machen jetzt, dass Sie hier rauskommen!«, sagte er zu Peter.

»Ich denk ja gar nicht dran!«

»Er ist mein Freund!«, mischte sich Dean entrüstet ein.

Ein paar Kellner scharten sich zusammen. »Setzt ihn an die Luft!«

»Besser, du verschwindest, Peter.«

Es gab ein kurzes Gerangel, die zwei wurden umzingelt und zum Ausgang gedrängt.

»Mein Hut und mein Mantel sind noch da drin!«, schrie Peter.

»Na schön, dann holen Sie sich Ihre Sachen, aber ein bisschen hoppla, bitte!«

Der Rausschmeißer lockerte seinen Griff, und Peter verzog das Gesicht zu einer lustigen Grimasse, rannte mit verschmitzter Miene um den Tisch herum, lachte höhnisch und drehte den empörten Kellnern eine lange Nase.

»Ich glaub, ich bleib noch 'n Momentchen hier«, erklärte er.

Und nun begann die Jagd. Vier Kellner liefen auf die eine Seite, vier rüber auf die andere. Dean kriegte zwei von ihnen am Jackett zu fassen, und wieder gab es eine Rangelei, bis Peters Verfolgung von neuem aufgenommen werden konnte, und bevor er endlich überwältigt wurde, warf er noch eine Zuckerdose und diverse Kaffeetassen um. Den nächsten Krawall gab es an der Kasse, als Peter den Versuch unternahm, noch einen weiteren Teller Haschee zu bestellen, den er mitnehmen wollte, um unterwegs die Polizisten damit zu bewerfen.

Doch in diesem Moment ereignete sich etwas anderes

und lief dem Tumult, den Peter Himmels sonderbarer Abgang ausgelöst hatte, glatt den Rang ab, indem es die bewundernden Blicke sämtlicher Restaurantbesucher auf sich zog und alle unwillkürlich in lautes »Ah!« und »Oh!« ausbrechen ließ.

Die gesamte Glasfassade des Childs' war auf einmal in ein weiches, tiefdunkles Blau getaucht, ein Blau wie das von Maxfield Parrishs Mondnächten, ein Blau, das gleichsam an die Fensterscheibe brandete, als wollte es das ganze Lokal überfluten. Über den Columbus Circle war die Morgendämmerung hereingebrochen, eine magische, gleichsam atemlose Morgendämmerung, die das Standbild des unsterblichen Christopher in einen Schattenriss verwandelte und deren Licht sich auf eine eigentümliche, geradezu unheimliche Weise mit dem verblassenden gelben Schein der elektrischen Lampen drinnen im Restaurant vermischte.

X

Mr. In und Mr. Out sind bei der Volkszählung nicht mit erfasst worden. Vergebens sucht man sie in den amtlichen Geburts-, Heirats- und Sterberegistern oder gar im Anschreibheft des Krämers. Sie sind der Vergessenheit anheimgefallen, und die Zeugnisse dafür, dass sie überhaupt je existierten, sind vage und liegen im Dunkeln und würden von keinem Gericht als Beweise anerkannt werden. Und doch weiß ich aus allerzuverlässigster Quelle, dass Mr. In und Mr. Out für eine kurze Frist lebten und geatmet haben, dass sie auf diese Namen hörten und ihre eigene, lebendige, ganz persönliche Aura hatten.

In der kurzen Spanne, die ihr Leben währte, wandelten sie im Habit ihres Standes auf dem großen Highway einer großen Nation dahin, wurden ausgelacht, beschimpft, gejagt und gemieden. Und dann verschwanden sie, und niemand hat je wieder etwas von ihnen gehört.

Sie waren schon dabei, wenn auch noch unscharf, Form anzunehmen, als ein Taxi mit offenem Verdeck im ersten zarten Schimmer des heraufdämmernden Maimorgens den Broadway hinuntersauste. In diesem Wagen saßen die Seelen von Mr. In und Mr. Out und diskutierten verwundert über das blaue Licht, das so jäh den Himmel hinter der Statue des Christopher Columbus gefärbt hatte, diskutierten nicht ohne Befremden über die alten, grauen Gesichter der Frühaufsteher, die auf der Straße dahintrieben – blass und wie verwehte Fetzen von Papier auf einem grauen See. Sie waren sich in allem einig, angefangen mit der Absurdität dieses Rausschmeißers bei Childs' bis hin zur Absurdität des Lebens an sich. Sie waren wie besoffen von dem Glücksgefühl, das der Morgen in ihren glühenden Seelen wachgerufen hatte und das sie regelrecht zu Tränen rührte. Ja, ihre Lebensfreude war so frisch und übermächtig, dass sie dieselbe durch laute Schreie meinten ausdrücken zu müssen.

»Hia-ho-ho!«, brüllte Peter und hielt sich die Hände wie ein Megaphon vor den Mund, und Dean stimmte ein mit einem Ruf, der zwar nicht minder bedeutungsvoll und symbolträchtig war, seine Resonanz aber gerade dem Umstand verdankte, dass er jeglicher Artikuliertheit entbehrte.

»Jo-ho! Jaa! Joho! Jo-buba!«

Die Fifty-third Street brachte die Begegnung mit einem Bus, auf dessen Oberdeck eine schwarze Bubikopfschönheit saß; die Fifty-second die mit einem Straßenfeger, der beiseitesprang, sich gerade noch retten konnte und mit gequälter, kummervoller Stimme zu ihnen hochschrie: »Mönschnskinner, pass doch uff, woste hinfährst!« In der Fiftieth Street standen ein paar Männer auf dem sehr weißen Trottoir vor einem sehr weißen Gebäude; sie drehten sich nach ihnen um, glotzten ihnen nach und riefen: »He, dolle Party, Jungs!«

In der Forty-ninth Street sprach Peter Dean an. »Hörrlücher Morgönn«, sagte er ernst und wandte seine Uhuaugen zum Himmel empor.

»Scheint so.«

»Heh, sagnse ma, was haltnse einklich von Fröhstöck?«

Dean willigte ein – mit einer Ergänzung.

»Fröhstöck mit Alkoholüka.«

»Fröhstöck mit Alkoholüka«, wiederholte Peter, und die zwei sahen einander an und nickten. »Na logisch.«

Dann brachen alle beide in schallendes Gelächter aus.

»Fröhstöck mit Alkoholüka! Oh, Mann!«

»Gibbs ganich«, erklärte Peter.

»Nich auffe Karte? Kein Problöm. Dann mössen wir se ehmt zwingen. Unter Einsatz von Göwalt.«

»Unter Einsatz von Logück.«

Plötzlich verließ das Taxi den Broadway, fuhr durch eine Querstraße und hielt vor einem massigen Gebäude in der Fifth Avenue, das eine gewisse Ähnlichkeit mit einer Grabstätte besaß.

»Was ’n jetzt los?«

Der Taxifahrer teilte ihnen mit, dies sei das Delmonico.

Sehr mysteriös. Sie brauchten etliche Minuten höchster Konzentration, denn sollte dergleichen tatsächlich verfügt worden sein, so musste es einen Grund dafür geben.

»Ürgndwie zwecks ’n Mantel holn«, half ihnen der Taxifahrer auf die Sprünge.

Genau. Peters Hut und Mantel. Er hatte beides im Delmonico vergessen. Nachdem dies geklärt war, stiegen sie aus und schlenderten Arm in Arm hinüber zum Hotelportal.

»He!«, sagte der Taxifahrer.

»Hm?«

»Vielleicht krich ich ersma meine Pinke.«

Sie schüttelten ebenso empört wie abschlägig den Kopf.

»Später – wir bestümmen, Sie warten.«

Der Taxifahrer erhob Einspruch; er wollte sein Geld sofort haben. Mit hohntriefender Herablassung und sichtlich um Contenance ringend, fügten sie sich.

Drinnen tastete Peter vergeblich im Halbdunkel der verlassenen Garderobe nach seinem Mantel und dem Derbyhut.

»Weg, wie’s aussieht. Hat jemand gestohlen.«

»Irgend so ’n Sheffieldianer, möcht ich meinen.«

»Höchstwahrscheinlich.«

»Na, macht nix«, sagte Dean großmütig. »Lass ich meinen eben auch hier – dann sind wir beide gleich gekleidet.«

Er legte Hut und Mantel ab und wollte die Sachen gerade aufhängen, als sein umherschweifender Blick magisch von zwei großen Pappvierecken angezogen wurde, die an die beiden Flügel der Garderobentür genagelt waren. Auf dem linken stand in großen schwarzen Lettern das Wort »In«, und auf dem rechten prangte das nicht minder pathetische Wort »Out«.

»Kuckense dochma!«, rief er entzückt aus.

Peters Blick folgte dem Zeigefinger seines Gefährten.

»Was denn?«

»Kuckense dochma die Schülder. Kommse, die nehm' wir jetzt mit.«

»Gute Idee.«

»Das sind bestümmt sehr seltne und wertvolle Schülder. Die komm' uns wie gerufen, möcht ich meinen.«

Peter nahm das linke Schild von der Tür ab und wollte es irgendwie an seinem Körper verstauen, was aber mit gewissen Schwierigkeiten verbunden war, weil es sich um ein sehr großes Schild handelte. Da kam ihm ein Gedanke, er drehte sich um und wandte seinem Begleiter mit einer gehörigen Portion Geheimnistuerei den Rücken zu. Einen Augenblick später wirbelte er mit viel Aplomb wieder herum und präsentierte sich mit ausgebreiteten Armen Dean, der ihn voller Bewunderung ansah. Er hatte sich das Schild in die Weste gesteckt, so dass es die gesamte Hemdbrust verdeckte. Und so stand nun im Endeffekt in großen schwarzen Lettern das Wort »In« auf seiner Hemdbrust.

»Joho!«, jubelte Dean. »Mister In.«

Und dann verfuhr er mit seinem Schild auf die gleiche Weise.

»Mister Out!«, verkündete er triumphierend. »Sehr erfreut, Mr. In – Mr. Out, mein Name.«

Sie gingen aufeinander zu und reichten sich die Hand.

Und wurden erneut von einem Lachkrampf geschüttelt und kugelten sich geradezu vor Vergnügen und konnten sich gar nicht wieder beruhigen.

»Joho!«

»Jetzt kriegen wir vermutlich haufenweise Fröhstöck.«

»Auf, auf – auf ins Commodore.«

Arm in Arm preschten sie zur Tür hinaus, gingen die Forty-fourth Street in östlicher Richtung und nahmen Kurs auf das Hotel Commodore.

Als sie auf die Straße hinaustraten, drehte sich ein kleiner dunkelhaariger Soldat mit einem sehr blassen, sehr müden Gesicht, der trübsinnig auf dem Gehweg entlanggetrottet war, nach ihnen um.

Er starrte sie an, schien zu überlegen, ob er sie ansprechen sollte, doch als ihr vernichtender, keinerlei Wiedererkennenszeichen offenbarender Blick ihn traf, wartete er, bis sie an ihm vorbeigetorkelt waren, folgte ihnen dann im Abstand von ungefähr vierzig Schritten, lachte dabei die ganze Zeit glucksend in sich hinein und brabbelte in einem fort, gleichsam in freudiger Erwartung, vor sich hin: »Junge, Junge!«

Mr. In und Mr. Out unterhielten sich derweil mit scherzhaften Bemerkungen über ihre nächsten Pläne.

»Alkoholüka wollmer ham; Fröhstöck wollmer ham. Keins ohne das andre. Eins und unteilbar.«

»Beides zusamm' wollmer ham!«

»Beides zusamm'!«

Inzwischen war es schon fast hell, und die Passanten musterten die zwei mit neugierigen Blicken. Sie waren in ein angeregtes Gespräch vertieft, wobei sie sich offenbar köstlich amüsierten und sich, noch immer Arm in Arm und ein ums andere Mal von heftigsten Heiterkeitsausbrüchen gepackt, buchstäblich vor Lachen bogen.

Im Hotel Commodore angekommen, wechselten sie ein paar gepfefferte Bemerkungen mit dem verschlafen dreinblickenden Portier, bewältigten mit einiger Mühe den Eintritt durch die Drehtür und marschierten durch das zwar eher spärlich bevölkerte, aber einigermaßen aufgescheuchte Foyer geradewegs ins Restaurant, wo sie ein verdutzter Kellner zu einem abseitsstehenden Ecktisch geleitete. Ratlos studierten sie die Speisekarte und gingen verwundert brabbelnd ein Gericht nach dem anderen durch.

»Ich seh hier nix von Alkoholüka«, sagte Peter tadelnd.

Da ließ sich der Kellner vernehmen, konnte sich ihnen aber leider nicht verständlich machen.

»Wiederholnses doch nochma«, fuhr Peter geduldig und mit Nachsicht fort, »auf dieser Speisekarte hier steht ebenso unerklärlicher- wie ganz und gar abscheulicherweise überhaupt nix von Alkoholüka.«

»Momentma!«, sagte Dean voll Selbstvertrauen. »Ich mach das schon.« Er wandte sich dem Kellner zu: »Bringse ons – bringse ons« – er sah die ganze Speisekarte durch – »bringense ons eine Flasche Champagner ond ein – ein – ein Schinkensandwich, möcht ich meinen.«

Der Kellner guckte skeptisch.

»Na, nun machense schon!«, röhrten Mr. In und Mr. Out im Chor.

Hüstelnd zog der Kellner ab. In der kurzen Wartezeit, die darauf eintrat, unterzog sie der Oberkellner, von ihnen unbemerkt, einer höchst gestrengen Musterung. Dann kam der Champagner, und bei seinem Anblick brachen Mr. In und Mr. Out in Freudengeschrei aus.

»Stellnse sichma vor, die hätten sich geweigert, ons Champagner zom Fröhstöck zo bring – stellnse sich das bloßma vor.«

Die beiden richteten ihre ganze Aufmerksamkeit darauf, sich die Vision einer so grauenhaften Möglichkeit vor Augen zu führen, was freilich über ihre Kräfte ging. Nicht einmal mit vereinter Anstrengung der Phantasie gelang es ihnen, sich eine Welt auszumalen, in der jemand jemandem den Champagner zum Frühstück verweigert. Der Kellner zog mit einem gewaltigen Knall den Korken, und schon perlte in ihren Gläsern das blassgelbe, prickelnde Nass.

»Auf Ihre Gesondheit, Mr. In.«

»Und auf Ihre, Mr. Out.«

Der Kellner zog sich zurück; die Minuten verstrichen; der Champagner in der Flasche nahm rapide ab.

»Das ist ja eine – eine Zomotong ist das ja«, sagte Dean auf einmal.

»Zomotong? Was denn?«

»Na, der Gedanke, dass man uns den Champagner zum Fröhstöck verweigert.«

»Zomotong?«, überlegte Peter. »Ja, das is das rechte Wort – eine Zomotong.«

Abermals brachen sie in Gelächter aus, johlten, schwankten hin und her, bogen sich auf ihren Stühlen und wiederholten ein ums andere Mal das Wort »Zomotong«, das ihnen mit jeder neuen Wiederholung nur immer noch ein Stückchen absurder vorkam.

Ein paar Minuten genossen sie noch ihre gute Laune,

dann beschlossen sie, eine zweite Flasche zu bestellen. Ihr besorgter Kellner konsultierte darob seinen unmittelbaren Vorgesetzten, und dieser umsichtige Mensch erteilte die strikte Anweisung, keinen Champagner mehr zu servieren. Stattdessen brachte man ihnen die Rechnung.

Fünf Minuten später verließen sie Arm in Arm das Commodore und schlenderten unter den neugierigen Blicken der gaffenden Menge erst die Forty-second Street und dann die Vanderbilt Avenue entlang bis zum Hotel Biltmore. Dort angekommen, ergriffen sie ganz raffiniert die Gelegenheit und durchquerten rasch und unnatürlich aufrecht das Foyer.

Sobald sie das Restaurant betreten hatten, wiederholten sie ihre Darbietung, immer wieder unterbrochen von jähen Lachkrämpfen und nicht minder jähen, nicht minder krampfhaften Debatten über die Politik, das College und darüber, was für ein sonniges Gemüt sie doch besaßen. Ihre Armbanduhren sagten ihnen, dass es mittlerweile neun war, und allmählich bildete sich in ihren Köpfen die Idee heraus, dass dies hier ein denkwürdiges Beisammensein war, etwas, woran sie sich zeitlebens erinnern würden. Bei der zweiten Flasche hielten sie sich länger auf. Und immer, wenn einer von ihnen das Wort »Zomotong« sagte, fingen sie von neuem an zu glucksen und zu japsen und kriegten sich gar nicht wieder ein vor Lachen. Das Restaurant schwirrte und wogte und war von einer eigentümlichen Helligkeit erfüllt, die die schwere Luft verdünnte.

Sie zahlten ihre Rechnung und gingen hinaus ins Foyer.

Im selben Augenblick rotierte die Drehtür zum tausendsten Mal an jenem Morgen und beförderte eine sehr blasse junge Schönheit mit dunklen Augenringen und in einem arg ramponierten Abendkleid in die Eingangshalle, gefolgt von einem kräftig gebauten, gewöhnlich aussehenden Mann, der – das sah man auf den ersten Blick – keine angemessene Begleitung für sie war.

Oben auf dem Treppenabsatz stieß dieses Paar auf Mr. In und Mr. Out.

»Edith«, rief Mr. In, trat quietschvergnügt auf sie zu und machte eine schwungvolle Verbeugung. »Guten Morgen, Schatzi.«

Der kräftig gebaute Mann warf Edith einen fragenden Blick zu, als bitte er sie um die Erlaubnis, den Kerl da kurzerhand beiseitezuschubsen.

»'tschuldigung für die Vertraulichkeit«, fügte Peter nach kurzer Überlegung hinzu. »Guten Morgen, Edith.«

Er packte Dean am Ellenbogen und schob ihn nach vorne.

»Darf ich vorstelln, Edith – Mr. Out, mein bessa Kammerat. Unzatrennlüch. Mr. In und Mr. Out.«

Mr. Out trat näher und verbeugte sich; genauer gesagt, er trat so weit vor und verbeugte sich so tief, dass er fast vornübergekippt wäre und sich kurz an Ediths Schulter festhalten musste, um nicht das Gleichgewicht zu verlieren.

»Ich bin der Mr. Out, Edith«, stammelte er fröhlich. »Das da is der Missa In – ich Missa Out.«

»Missainunmissaout«, sagte Peter stolz.

Doch Edith sah durch die zwei hindurch und heftete den Blick starr auf einen unbestimmten Punkt hoch oben auf der Galerie. Sie nickte dem kräftig gebauten Mann leicht zu, der daraufhin wie ein Stier auf die beiden zuging und

Mr. In und Mr. Out mit einer einzigen raschen, kräftigen Armbewegung nach beiden Seiten aus dem Weg schob und mit Edith durch die so entstandene Gasse schritt.

Zehn Schritte weiter blieb Edith jedoch von neuem stehen – blieb stehen und deutete auf einen kleinen dunkelhaarigen Soldaten, der wie gebannt dastand und halb verdutzt, halb ehrfürchtig die Menge insgesamt, besonders aber das Tableau mit Mr. In und Mr. Out, beobachtete.

»Dort«, rief Edith. »Sehn Sie, dort!«

Ihre Stimme wurde lauter, fast schon schrill. Ihr Zeigefinger bebte ein klein wenig. »Dieser Soldat dort, das ist der, der meinem Bruder das Bein gebrochen hat.«

Hierauf erschollen vereinzelte Rufe; ein Mann im Gehrock verließ seinen Platz nah am Tresen und kam behende herbeigerannt; der kräftig gebaute Mensch sprang wie der Blitz mit einem Satz auf den kleinen dunkelhaarigen Soldaten zu, und im nächsten Moment war die kleine Gruppe von allen im Foyer weilenden Leuten umringt und dergestalt den Blicken von Mr. In und Mr. Out entzogen.

Für Mr. In und Mr. Out indes war dieser Vorfall nichts weiter als ein buntschillerndes Stückchen der wirbelnden, schwirrenden Welt.

Sie hörten laute Stimmen; sie sahen den kräftig gebauten Mann springen, und dann verschwamm das Bild auf einmal.

Als Nächstes waren sie im Aufzug und fuhren himmelan.

»Welches Stockwerk bitte?«, fragte der Fahrstuhlführer.

»Irgendeins«, sagte Mr. In.

»Das oberste«, sagte Mr. Out.

»Dies hier ist das oberste Stockwerk«, sagte der Fahrstuhlführer.

»Dann lassen Sie gefälligst noch eins draufsetzen«, sagte Mr. Out.

»Höher«, sagte Mr. In.

»Zum Himmel«, sagte Mr. Out.

XI

Gordon Sterrett erwachte in einem kleinen Hotel in einer Seitenstraße nahe der Sixth Avenue; er hatte rasendes Kopfweh, und sein ganzer Körper wummerte vor Übelkeit. Er sah die dämmergrauen Schatten in den Zimmerecken, dann fiel sein Blick auf eine vom langen Gebrauch abgewetzte Stelle an dem großen Ledersessel vis-à-vis dem Bett. Er sah Kleider, verstreute, zerknautschte Kleider auf dem Boden, die Luft roch nach kaltem Zigarettenrauch und schalem Alkohol. Die Fenster waren fest geschlossen. Draußen hatte das grelle Sonnenlicht einen staubflirrenden Strahl quer über den Fenstersims geworfen – einen Sonnenstrahl, durchschnitten vom Kopfteil des hölzernen Bettes, in dem er geschlafen hatte. Er lag ganz still – wie im Koma, wie unter Drogen, mit weit aufgerissenen Augen, sein Hirn knackte wie wild und quietschte wie eine schlecht geölte Maschine.

Zirka dreißig Sekunden nachdem er den staubwabernden Sonnenstrahl und die abgeschabte Stelle an dem großen Ledersessel bemerkt hatte, war ihm, als spürte er etwas Lebendiges neben sich, und noch einmal dreißig Minuten vergingen, bis ihm klar wurde, dass er verheiratet war – unwiderruflich – mit Jewel Hudson.

Eine halbe Stunde später ging er in ein Sportartikelgeschäft und kaufte sich einen Revolver. Dann nahm er ein Taxi, fuhr zu dem Haus in der East Twenty-seventh Street, in dem er gewohnt hatte, ging in sein Zimmer, beugte sich über den Tisch mit seinem Zeichenzeug und schoss sich eine Kugel in den Kopf, direkt hinter die Schläfe.

Jelly-Bean

I

Jim Powell war ein Jelly-Bean. So gern ich einen sympathischen Charakter aus ihm machen würde, schiene es mir doch unlauter, Sie in diesem Punkt zu täuschen. Er war ein ausgemachter, in der Wolle gefärbter, neunundneunzigdreiviertelprozentiger Jelly-Bean, der während der Jelly-Bean-Saison, wozu jede Jahreszeit zählt, im Land der Jelly-Beans weit südlich der Mason-Dixon-Linie träge heranwuchs.

Bezeichnen Sie einen Mann aus Memphis als Jelly-Bean, und er wird ein langes, kräftiges Seil aus der Hüfttasche ziehen und Sie am nächstbesten Telegrafenmast aufknüpfen. Bezeichnen Sie einen Mann aus New Orleans als Jelly-Bean, und er wird grinsen und Sie fragen, wer Ihre Freundin zum Faschingsball ausführt. Der spezielle Jelly-Bean-Flecken, der den Helden dieser Geschichte hervorgebracht hat, liegt irgendwo dazwischen – eine kleine Stadt von vierzigtausend Einwohnern, die seit vierzigtausend Jahren im Süden Georgias vor sich hin dämmert, sich hin und wieder in ihrem Schlummer regt und etwas von einem Krieg murmelt, der irgendwann irgendwo stattfand und von allen anderen längst vergessen ist.

Jim war ein Jelly-Bean. Ich schreibe es noch einmal, weil es so schön klingt – fast wie der Anfang eines Märchens –, so als wäre Jim ein netter Kerl. Irgendwie sehe ich ihn dann mit einem runden, appetitlichen Gesicht und einem Hut vor mir, aus dem alle möglichen Blätter und Früchte sprießen. Jim jedoch war lang und dünn und vom vielen Billardspielen gebeugt, und im unvoreingenommenen Norden hätte man ihn wahrscheinlich als Eckensteher bezeichnet. »Jelly-Bean« ist in der gesamten noch intakten Konföderation der Name für jemanden, der sein Leben damit zubringt, das Verb ›faulenzen‹ in der ersten Person zu konjugieren – ich faulenze, ich habe gefaulenzt, ich werde faulenzen.

Jim wurde in einem weißen Haus an einer grünen Ecke geboren. Es hatte vorne vier verwitterte Säulen und hinten eine Menge Gitterwerk, dessen Kreuz-und-quer einen fröhlichen Hintergrund für den blumigen, sonnengetränkten Rasen abgab. Ursprünglich hatte den Bewohnern des weißen Hauses noch das Nachbargrundstück und auch das nächste und übernächste Grundstück gehört, doch das war lange her, und selbst Jims Vater erinnerte sich kaum daran. Ja, er hatte diesem Umstand so wenig Bedeutung beigemessen, dass er, als er nach einer kleinen Schießerei im Sterben lag, ganz vergaß, dem kleinen Jim davon zu erzählen, der fünf Jahre alt war und erbärmliche Angst hatte. Aus dem weißen Haus wurde eine Pension unter der Leitung einer schmallippigen Dame aus Macon, die Jim Tante Mamie nannte und von ganzer Seele verabscheute.

Er wurde fünfzehn, ging auf die Highschool, trug das Haar in wirren schwarzen Locken und fürchtete sich vor Mädchen. Er hasste sein Zuhause, wo sich vier Frauen und ein alter Mann in endloser Geschwätzigkeit Sommer für Sommer wieder darüber verbreiteten, welche Grundstücke das Anwesen der Powells ursprünglich umfasst hatte und welche Blumensorte als nächste hervorsprießen würde. Manchmal luden ihn die Eltern der kleinen Mädchen in der Stadt zu Partys ein, weil sie sich noch an Jims Mutter erinnerten und in den dunklen Augen und Haaren eine Ähnlichkeit zu erkennen meinten, doch Partys schüchterten ihn ein, und viel lieber saß er auf einer abmontierten Radachse in Tillys Werkstatt und ließ die Würfel rollen oder erforschte mit einem langen Strohhalm unermüdlich seinen Mund. Um sich etwas Taschengeld zu verdienen, übernahm er Gelegenheitsarbeiten, und deswegen ging er schließlich zu gar keiner Party mehr. Auf seiner dritten Party hatte nämlich die kleine Marjorie Haight indiskret und in seiner Hörweite herumerzählt, er sei der Laufbursche, der ihnen manchmal die Lebensmittel liefere. Und so hatte Jim anstelle von Twostep und Polka gelernt, jede Zahl zu würfeln, die er nur wollte, und dabei den gepfefferten Geschichten von allen Schießereien gelauscht, die sich während der letzten fünfzig Jahre in der Gegend ereignet hatten.

Er wurde achtzehn. Der Krieg brach aus, und er meldete sich freiwillig als Matrose und polierte ein Jahr lang Messing in der Marinewerft von Charleston. Dann zog er zur Abwechslung nach Norden und polierte ein Jahr lang Messing in der Marinewerft von Brooklyn.

Als der Krieg vorbei war, kehrte er heim. Er war jetzt einundzwanzig, und seine Hosen waren ihm zu kurz und zu eng. Er trug lange, schmale geknöpfte Schuhe. Sein Schlips war eine alarmierende Verschwörung aus purpurroten und pinkfarbenen Schnörkeln, und darüber saßen zwei blaue Augen, ausgeblichen wie ein Stück guten alten Tuchs, das lange der Sonne ausgesetzt war.

In der Dämmerung eines Aprilabends, als ein weiches Grau sich über die Baumwollfelder und die schwüle Stadt gelegt hatte, lehnte er, eine verschwommene Gestalt, an einem Bretterzaun, pfiff und blickte zur Mondfelge über den Lichtern der Jackson Street hinauf. Sein Verstand arbeitete unablässig an einem Problem, das seine Aufmerksamkeit seit einer Stunde in Anspruch nahm. Jelly-Bean war zu einer Party eingeladen.

In jenen lang vergangenen Tagen, als alle Jungen alle Mädchen verabscheut hatten, waren Clark Darrow und Jim in der Schule Banknachbarn gewesen. Doch während Jims gesellschaftliche Ambitionen in der öligen Luft der Autowerkstatt gestorben waren, hatte Clark sich abwechselnd ver- und entliebt, ein Collegestudium begonnen, mit dem Trinken angefangen und wieder aufgehört, kurz: sich zu einem der begehrtesten Kavaliere der Stadt entwickelt. Dennoch hatten Clark und Jim sich eine zwar lose, aber ganz unverbrüchliche Freundschaft bewahrt. An diesem Nachmittag nun war Clarks alter Ford langsam neben Jim, der auf dem Gehweg lief, hergefahren, und Clark hatte ihn aus heiterem Himmel zu einer Party im Country Club eingeladen. Der Impuls, aus dem heraus er dies tat, war nicht seltsamer als jener, aus dem heraus Jim zusagte. Letzteres mochte unterschwellige Langeweile gewesen sein, eine halbängstliche Abenteuerlust. Und nun dachte Jim noch einmal nüchtern darüber nach.

Er begann zu singen und klopfte dabei mit seinem langen Fuß träge auf einen Pflasterstein, bis dieser im Takt zu der tiefen, kehligen Melodie hin und her wackelte:

»One mile from Home in Jelly-Bean town,
Lives Jeanne, the Jelly-Bean Queen.
She loves her dice and treats them nice;
No dice would treat her mean.«

Er brach ab und versetzte den Gehweg in einen holperigen Galopp.

»Verflixt!«, murmelte er halblaut.

Sie würden allesamt da sein – die alte Clique, jene Clique, zu der Jim wegen des längst verkauften weißen Hauses und des Offiziers in Grau, dessen Porträt über dem Kamin hing, eigentlich hätte gehören müssen. Doch die anderen waren zu einem engen kleinen Kreis zusammengewachsen, so allmählich, wie die Kleider der Mädchen Zentimeter um Zentimeter länger geworden waren, und so endgültig, wie die Hosen der Jungen irgendwann plötzlich bis auf die Knöchel hinabreichten. Und in dieser Gesellschaft aus Vornamen und verflossenen Sandkastenlieben war Jim ein Außenseiter – ein guter Kumpel von armen Weißen. Die meisten Männer wussten, wer er war, und schauten auf ihn herab; drei oder vier Mädchen grüßte er auf der Straße, indem er sich mit dem Finger an den Hut tippte. Das war alles.

Als die Dämmerung sich zu einer blauen Kulisse für den Mond verdichtet hatte, lief er durch die heiße, angenehm stark duftende Stadt zur Jackson Street. Die Geschäfte schlossen gerade, und die letzten Kunden drifteten, wie von den träumerischen Umdrehungen eines langsamen Karussells davongetragen, heimwärts. Weiter unten an der Straße schuf ein Jahrmarkt eine leuchtende Gasse aus bunten Ständen und untermalte den Abend mit einer musikalischen Melange – einem orientalischen Tanz, von einer Dampfpfeifenorgel gespielt, dem Gesang eines melancholischen Waldhorns vor einer Monstrositätenschau und einer heiteren Leierkastenversion von *Back Home in Tennessee.*

Jelly-Bean betrat ein Geschäft und kaufte sich einen Kragen. Dann schlenderte er weiter zu Soda Sam's, wo die üblichen drei oder vier Wagen eines Sommerabends parkten und die kleinen schwarzen Kellner mit Eiscreme und Limonade hin und her liefen.

»Hallo, Jim.«

Die Stimme kam von der Seite – es war Joe Ewing, der mit Marylyn Wade in einem Auto saß. Auf der Rückbank erkannte Jelly-Bean Nancy Lamar neben einem fremden Mann.

Er tippte sich rasch grüßend an den Hut. »Hallo …«, und nach einer kaum wahrnehmbaren Pause, »wie geht's?«

Gemächlich setzte er seinen Weg zu der Werkstatt fort, wo er ein Zimmer im ersten Stock hatte. Sein »Wie geht's?« hatte Nancy Lamar gegolten, mit der er seit fünfzehn Jahren kein Wort gewechselt hatte.

Nancy hatte einen Mund wie die Erinnerung an einen Kuss und schattige Augen und blauschwarzes Haar, das sie von ihrer in Budapest geborenen Mutter geerbt hatte. Jim war ihr oft auf der Straße begegnet, wo sie wie ein kleiner Junge mit den Händen in den Hosentaschen entlangzuschlendern pflegte, und er wusste, dass sie und Sally

Carrol Hopper, die unzertrennlich waren, von Atlanta bis nach New Orleans eine Spur aus gebrochenen Herzen hinterlassen hatten.

Ein paar flüchtige Augenblicke lang wünschte Jim, er könnte tanzen. Dann lachte er, und als er vor seiner Tür ankam, begann er leise vor sich hin zu singen:

»Her Jelly Roll can twist your soul,
Her eyes are big and brown,
She's the Queen of the Queens of the Jelly-Beans –
My Jeanne of Jelly-Bean Town.«

II

Um halb zehn trafen sich Jim und Clark draußen vor Soda Sam's und machten sich in Clarks Ford auf den Weg in den Country Club.

»Jim«, fragte Clark beiläufig, während sie durch die nach Jasmin duftende Dunkelheit knatterten, »wovon lebst du eigentlich?«

Jelly-Bean zögerte, dachte nach.

»Tja«, sagte er schließlich, »ich hab ein Zimmer über Tillys Werkstatt. Ich helf ihm nachmittags ein bisschen mit den Autos, dafür lässt er mich umsonst da wohnen. Manchmal fahr ich auch eins seiner Taxis und verdien mir was dazu. Aber wenn ich das regelmäßig mache, hab ich's schnell über.«

»Ist das alles?«

»Na ja, wenn viel zu tun ist, helf ich ihm auch mal den

ganzen Tag aus – meist samstags –, und dann gibt's da noch eine Haupteinnahmequelle, von der ich sonst nicht rede. Du weißt vielleicht nicht, dass ich inzwischen so ungefähr der beste Craps-Spieler der Stadt bin. Die andern lassen mich nur noch mit dem Becher würfeln, denn wenn ich die Dinger erst mal in der Hand hab, dann rollen sie wie von selbst.«

Clark grinste anerkennend. »Ich hab's nie gelernt, sie so anzufassen, dass sie tun, was ich will. Du musst mal mit Nancy Lamar spielen und ihr all ihr Geld abnehmen. Sie spielt oft mit den Jungs und verliert mehr, als ihr Daddy ihr geben kann. Ich weiß zufällig, dass sie letzten Monat einen teuren Ring verkauft hat, um ihre Schulden zu bezahlen.«

Jelly-Bean ging nicht darauf ein.

»Gehört dir das weiße Haus an der Elm Street noch?«

Jim schüttelte den Kopf.

»Verkauft. Hat 'ne schöne Summe gebracht, wenn man bedenkt, dass das Viertel nicht mehr das ist, was es mal war. Der Anwalt hat gesagt, ich soll das Geld in Liberty Bonds anlegen. Aber jetzt ist Tante Mamie nicht mehr ganz richtig im Oberstübchen, und ich brauch alle Zinsen, damit sie im Great Farms Sanatorium bleiben kann.«

»Hm.«

»Ich hab oben im Norden einen alten Onkel, da könnt ich wohl hin, falls ich mal völlig abgebrannt bin. Nette Farm, aber nicht genug Neger in der Gegend, die die Arbeit machen könnten. Er hat mich schon öfter gefragt, ob ich nicht raufkommen und ihm helfen will, aber ich glaub nicht, dass ich mich dran gewöhnen könnte. Ist verdammt einsam da –« Er unterbrach sich plötzlich. »Clark, ich find's wirklich nett von dir, dass du mich mitnimmst, aber ich wär doch froh, wenn du einfach hier anhalten würdest, dann lauf ich zu Fuß zurück in die Stadt.«

»Quatsch!«, knurrte Clark. »Tut dir gut, mal rauszukommen. Du brauchst ja nicht zu tanzen – stellst dich bloß aufs Parkett und schüttelst dich ein bisschen zum Rhythmus.«

»Moment«, rief Jim beklommen aus. »Wehe, du bringst mich zu irgendeinem Mädchen hin und lässt mich da stehen, und dann muss ich mit ihr tanzen.«

Clark lachte.

»Nee, ehrlich«, fuhr Jim verzweifelt fort, »wenn du mir das nicht schwörst, steig ich auf der Stelle aus, und meine alten Beine tragen mich zur Jackson Street zurück.«

Nach einigem Hin und Her einigten sie sich darauf, dass Jim, von Frauen unbehelligt, das Spektakel von einem abseitsstehenden Sofa in der Ecke aus beobachten würde, wo Clark sich zu ihm gesellen konnte, wann immer er selber nicht tanzte.

Und so saß Jelly-Bean um zehn Uhr mit übereinandergeschlagenen Beinen und reserviert verschränkten Armen da und versuchte, wohlige Entspanntheit und höfliches Desinteresse gegenüber den Tanzenden zu mimen. Im Herzen war er hin- und hergerissen zwischen lähmender Befangenheit und größter Neugier auf alles, was um ihn herum geschah. Er sah, wie die Mädchen eins nach dem anderen aus der Garderobe kamen, sich streckten und plusterten wie bunte Vögel, über die gepuderten Schultern hinweg den Anstandsdamen zulächelten, rasch den Blick schweifen ließen, um den Saal in sich aufzunehmen – und zugleich die Reaktion, die ihr Erscheinen darin hervorrief –, worauf sie, erneut wie Vögel, in den soliden Armen ihrer wartenden Galane landeten und sich dort einnisteten. Sally Carrol Hopper, blond und mattäugig, trug ihre Lieblingsfarbe Pink und blinzelte wie eine eben erwachende Rose. Marjorie Haight, Marylyn Wade, Harriet Cary, all die Mädchen, die er um die Mittagszeit die Jackson Street hatte entlangschlendern sehen, waren nun, gelockt, pomadisiert und für die Deckenlichter zart geschminkt, wundersam fremde Meißener Porzellanfiguren in Pink, Blau, Rot und Gold, frisch aus der Werkstatt und noch nicht ganz getrocknet.

Er war seit einer halben Stunde da, und es heiterte ihn kein bisschen auf, dass Clark alle naselang gutgelaunt vorbeischaute, jedes Mal »Na, alter Junge, wie schlägst du dich hier?« sagte und ihm einen Klaps aufs Knie gab. Ein Dutzend Männer hatten ihn angesprochen oder einen Moment bei ihm verweilt, doch er wusste, dass sie sich alle wunderten, ihn hier zu sehen, und der eine oder andere schien es ihm sogar ein wenig übelzunehmen. Um halb elf aber fiel plötzlich alle Befangenheit von ihm ab, und er geriet, von atemloser Spannung gepackt, ganz außer sich – Nancy Lamar war aus der Garderobe gekommen.

Sie erschien in gelbem Organdy, einem Kleid aus hundert kühlen Winkeln, mit drei Lagen Rüschen und einer großen Schleife im Rücken, so dass sie Schwarz und Gelb in einer Art phosphoreszierendem Schimmer um sich versprühte. Jelly-Bean riss die Augen auf, und in seinem Hals wuchs ein Kloß. Eine Minute lang stand Nancy in der Tür, bis ihr Galan herbeieilte. Jim erkannte in ihm den Fremden wieder, der am Nachmittag mit ihr in Joe Ewings Wagen gesessen hatte. Er sah, wie sie die Arme in die Seiten stemmte und leise etwas zu ihm sagte und lachte. Der Mann lachte auch, und Jim verspürte plötzlich einen Stich, einen seltsamen, neuartigen Schmerz. Ein Lichtstreif war zwischen den beiden hindurchgegangen, ein Schönheitsstrahl von jener Sonne, die ihn einen Augenblick vorher noch gewärmt hatte. Jelly-Bean fühlte sich auf einmal wie ein Büschel Unkraut im Schatten.

Kurz darauf trat Clark mit blitzenden Augen und glühenden Wangen zu ihm ans Sofa. »Na, alter Freund«, rief er nicht allzu originell, »wie schlägst du dich hier?«

Jim antwortete, er schlage sich so gut, wie man es erwarten könne.

»Dann komm jetzt mal mit«, befahl Clark, »ich hab da was, das den Abend ein bisschen anheizen wird.«

Jim folgte ihm hölzern erst über die Tanzfläche, dann die Treppe hinauf zur Garderobe, wo Clark eine Flasche namenloser gelber Flüssigkeit zutage förderte. »Guter alter Whiskey.«

Auf einem Tablett wurde Ginger Ale gebracht. Ein so starker Nektar wie »guter alter Whiskey« musste mit etwas anderem als Selterwasser getarnt werden.

»Nun sag doch mal, Junge«, rief Clark atemlos, »sieht Nancy Lamar nicht wunderhübsch aus?«

Jim nickte. »Wirklich wunderhübsch«, stimmte er zu.

»Sie hat sich so rausgeputzt, weil sie sich heute Abend von jemandem verabschieden muss«, fuhr Clark fort. »Hast du den Kerl mit dem weißen Hemd gesehen?«

»Groß? Weiße Hose?«

»Genau. Das ist Ogden Merritt aus Savannah. Sein alter

Herr stellt diese Merritt-Rasierhobel her. Ogden ist verrückt nach ihr. Ist schon das ganze Jahr hinter ihr her. Sie ist ein richtiger Wildfang, aber ich mag sie. Alle mögen sie. Obwohl sie schon tolle Dinger dreht. Meist kommt sie ja mit heiler Haut davon, bloß ihr Ruf, der hat schon lauter Narben von allem, was sie so angestellt hat.«

»Ach ja?« Jim hielt ihm sein Glas hin. »Das ist guter Whiskey.«

»Nicht übel. O ja, sie treibt's richtig wild. Wie sie Craps spielt, ich sag's dir, Mann! Und einen Highball trinkt sie auch ganz gern mal. Hab versprochen, ihr später einen zu geben.«

»Ist sie in diesen – Merritt verliebt?«

»Keine Ahnung. Scheint so, als ob die besten Mädchen hier alle heiraten und weggehen.«

Er goss sich noch einen Drink ein, bevor er die Flasche sorgfältig zukorkte.

»Pass mal auf, Jim, ich muss jetzt tanzen gehen, und ich wär dir dankbar, wenn du dir den Whiskey hier in die Tasche stecken würdest, solange du nicht tanzt. Wenn die anderen spitzkriegen, dass ich was getrunken habe, kommen sie nämlich sofort an und wollen auch was, und ruck, zuck ist alles weg, und jemand anders amüsiert sich an meiner Stelle.«

Nancy Lamar würde also heiraten. Dieser Stern einer ganzen Stadt würde zum Privateigentum einer Gestalt in weißen Hosen werden – und das nur, weil der Vater der weißen Hosen einen besseren Rasierer hergestellt hatte als sein Nachbar. Als sie die Treppe hinuntergingen, fand Jim diesen Gedanken unerklärlich bedrückend. Zum ersten

Mal in seinem Leben verspürte er eine vage, romantische Sehnsucht. In seiner Phantasie sah er ein Bild von ihr entstehen – Nancy, wie sie knabenhaft, lässig die Straße entlangschlenderte und von einem ergebenen Obsthändler eine Orange als Zehnten entgegennahm, wie sie im Soda Sam's inmitten einer Schar von Verehrern ein berauschendes Getränk von einem fiktiven Bankguthaben bezahlte und in triumphalem Pomp davonfuhr, einem Nachmittag in Saus und Braus entgegen.

Jelly-Bean trat auf die Veranda hinaus und zog sich in eine leere Ecke zurück, in die Dunkelheit zwischen dem mondbeschienenen Rasen und dem einzelnen Licht, das die Tür des Ballsaals erleuchtete. Er fand einen Stuhl, zündete sich eine Zigarette an und gab sich der gedankenlosen Träumerei hin, die seine gewohnte Gemütsverfassung war. Doch die Nacht machte es zu einer sinnlichen Träumerei, nicht anders als der Geruch feuchter Puderquasten, die in tiefen Ausschnitten steckten und tausend intensive, durch die offene Tür zu ihm herwehende Düfte herausdestillierten. Die Musik selbst, von einer lauten Posaune verwischt, wurde heiß und schattig, ein sehnsuchtsvoller Oberton, der das Scharren der vielen Schuhe und Slipper begleitete.

Plötzlich verdunkelte eine Gestalt das Rechteck aus gelbem Licht, das durch die Tür fiel. Ein Mädchen war aus der Garderobe gekommen und stand nicht weiter als drei Meter von ihm entfernt auf der Veranda. Jim hörte ein geflüstertes »verdammt«, bevor sie sich umdrehte und ihn entdeckte. Es war Nancy Lamar.

Jim stand auf. »'n Abend.«

»Hallo –« Sie hielt inne, zögerte und kam dann näher. »Ach, du bist's – Jim Powell.«

Er verbeugte sich leicht und überlegte, was er sagen könnte.

»Meinst du«, begann sie rasch, »also – weißt du irgendwas über Kaugummi?«

»Wie?«

»Ich hab Kaugummi unterm Schuh. Irgendein Vollidiot hat sein oder ihr Kaugummi auf den Boden geworfen, und ich bin natürlich reingetreten.«

Jim wurde unsinnigerweise rot.

»Weißt du, wie man das wieder abkriegt?«, fragte sie ungeduldig. »Ich hab's mit dem Messer versucht. Und mit allem, was ich in der blöden Garderobe finden konnte. Mit Seife und Wasser – sogar mit Parfüm, und dann hab ich mir noch meine Puderquaste ruiniert, weil ich sehen wollte, ob's vielleicht daran kleben bleibt.«

Jim dachte einigermaßen erregt über ihre Frage nach.

»Also – vielleicht mit Benzin ...«

Er hatte die Worte kaum ausgesprochen, da griff sie schon nach seiner Hand und zerrte ihn von der Veranda herunter, lief mit ihm mitten durch ein Beet und im Galopp auf eine Gruppe Autos zu, die im Mondlicht am ersten Loch des Golfplatzes parkten.

»Dreh das Benzin auf«, befahl sie außer Atem.

»Was?«

»Wegen des Kaugummis natürlich. Ich muss es abkriegen. Mit Kaugummi am Schuh kann ich nicht tanzen.«

Gehorsam wandte Jim sich den Autos zu und inspizierte sie im Hinblick darauf, wie er an das gewünschte Lösungsmittel herankommen könnte. Hätte sie einen Zylinder haben wollen, er hätte sein Möglichstes getan, um einen herauszureißen.

»Hier«, sagte er nach kurzem Suchen. »Bei dem hier geht's leicht. Hast du ein Taschentuch?«

»Das hab ich oben gelassen, weil's nass war. Ich hab's für die Seife und das Wasser benutzt.«

Jim kramte umständlich in seinen Taschen. »Ich glaube, ich hab auch keins.«

»Verdammt! Aber wir könnten es doch aufdrehen und auf den Boden laufen lassen.«

Er betätigte den Hahn, und das Benzin begann zu tröpfeln.

»Mehr!«

Er drehte den Hahn noch weiter auf. Das Tröpfeln verwandelte sich in einen Strom und bildete eine hell schimmernde ölige Pfütze, in deren bebendem Schoß sich ein Dutzend zittriger Monde spiegelten.

»Ah«, seufzte sie zufrieden, »lass alles raus. Dann brauche ich nur noch darin zu waten.«

Verzweifelt drehte er den Hahn voll auf, und die Pfütze breitete sich im Nu aus und sandte kleine Flüsschen und Rinnsale in alle Richtungen.

»Ja, genau. So ist es gut.«

Sie hob den Rock an und setzte graziös ihren Fuß in die Pfütze. »Damit geht es bestimmt ab«, murmelte sie.

Jim lächelte. »Hier stehen noch viel mehr Autos rum.«

Sie trat anmutig wieder aus dem Benzin heraus und begann, Ränder und Sohle ihrer Slipper am Trittbrett des Automobils abzuschaben. Jetzt konnte Jelly-Bean nicht mehr an sich halten. Er brach in schallendes Gelächter aus, und binnen kurzem stimmte Nancy ein.

»Du bist mit Clark Darrow hier, oder?«, fragte sie, als sie zur Veranda zurückgingen.

»Ja.«

»Weißt du, wo er jetzt ist?«

»Tanzen, denk ich.«

»Mist. Er hat mir einen Highball versprochen.«

»Also«, sagte Jim, »ich denk, das geht in Ordnung. Ich hab seinen Flachmann hier in der Tasche.«

Sie lächelte ihn strahlend an.

»Aber ich glaube, du brauchst ein bisschen Ginger Ale«, fügte er hinzu.

»Ich doch nicht. Bloß den Flachmann.«

»Sicher?«

Sie lachte verächtlich.

»Wirst schon sehen. Ich kann trinken wie ein Mann. Komm, setzen wir uns hin.«

Sie schwang sich auf die Tischkante, und er ließ sich neben ihr in einen der Korbstühle fallen. Dann zog sie den Korken aus der Flasche, führte sie an die Lippen und tat einen langen Zug. Er schaute fasziniert zu.

»Gut?«

Noch ganz atemlos schüttelte sie den Kopf.

»Nein, aber es *tut* gut. Ich glaub, so geht's den meisten.«

Jim pflichtete ihr bei. »Meinem Daddy hat's ein bisschen zu gut getan. Den hat's erwischt.«

»Amerikanische Männer«, sagte Nancy feierlich, »verstehen nichts vom Trinken.«

»Was?« Jim war verwirrt.

»Im Grunde«, fuhr sie unbekümmert fort, »verstehen sie von gar nichts sonderlich viel. Das Einzige, was ich in meinem Leben bedaure, ist, dass ich nicht in England geboren wurde.«

»In England?«

»Ja. Das finde ich wirklich schade.«

»Gefällt es dir da drüben?«

»Ja. Ungeheuer. Ich war nie selber dort, aber ich habe viele Engländer kennengelernt, die als Soldaten hier waren, Männer aus Oxford und Cambridge – das entspricht bei uns Sewanee und Georgia, weißt du –, und außerdem habe ich natürlich eine Menge englischer Romane gelesen.«

Jim war interessiert, erstaunt.

»Hast du mal was von Lady Diana Manners gehört?«, fragte sie ernst.

Nein, das hatte er nicht.

»Sie ist so, wie ich gern wäre. Dunkel, verstehst du, genau wie ich, und wild wie der Teufel. Sie ist mit ihrem Pferd die Stufen zu irgendeiner Kathedrale oder Kirche hochgeritten, und danach haben alle Schriftsteller das ihre Romanheldinnen genauso machen lassen.«

Jim nickte höflich. Er war mit seinem Latein am Ende.

»Gib mal die Flasche her«, sagte Nancy. »Ich nehm noch einen Schluck. Ein kleiner Drink kann einem kleinen Mädchen nicht schaden.«

»Weißt du«, fuhr sie, nach dem Zug wieder etwas atemlos, fort, »die Leute dort drüben haben Stil. Hier hat niemand Stil. Ich meine, die Jungs hier sind es nicht wirklich wert, dass man sich für sie schönmacht oder irgendwas Aufsehenerregendes für sie anstellt. Findest du nicht auch?«

»Nein – ich meine ja«, murmelte Jim.

»Und dabei würde ich gern so etwas tun. Ich bin wirklich das einzige Mädchen in der Stadt, das Stil hat.«

Sie streckte die Arme aus und gähnte wohlig.

»Schöner Abend.«

»Stimmt.«

»Es wär schön, ein Boot zu haben«, sagte sie träumerisch. »Und auf einen silbernen See hinauszusegeln, auf die Themse zum Beispiel. Champagner und Kaviarhäppchen dabeizuhaben. Und ungefähr acht Leute. Und einer der Männer würde zur Unterhaltung der anderen über Bord springen und dabei ertrinken, wie es einem Mann in Lady Diana Manners' Begleitung mal passiert ist.«

»Hat er das ihr zuliebe getan?«

»Bestimmt ist er nicht ihr zuliebe ertrunken. Er wollte nur über Bord springen und alle zum Lachen bringen.«

»Na, die sind sicher alle vor Lachen gestorben, als er ertrunken ist.«

»Ach, ein bisschen haben sie wahrscheinlich schon gelacht«, sagte sie. »Diana auf jeden Fall. Sie ist ziemlich hart, glaube ich – so wie ich.«

»Du bist hart?«

»Stahlhart.« Sie gähnte erneut und fügte hinzu: »Gib mir noch ein bisschen was aus der Flasche da.«

Jim zögerte, doch sie streckte trotzig die Hand aus.

»Behandel mich nicht wie ein kleines Mädchen«, warnte sie ihn. »Ich bin anders als alle Mädchen, die *du* so kennst.« Sie überlegte. »Aber vielleicht hast du recht. Du – du bist ein ganz schön kluges Bürschchen für dein Alter.«

Sie sprang auf und ging zur Tür. Jelly-Bean erhob sich ebenfalls.

»Auf Wiedersehen«, sagte sie höflich, »auf Wiedersehen. Danke, Jelly-Bean.«

Dann ging sie hinein und ließ ihn mit großen Augen auf der Veranda stehen.

III

Um zwölf Uhr kam ein feierlicher Umzug von Capes aus der Damengarderobe, die sich eins nach dem anderen wie beim Kotillon einem bemäntelten Kavalier zugesellten und mit selig erschöpftem Gelächter zur Tür hinaus schwebten – hinaus ins Dunkle, wo Autos zurücksetzten und Motoren schnaubten und Leute einander riefen und sich um Kühler scharten.

Jim, der in seiner Ecke saß, stand auf, um Clark zu suchen. Sie hatten sich zuletzt um elf gesehen; dann war Clark zum Tanzen hineingegangen. Also schlenderte Jim zum Limonadeausschank, der vorher eine Bar gewesen war. Der Raum war menschenleer, abgesehen von einem schläfrigen Schwarzen, der hinter dem Tresen vor sich hin dämmerte, und zwei Jungen, die an einem der Tische stumpfsinnig mit zwei Würfeln herumspielten. Jim wollte gerade gehen, als er Clark hereinkommen sah. Im selben Moment blickte Clark auf.

»He, Jim«, befahl er. »Komm her und hilf uns mit der Flasche da aus. Ist nicht mehr viel drin, fürchte ich, aber für eine Runde wird's wohl reichen.«

Nancy, der Mann aus Savannah, Marylyn Wade und Joe Ewing lehnten lässig im Türrahmen und lachten. Nancy suchte Jims Blick und zwinkerte ihm gutgelaunt zu.

Dann gingen sie alle zu einem Tisch, setzten sich und warteten darauf, dass der Kellner ihnen Ginger Ale brachte. Jim schaute ein wenig beklommen zu Nancy hinüber, die inzwischen mit den beiden Jungs vom Nachbartisch Craps spielte.

»Kommt hier rüber«, schlug Clark vor.

Joe schaute sich um. »Wir wollen nicht, dass man uns sieht. Es verstößt gegen die Clubregeln.«

»Ist doch keiner da«, entgegnete Clark, »außer Mr. Taylor. Und der rennt wie ein Verrückter draußen rum und fragt alle, wer das ganze Benzin aus seinem Auto rausgelassen hat.«

Allgemeines Gelächter.

»Ich setze eine Million darauf, dass Nancy mal wieder was am Schuh hatte. Man darf sein Auto nirgends parken, wenn sie in der Nähe ist.«

»Oh, Nancy, Mr. Taylor sucht dich!«

Nancys Wangen glühten vor Aufregung über das Spiel. »Ich habe seine dumme alte Blechkiste seit zwei Wochen nicht mehr gesehen.«

Jim spürte, wie plötzlich Stille eintrat. Er drehte sich um und sah eine Person unbestimmten Alters im Türrahmen stehen.

Clarks Stimme unterbrach das betretene Schweigen. »Wollen Sie sich nicht zu uns setzen, Mr. Taylor?«

»Danke.«

Mr. Taylor machte sich in all seiner Unwillkommenheit

auf einem Stuhl breit. »Muss ich wohl. Ich warte, bis jemand ein bisschen Benzin für mich auftreibt. Irgendwer hat an meinem Auto rumgefummelt.«

Er kniff die Augen zusammen und schaute rasch von einem zum anderen. Jim überlegte, was er von der Tür aus gehört haben mochte – versuchte sich zu erinnern, was sie gesagt hatten.

»Heut geht's mir gut, so gut«, sang Nancy laut, »und ich setze vier Vierteldollar.«

»Setze dagegen!«, blaffte Mr. Taylor plötzlich.

»Aber Mr. Taylor, ich wusste ja gar nicht, dass Sie Craps spielen!« Nancy war begeistert zu sehen, dass er sich zu ihr gesellt hatte und sofort mitging. Sie hatten aus ihrer gegenseitigen Abneigung kein Hehl gemacht, seit sie eines Abends eine Reihe ziemlich eindeutiger Avancen seinerseits entschieden zurückgewiesen hatte.

»Also los, Babys, tut's eurer Mama zuliebe. Nur eine kleine Sieben.« Nancy *bezirzte* die Würfel. Sie schüttelte sie mit kühner, schwungvoller Gebärde in der hohlen Hand und ließ sie auf den Tisch rollen.

»Ah-h! Wusst ich's doch. Und gleich noch mal – erhöhe um einen Dollar.«

Nach fünf Runden zu ihren Gunsten erwies sich Taylor als schlechter Verlierer. Sie machte das Spiel zu einer persönlichen Fehde, und nach jedem erfolgreichen Wurf sah Jim Triumph in ihrem Gesicht aufflammen. Immer wieder verdoppelte sie ihren Einsatz – eine solche Glückssträhne konnte nicht anhalten.

»Sei lieber vorsichtig«, warnte er sie zaghaft.

»Oh, aber jetzt schau doch«, flüsterte sie. Die Würfel

zeigten die Punktzahl Acht, und sie würfelte noch einmal. »Kleine Ada, jetzt geht's ab in den Süden.«

Ada aus Decatur rollte über den Tisch. Nancy hatte rote Wangen und war halb hysterisch, doch ihre Glückssträhne hielt an. Sie trieb den Einsatz höher und höher und weigerte sich, ihren Gewinn einzustreichen. Taylor trommelte mit den Fingern auf den Tisch, doch er stieg nicht aus.

Dann versuchte Nancy sich an einer Zehn und verlor die Würfel. Taylor nahm sie begierig an sich. Er spielte schweigend, und in der gespannten Stille war das Klackern seiner Würfe auf dem Tisch das einzige Geräusch.

Irgendwann hatte Nancy die Würfel wieder, doch ihre Glückssträhne war vorbei. Eine Stunde verstrich. Es ging hin und her. Taylor war erneut an der Reihe gewesen – und noch mal und noch mal. Am Schluss lagen sie beide gleichauf, und Nancy verlor ihre letzten fünf Dollar.

»Würden Sie einen Scheck über fünfzig von mir annehmen«, sagte sie schnell, »und wir spielen um alles?« Ihre Stimme schwankte ein wenig, und als sie nach dem Geld griff, zitterte ihre Hand.

Clark wechselte einen unentschiedenen, aber beunruhigten Blick mit Joe Ewing. Taylor würfelte. Er bekam Nancys Scheck.

»Wie wär's mit noch einem?«, sagte sie ungestüm. »Ach, egal von welcher Bank – ich hab sowieso überall Geld.«

Jim begriff – der »gute alte Whiskey«, den er ihr gegeben hatte; der »gute alte Whiskey«, den sie seitdem getrunken hatte. Er wünschte, er wäre mutig genug einzuschreiten – ein Mädchen ihres Alters und ihrer Stellung verfügte bestimmt nicht über zwei Bankkonten. Als die Uhr zwei schlug, hielt er sich nicht länger zurück. »Darf ich – könnte ich mal für dich würfeln?«, fragte er, und seine leise, träge Stimme klang ein wenig angespannt.

Nancy warf ihm, auf einmal erschöpft und lustlos, die Würfel hin. »Na gut – alter Junge! Wie Lady Diana Manners sagt: ›Lass die Würfel rollen, Jelly-Bean‹ – meine Glückssträhne ist vorbei.«

»Mr. Taylor«, sagte Jim leichtsinnig, »wir würfeln um einen der Schecks im Tausch gegen das Bargeld.«

Eine halbe Stunde später beugte Nancy sich schwankend vor und klopfte ihm auf den Rücken. »Hast mir mein Glück geklaut, ja, das hast du.« Sie nickte weise mit dem Kopf.

Jim schnappte sich den letzten Scheck, legte sie alle aufeinander und zerriss sie in kleine Schnipsel, die er auf den Boden rieseln ließ. Jemand fing an zu singen, und Nancy stieß ihren Stuhl zurück und stand auf.

»Meine Damen und Herren«, hob sie an. »Meine Damen – das bist du, Marylyn. Ich möchte der Welt verkünden, dass Mr. Jim Powell, notorischer Jelly-Bean dieser Stadt, die Ausnahme von einer großen Regel darstellt: ›Glück im Würfelspiel – Pech in der Liebe‹. Er hat Glück im Würfelspiel, und, ob ihr's glaubt oder nicht, ich – ich *liebe* ihn. Meine Damen und Herren, Nancy Lamar, berühmte dunkelhaarige Schönheit, als eine der Um… Umschwärmtesten der jüngeren Generation so oft im *Herald* abgebildet, wie auch andere Mädchen da in diesem speziellen Fall abgebildet sind. Gibt sich die Ehre, zu verkünden – also die Ehre, zu verkünden, meine Herren –« Sie kippte plötzlich zur Seite. Clark fing sie auf und brachte sie wieder ins Gleichgewicht.

»Mein Fehler«, lachte sie, »sie lässt sich – lässt sich herab – also – Wir trinken auf Jelly-Bean … Mr. Jim Powell, King of the Jelly-Beans.«

Und als Jim ein paar Minuten später mit dem Hut in der Hand in der Dunkelheit derselben Verandaecke, in die sie vorhin auf der Suche nach Benzin gekommen war, auf Clark wartete, stand sie plötzlich neben ihm.

»Jelly-Bean«, sagte sie, »bist du hier, Jelly-Bean? Ich glaube« – und ihr leichtes Schwanken schien Teil eines verzauberten Traums zu sein –, »ich glaube, du hast dir einen meiner süßesten Küsse verdient, Jelly-Bean.«

Einen Augenblick lang lagen ihre Arme um seinen Hals, und ihre Lippen drückten sich auf die seinen. »Ich bin wild und gefährlich, Jelly-Bean, aber du – du hast mir einen Gefallen getan.«

Schon war sie fort, von der Veranda hinunter, und entfernte sich über den grillenlauten Rasen. Jim sah, wie Merritt aus der Eingangstür kam und ärgerlich etwas zu ihr sagte – sah, wie sie lachte und, den Blick von ihm abgewandt, zu seinem Auto ging. Marylyn und Joe, die einen einschläfernden Song über irgendein Jazz Baby sangen, folgten ihr.

Clark trat auf die Veranda und stellte sich neben Jim an die Treppe. »Alle ziemlich blau, würde ich sagen«, gähnte er. »Merritt ist übler Laune. Der hat bestimmt genug von Nancy.«

Im Osten, wo der Golfplatz war, legte sich ein feiner grauer Teppich über die Füße der Nacht. Die Gesellschaft im Auto begann zu singen, während der Motor warmlief.

»Gute Nacht, zusammen«, rief Clark.

»Gute Nacht, Clark.«

»Gute Nacht.«

Eine Pause. Dann fügte eine sanfte, fröhliche Stimme hinzu: »Gute Nacht, Jelly-Bean.«

Lauter Gesang ertönte, als das Auto davonfuhr. Ein Hahn auf einer nahe gelegenen Farm stimmte ein einsames, klagendes Krähen an, und hinter ihnen schaltete ein letzter schwarzer Kellner die Verandalichter aus. Jim und Clark schlenderten zum Ford; ihre Schuhe knirschten geräuschvoll auf dem Kiesweg.

»Mannomann!«, seufzte Clark leise. »Wie du mit den Würfeln umgehen kannst!«

Es war immer noch zu dunkel, als dass er die Röte auf Jims mageren Wangen hätte sehen – oder gar hätte wissen können, dass es eine völlig neue, ungewohnte Schamesröte war.

IV

Der düstere Raum über Tillys Werkstatt hallte den ganzen Tag vom Poltern und Schnauben unter ihm und vom Gesang der schwarzen Wäscher wider, die den Schlauch auf die draußen stehenden Autos richteten. Es war ein trauriges Viereck von einem Raum, mit nichts als einem Bett und einem schäbigen Tisch darin, auf dem ein halbes Dutzend Bücher lagen – Joe Millers *Slow Train thru Arkansas*, eine sehr alte, in einer altmodischen Handschrift ausgiebig kommentierte Ausgabe von *Lucille; The Eyes of the World* von Harold Bell Wright und ein altes Gebetbuch der Anglikanischen Kirche, auf dessen Deckblatt der Name Alice Powell und die Jahreszahl 1831 eingetragen waren.

Der Osten, der noch grau gewesen war, als Jelly-Bean die Werkstatt betreten hatte, verwandelte sich in ein leuchtendes, lebhaftes Blau, nachdem er die einzige elektrische Lampe eingeschaltet hatte. Er knipste sie wieder aus, ging zum Fenster, stützte die Ellbogen auf den Sims und starrte hinaus in den heller werdenden Morgen. Mit dem Erwachen seiner Gefühle nahm er als Erstes eine gewisse Vergeblichkeit wahr, einen dumpfen Schmerz über das graue Einerlei seines Lebens. Eine Mauer war plötzlich um ihn herum aus dem Boden geschossen, eine Mauer, so plastisch und greifbar wie die weiße Wand seines kahlen Zimmers. Und mit der Wahrnehmung dieser Mauer verblasste alles, was die Romantik seines Daseins bisher ausgemacht hatte – der Schlendrian, die heitere Unbeschwertheit, die herrliche Freigebigkeit des Lebens. Jelly-Bean, der müßig vor sich hin summend die Jackson Street entlangschlenderte, der in jedem Laden und an jedem Kiosk bekannt war, der stets einen lockeren Gruß oder einen alten Kalauer parat hatte und höchstens mal um der Traurigkeit selbst und der verfliegenden Zeit willen traurig war – diesen Jelly-Bean gab es plötzlich nicht mehr. Der Name selbst war ein Vorwurf, eine Plattheit. Wie Schuppen fiel es ihm von den Augen, dass Merritt ihn verabscheuen musste, dass selbst Nancys Kuss in der Morgendämmerung keine Eifersucht in ihm geweckt haben konnte, sondern nur Verachtung für Nancy, die sich derart erniedrigt hatte. Und er für sein Teil hatte einen schmutzigen Trick für sie angewandt, den er in der Werkstatt gelernt hatte. Er war die

Wäscherei für ihr Betragen gewesen; die Flecken hafteten an ihm.

Als das Grau allmählich blau wurde, immer heller leuchtete und den Raum erfüllte, ging er zu seinem Bett, warf sich rücklings darauf und hielt sich mit beiden Händen krampfhaft am Bettrand fest.

»Ich liebe sie«, rief er laut. »Gott!«

Als er das sagte, gab etwas in ihm nach, als löste sich ein Kloß in seinem Hals. Die Luft wurde klarer und begann in der Morgenröte zu strahlen; er drehte sich auf den Bauch und weinte dumpf in sein Kissen.

In der Drei-Uhr-Nachmittagssonne tuckerte Clark Darrow in seinem Ford schwerfällig die Jackson Street hinunter, als er plötzlich von Jelly-Bean gerufen wurde, der mit den Daumen in der Westentasche am Bordstein stand.

»Hallo!«, rief Clark zurück und vollführte eine erstaunliche Bremsung. »Gerade aufgestanden?«

Jelly-Bean schüttelte den Kopf. »Gar nicht erst im Bett gewesen. Konnte keine Ruhe finden und hab heute früh einen langen Spaziergang gemacht, draußen auf dem Land. Komm grade erst zurück.«

»Kein Wunder, dass es dich umtreibt. Geht mir auch schon den ganzen Tag so …«

»Ich geh vielleicht weg von hier«, sagte Jelly-Bean ganz versonnen. »Zieh vielleicht auf die Farm oben im Norden und nehm Onkel Dun ein bisschen Arbeit ab. Hab lange genug auf der faulen Haut gelegen.«

Clark schwieg, und Jelly-Bean fuhr fort: »Wenn Tante Mamie stirbt, könnt ich mein Geld vielleicht in die Farm stecken und was draus machen. Meine ganze Familie stammt ursprünglich von da oben. Hatte ein großes Haus dort.«

Clark schaute ihn überrascht an. »Das ist ja merkwürdig«, sagte er. »Die – die Sache hat auf mich eine ganz ähnliche Wirkung gehabt.«

Jelly-Bean zögerte. »Ich weiß nicht«, sagte er dann, »aber als das – das Mädchen gestern Abend über eine Dame namens Diana Manners geredet hat, eine englische Lady, also, das – das hat mich irgendwie nachdenklich gemacht!« Er richtete sich auf und sah Clark mit einem sonderbaren Gesichtsausdruck an. »Ich komm schließlich aus einer guten Familie«, sagte er trotzig.

Clark nickte. »Ich weiß.«

»Und ich bin der Letzte davon«, fuhr Jelly-Bean fort und hob ein wenig die Stimme, »aber ich bin keinen Pfifferling wert. In meinem Spitznamen ist Gelee drin, so weiches und wabbeliges Zeug. Leute, die nichts waren, als meine Familie viel darstellte, die rümpfen die Nase, wenn sie auf der Straße an mir vorbeilaufen.«

Wieder schwieg Clark.

»Und das reicht mir jetzt. Ich geh heute noch weg. Und wenn ich je wiederkomme, dann als Gentleman.«

Clark holte sein Taschentuch heraus und trocknete sich die feuchte Stirn. »Bist nicht der Einzige, den die Sache durchgerüttelt hat«, sagte er trübsinnig. »Aber mit dieser ganzen Art, wie die Mädchen sich heute so aufführen, ist es bald vorbei. Eigentlich auch wieder schade, aber alle werden's einsehen müssen.«

»Meinst du denn«, fragte Jim erstaunt, »dass alles durchgesickert ist?«

»Durchgesickert? Wie hätten sie's denn geheim halten können! Heute Abend wird's in allen Zeitungen stehen. Doktor Lamar muss ja irgendwie seinen guten Namen retten.«

Jim stützte sich mit den Händen am Auto ab und drückte seine langen Finger gegen das Metall. »Heißt das, Taylor hat die Schecks geprüft?«

Jetzt war es Clark, der erstaunt war. »Hast du denn nicht gehört, was passiert ist?«

Jims erschrockener Blick war Antwort genug.

»Also«, verkündete Clark theatralisch, »die vier haben sich noch eine Flasche Whiskey besorgt, sich vollends betrunken und beschlossen, die Stadt zu schockieren – und so haben Nancy und dieser Merritt heute Morgen um sieben Uhr früh in Rockville geheiratet.«

Unter den Fingern von Jelly-Bean entstand eine kleine Delle im Metall. »Geheiratet?«

»Allerdings. Nancy war dann irgendwann wieder nüchtern und ist ganz schnell in die Stadt zurückgekommen, heulend und zu Tode erschrocken – hat beteuert, es wär alles ein Irrtum gewesen. Zuerst ist Doktor Lamar wahnsinnig wütend geworden und wollte Merritt umbringen, aber dann haben sie sich irgendwie wieder eingekriegt, und Nancy und Merritt sind um halb drei mit dem Zug nach Savannah gefahren.«

Jim schloss die Augen und bezwang mit Mühe die Übelkeit, die ihn überkam.

»Ein Jammer«, sagte Clark philosophisch. »Nicht dass sie geheiratet haben – das ist wohl in Ordnung, auch wenn ich nicht glaube, dass Nancy irgendwas für ihn empfindet.

Aber es ist eine Schande, wenn so ein nettes Mädchen seiner Familie eine derartige Kränkung zufügt.«

Jelly-Bean ließ das Auto los und drehte sich um. Erneut ging irgendetwas in ihm vor, eine unerklärliche, aber fast chemische Veränderung.

»Wo willst du hin?«, fragte Clark.

Jelly-Bean wandte sich um und blickte ausdruckslos über die Schulter zurück. »Muss jetzt gehen«, murmelte er. »Bin zu lange auf den Beinen; fühl mich richtig krank.«

»Oh.«

Um drei war es heiß auf der Straße, um vier noch heißer, und der Aprilstaub schien die Sonne einzuspinnen und wieder freizugeben, ein Streich, so alt wie die Welt, der einer Ewigkeit von Nachmittagen immer aufs Neue gespielt wird. Doch um halb fünf fiel ein erster Ruheschleier, und die Schatten unter den Markisen und den schwer belaubten Bäumen wurden länger. In dieser Hitze war nichts mehr von Belang. Alles Leben war Wetter, ein Aushalten der heißen Stunden, deren Ereignisse für die kühlen Stunden, sanft und zärtlich wie die Hand einer Frau auf einer müden Stirn, keine Bedeutung hatten. In Georgia gibt es das vielleicht unausgesprochene Empfinden, dass dies die größte Weisheit des Südens ist – und so betrat Jelly-Bean nach einer Weile einen Billardsalon an der Jackson Street, wo er sicher sein konnte, auf Gleichgesinnte zu treffen, die all die alten Witze machen würden – jene Witze, die er kannte.

Der Kindergeburtstag

Immer wenn sich John Andros alt fühlte, fand er Trost in dem Gedanken, dass das Leben durch sein Kind weiterging. Die dunklen Posaunen der Vergänglichkeit tönten weniger laut, sobald er das Getrappel der kleinen Füße hörte oder die Kinderstimme, die ihm durchs Telefon verrücktes Kauderwelsch ins Ohr plapperte. Letzteres geschah jeden Nachmittag um drei, wenn seine Frau von ihrem Häuschen auf dem Land aus im Büro anrief, und er begann sich darauf zu freuen, weil es zu den lebendigsten Minuten seines Tages zählte.

Rein physisch war er nicht alt, aber er hatte sich in seinem Leben etliche Male etliche steile Berge hinaufgekämpft, und jetzt, mit achtunddreißig, da Krankheit und Armut besiegt waren, gab er sich weit weniger Illusionen hin als früher. Selbst für seine kleine Tochter hegte er begrenzte Gefühle. Sie war in seine recht intensive Liebesbeziehung mit seiner Frau eingebrochen, und ihretwegen wohnten sie in einem Ort vor der Stadt, wo sie für die gute Landluft endlose Probleme mit den Bediensteten und das ermüdende Karussell der Pendlerzüge in Kauf nahmen.

Die kleine Edith als greifbares Stück Jugend, das war es, was ihn hauptsächlich interessierte. Er genoss es, sie auf dem Schoß zu halten und ausgiebig ihren duftenden, flaumigen Haarschopf und die Augen mit der morgenblauen Iris zu betrachten. Nachdem er ihr diese Huldigung erwiesen hatte, durfte das Kindermädchen sie gerne wieder mitnehmen. Denn nach zehn Minuten begann ihn ebendiese Vitalität des Kindes aufzubringen; wenn etwas kaputtging, verlor er leicht die Beherrschung, und als die Kleine eines Sonntagnachmittags eine Bridgepartie zerstörte, indem sie das Pik-Ass irgendwo versteckte, hatte er eine solche Szene gemacht, dass seine Frau in Tränen ausgebrochen war.

Das war lächerlich, und John schämte sich dafür. So etwas passierte nun einmal, es war unvermeidlich, und die kleine Edith konnte unmöglich all die Stunden, die sie im Haus verbrachte, oben in ihrem Kinderzimmer bleiben, zumal sie, wie ihre Mutter sagte, täglich mehr zu einer ›richtigen Persönlichkeit‹ heranwuchs.

Sie war zweieinhalb, und heute Nachmittag war sie auf einem Kindergeburtstag eingeladen. Die große Edith, ihre Mutter, hatte im Büro angerufen, um ihm dies zu berichten, und die kleine Ede hatte die Angelegenheit bestätigt, indem sie ›Ich geh zu einem *'butstach*!‹ in Johns nichtsahnendes linkes Ohr gebrüllt hatte.

»Komm doch nach der Arbeit noch bei den Markeys vorbei, ja, Liebling?«, schaltete sich ihre Mutter wieder ein. »Es wird sicher lustig. Ede wird todschick aussehen in ihrem neuen pinkfarbenen Kleidchen …«

Das Gespräch endete jäh mit einem Kreischen; offenbar war das Telefon heftig zu Boden gerissen worden. John lachte und beschloss, am Abend einen Zug früher zu nehmen. Die Aussicht auf einen Kindergeburtstag in anderer Leute Haus ließ ihn schmunzeln.

›Was für ein herrliches Durcheinander!‹, dachte er amüsiert. ›Ein Dutzend Mütter, von denen jede ausschließlich Augen für ihr eigenes Kind hat. Die Kleinen machen ständig irgendwas kaputt und grapschen nach der Torte, und auf dem Nachhauseweg denkt jede Mama bei sich, dass ihr Kind allen anderen auf subtile Art überlegen ist.‹

Heute war er guter Dinge – alles in seinem Leben lief besser als je zuvor. Als er an seiner Haltestelle ausstieg, fertigte er einen aufdringlichen Taxifahrer mit einem Kopfschütteln ab und machte sich im kühlen Dezemberzwielicht zu Fuß auf den Weg den langen Hügel zu seinem Haus hinauf. Es war erst sechs Uhr, doch der Mond war schon aufgegangen und schien mit stolzem Glanz auf den dünnen, zuckrigen Schnee, der die Vorgärten bedeckte.

Während er so lief und seine Lungen mit kalter Luft vollsog, stieg seine Stimmung noch, und die Vorstellung eines Kindergeburtstags gefiel ihm immer besser. Er begann sich zu fragen, wie Ede wohl im Vergleich zu den anderen Kindern ihres Alters abschnitt und ob ihr pinkfarbenes Kleid aus dem Rahmen fiel und sie reifer wirken ließ. Er beschleunigte den Schritt und kam in Sichtweite seines Hauses, wo die Lichter eines ausgedienten Weihnachtsbaums noch im Fenster glühten, doch er ging daran vorbei. Die Geburtstagsfeier fand nebenan bei den Markeys statt.

Als er die Steinstufen hinaufstieg und an der Tür klingelte, hörte er drinnen Stimmen und freute sich, dass er nicht zu spät kam. Dann hob er den Kopf und horchte – es waren keine Kinderstimmen, sondern laute, zornige, die sich überschlugen; mindestens drei konnte er unterscheiden, und eine, die gerade zu einem hysterischen Schluchzen anschwoll, erkannte er augenblicklich als die Stimme seiner Frau.

›Da muss etwas vorgefallen sein‹, dachte er.

Er legte die Hand an die Klinke, fand die Tür unverschlossen und öffnete sie.

Der Kindergeburtstag hatte um halb fünf begonnen, doch Edith Andros hatte schlau kalkuliert, dass das neue Kleid im Vergleich zu bereits zerknitterten noch mehr Aufsehen erregen würde, und deshalb ihren und Klein-Edes Auftritt für fünf Uhr geplant. Als sie eintrafen, war die Feier bereits in vollem Gang. Vier kleine Mädchen und neun kleine Jungen, jedes Einzelne mit der ganzen Liebe eines stolzen und eifersüchtigen Mutterherzens gelockt, gewaschen und herausgeputzt, tanzten zur Musik eines Grammophons. Zwar tanzten nie mehr als zwei oder drei gleichzeitig, doch da alle unaufhörlich hin und her rannten, um sich von ihren Müttern ermuntern zu lassen, war der Effekt derselbe.

Als Edith und ihre Tochter hereinkamen, wurde die Musik vorübergehend von einem Chor übertönt, der hauptsächlich aus dem Wort »süß« bestand und sich auf die kleine Ede bezog, die dastand, sich schüchtern umschaute und am Saum ihres pinkfarbenen Kleidchens zupfte. Sie wurde nicht geküsst – man lebte schließlich im Zeitalter der Hygiene –, dafür aber an einer Reihe von Mamas entlanggeführt, die allesamt ›sü-üß‹ zu ihr sagten und ihr kleines rosa Händchen hielten, bevor sie sie an die nächste weiterreichten. Nach einiger Ermunterung und dem einen oder anderen sanften Schubser mischte sie sich unter die Tanzenden und nahm bald lebhaft am Geschehen teil.

Edith stand an der Tür, wo sie mit Mrs. Markey plauderte und die kleine Gestalt im pinkfarbenen Kleid im Auge behielt. Mrs. Markey war ihr nicht besonders sympathisch; sie fand sie ebenso schnippisch wie ordinär, doch da John und Joe Markey einander mochten und jeden Morgen zusammen mit dem Pendlerzug fuhren, verwandten die beiden Frauen große Mühe darauf, den Schein warmer Freundschaftlichkeit zu wahren. Sie hielten sich ständig gegenseitig vor, dass die andere ›nicht mal vorbeischaute‹, und planten unablässig gemeinsame Unternehmungen, was meistens so begann: »Sie müssen bald zu uns zum Abendessen kommen, und demnächst gehen wir mal zusammen ins Theater«, aber sich nie über dieses Stadium hinaus entwickelte.

»Die kleine Ede sieht einfach bezaubernd aus«, sagte Mrs. Markey lächelnd und befeuchtete sich die Lippen auf eine Art, die Edith besonders abstoßend fand. »So *erwachsen* – kaum zu *glauben*!«

Edith überlegte, ob die Formulierung »die kleine Ede« auf den Umstand anspielte, dass Billy Markey, obwohl er einige Monate jünger war als Ede, annähernd fünf Pfund mehr wog. Sie nahm dankend eine Tasse Tee und setzte sich zu zwei anderen Damen auf einen Diwan, wo sie sich dem eigentlichen Zweck des Nachmittags widmete, der natürlich darin bestand, die jüngsten Meisterleistungen und kleinen Tollpatschigkeiten ihres Kindes zu schildern.

Eine Stunde verging. Das Tanzen verlor seinen Reiz, und die Kleinen suchten sich einen ernsteren Zeitvertreib. Sie liefen ins Esszimmer, umrundeten den großen Tisch und probierten die Schwingtür zur Küche aus, vor der sie von mütterlichen Expeditionsstreitkräften gerettet wurden. Nachdem man sie eingefangen hatte, rissen sie sofort wieder aus und rannten ins Esszimmer, um sich erneut auf die vertraute Schwingtür zu stürzen. Das Wort »überhitzt« machte die Runde, und kleine weiße Stirnen wurden mit kleinen weißen Taschentüchern abgetupft. Allseits versuchte man, die Kleinen zum Hinsetzen zu bewegen, doch sie wanden sich mit energischen »Runter, runter!«-Rufen von den Schößen, und der Sturm auf das faszinierende Esszimmer begann von neuem.

Diese Phase des Geburtstags fand ein Ende, als zur Stärkung eine große Torte mit zwei Kerzen sowie Schälchen mit Vanilleeis serviert wurden. Billy Markey, ein stämmiger, etwas o-beiniger, fröhlicher Junge mit roten Haaren, blies die Kerzen aus und legte probehalber den Finger in den weißen Tortenguss. Torte und Eis wurden verteilt, und die Kinder aßen – gierig, aber ohne großes Durcheinander; sie hatten sich den ganzen Nachmittag über bemerkenswert gut benommen. Es waren moderne kleine Kinder, die regelmäßig aßen und schliefen, weshalb sie in guter Verfassung waren und gesund und rosig aussahen – eine so friedliche Geburtstagsfeier wäre vor dreißig Jahren nicht möglich gewesen.

Nach der Stärkung begann der allgemeine Aufbruch. Edith schaute besorgt auf die Uhr – es war fast sechs, und John war noch nicht aufgetaucht. Er sollte doch Ede mit den anderen Kindern sehen, sollte erleben, wie wohlerzogen, höflich und intelligent sie war und dass sie nur einen einzigen Eiscremefleck auf ihrem Kleid hatte, und auch das nur, weil etwas von ihrem Kinn getropft war, als jemand sie von hinten angestoßen hatte.

»Du bist ein Schatz«, flüsterte sie ihrem Kind zu und drückte sie plötzlich an sich. »Weißt du, was für ein Schatz du bist? *Weißt* du das?«

Ede lachte. »Bauwau«, sagte sie unvermittelt.

»Bauwau?« Edith blickte sich um. »Hier ist kein Bauwau.«

»Bauwau«, wiederholte Ede. »Ich will einen Bauwau.«

Edith folgte dem kleinen ausgestreckten Finger.

»Das ist kein Bauwau, Herzchen, das ist ein Teddybär.«

»Bär?«

»Ja, das ist ein Teddybär, und er gehört Billy Markey. Du willst doch nicht Billy Markeys Teddybären haben, oder?«

Doch, das wollte Ede.

Sie riss sich von ihrer Mutter los und näherte sich Billy Markey, der das Plüschtier fest umschlungen hielt. Ede stand da und musterte ihn mit unergründlichem Blick, während Billy lachte.

Die große Edith schaute erneut auf die Uhr, diesmal voller Ungeduld.

Der Kreis der Gäste hatte sich gelichtet, abgesehen von Ede und Billy waren noch zwei Kinder da, und eines davon nur, weil es sich unter dem Esstisch versteckt hatte. Es war egoistisch von John, dass er nicht kam. So wenig stolz war er also auf sein Kind. Andere Väter, sechs an der Zahl, waren rechtzeitig erschienen, um ihre Frauen abzuholen, und sie waren alle noch eine Weile geblieben und hatten zugesehen.

Auf einmal gab es ein lautes Geheul. Ede hatte den Teddybären ergattert, indem sie ihn Billy aus den Armen gerissen hatte, und Billy, der ihn sich wiederholen wollte, mir nichts, dir nichts einfach umgeschubst.

»Aber Ede!«, rief ihre Mutter, die ein Lachen unterdrücken musste.

Joe Markey, ein gutaussehender, breitschultriger Mann von fünfunddreißig, hob seinen Sohn vom Boden auf und stellte ihn auf die Füße. »Du bist mir ja einer«, sagte er leutselig. »Lässt dich von einem Mädchen umwerfen! Du bist mir ja wirklich einer.«

»Hat er sich den Kopf gestoßen?« Mrs. Markey hatte gerade die vorletzte Mutter hinauskomplimentiert und kam besorgt ins Zimmer zurück.

»Nei-iin«, rief Markey. »Er hat sich woanders gestoßen, nicht wahr, Billy? Er hat sich woanders gestoßen.«

Billy hatte den Sturz schon wieder so weit vergessen, dass er zu dem Versuch übergegangen war, sein Eigentum zurückzuerobern. Er packte ein Bein des Bären, das unter Edes Armen hervorschaute, und zog daran, doch vergebens.

»Nein«, sagte Ede mit Nachdruck.

Plötzlich ließ Ede, vom Erfolg ihres früheren, halb zufälligen Manövers ermutigt, den Teddybären fallen, legte die Hände auf Billys Schultern und schubste ihn, so dass er rückwärtsfiel.

Diesmal landete er weniger sanft; sein Kopf schlug mit einem dumpfen, hohlen Geräusch neben dem Teppich auf dem blanken Boden auf, worauf er tief Luft holte und ein fürchterliches Gebrüll anstimmte.

Augenblicklich brach ein Tumult im Zimmer los. Mit einem Aufschrei eilte Markey zu seinem Sohn, doch seine Frau war als Erste bei dem verletzten Kleinen, hob ihn vom Boden auf und nahm ihn auf den Arm.

»O *Billy*«, rief sie, »was für ein gemeiner Stoß! Man sollte ihr den Hintern versohlen.«

Edith, die auf der Stelle zu ihrer Tochter geeilt war, hörte diese Bemerkung und presste die Lippen zu einem schmalen Strich zusammen.

»Aber Ede«, flüsterte sie mechanisch, »das war gar nicht lieb von dir!«

Da legte Ede plötzlich den kleinen Kopf in den Nacken und lachte. Es war ein lautes, ein triumphierendes Lachen, siegesgewiss, frech und voller Verachtung. Leider Gottes war es auch ansteckend. Ehe ihre Mutter sich bewusstgemacht hatte, wie heikel die Situation war, lachte auch sie, ein hörbares, deutliches Lachen, das die gleichen Nuancen hatte wie das ihres Kindes.

Genauso plötzlich hörte sie wieder auf.

Mrs. Markeys Gesicht war zornesrot geworden, und Markey, der mit einem Finger den Hinterkopf des Kleinen befühlt hatte, schaute sie stirnrunzelnd an.

»Es ist geschwollen«, sagte er mit vorwurfsvollem Unterton. »Ich hole etwas Zaubernuss.«

Doch Mrs. Markey hatte die Beherrschung verloren. »Ich finde es überhaupt nicht lustig, wenn einem Kind weh getan wird!«, sagte sie mit zitternder Stimme.

Die kleine Ede beobachtete indessen neugierig ihre Mutter. Sie merkte, dass ihr eigenes Lachen das ihrer Mutter hervorgerufen hatte, und sie fragte sich nun, ob die gleiche Ursache wohl immer die gleiche Wirkung erzielte. Deshalb warf sie ausgerechnet in diesem Augenblick den Kopf ein zweites Mal zurück und fing wieder an zu lachen.

Für ihre Mutter war dieser neuerliche Heiterkeitsausbruch der Auslöser für einen hysterischen Lachanfall. Sie presste sich ihr Taschentuch vor den Mund und kicherte haltlos. Es war nicht nur eine nervöse Reaktion; vielmehr hatte sie das Gefühl, dass sie auf eine eigentümliche Weise mit ihrem Kind lachte – dass sie gemeinsam lachten.

Es war eine Art von Trotz: sie beide gegen den Rest der Welt.

Während Markey nach oben ins Badezimmer lief, um die Heilsalbe zu holen, ging seine Frau hin und her und wiegte den schreienden Jungen in ihren Armen.

»Bitte gehen Sie nach Hause!«, brach es plötzlich aus ihr hervor. »Das Kind ist bös gestürzt, und wenn Sie nicht den Anstand besitzen, still zu sein, dann gehen Sie besser nach Hause.«

»Na schön«, sagte Edith, nun ebenfalls gereizt. »Ich habe noch nie jemanden aus einer Mücke einen solchen –«

»Gehen Sie!«, rief Mrs. Markey außer sich. »Da ist die Tür, gehen Sie – ich will Sie nie wieder hier in unserem Haus sehen. Sie nicht und Ihr Balg auch nicht!«

Edith hatte ihre Tochter an die Hand genommen und ging rasch zur Tür, doch bei der letzten Bemerkung blieb sie stehen und drehte sich mit wutverzerrtem Gesicht um.

»Wagen Sie es nicht noch einmal, sie so zu nennen!«

Mrs. Markey antwortete nicht, sondern lief weiter auf und ab und murmelte etwas, das nur sie und Billy hören konnten.

Edith fing an zu weinen.

»Ich gehe schon!«, schluchzte sie. »In meinem g-ganzen Leben bin ich noch keiner so g-groben und o-ordinären Person begegnet wie Ihnen. Ich finde es g-gut, dass Ihr

Junge umgeschubst wurde – er ist sowieso bloß ein d-dicker kleiner Dummkopf.«

Joe Markey kam gerade rechtzeitig die Treppe herunter, um diese Bemerkung mit anzuhören.

»Also, Mrs. Andros«, sagte er scharf, »sehen Sie denn nicht, dass der Junge sich weh getan hat? Sie sollten sich wirklich beherrschen.«

»Mich beherrschen!«, rief Edith mit bebender Stimme. »Sagen Sie lieber ihr, sie soll sich beherrschen. Ich bin in meinem ganzen Leben noch keiner so o-ordinären Person begegnet.«

»Sie beleidigt mich!« Mrs. Markey war jetzt außer sich vor Wut. »Hast du gehört, was sie gesagt hat, Joe? Ich möchte, dass du sie aus dem Haus wirfst. Wenn sie nicht gehen will, pack sie einfach an den Schultern, und wirf sie raus!«

»Wagen Sie es nicht, mich anzurühren!«, schrie Edith. »Ich gehe sofort – sobald ich meinen M-mantel gefunden habe!«

Blind vor Tränen machte sie einen Schritt in den Hausflur. Genau in diesem Moment öffnete sich die Tür, und John Andros trat mit besorgter Miene herein.

»John!«, rief Edith und eilte ihm aufgelöst entgegen.

»Was ist los? Ja was ist denn hier los?«

»Sie – sie werfen mich raus!«, heulte sie und fiel ihm in die Arme. »Er wollte mich gerade an den Schultern packen und rauswerfen. Ich brauche meinen Mantel!«

»Das ist nicht wahr«, beeilte sich Markey zu widersprechen. »Niemand wirft Sie hier raus.« Er wandte sich an John. »Niemand wirft sie raus«, wiederholte er. »Sie ist –«

»Was soll das denn heißen?«, unterbrach John ihn barsch. »Worum geht es hier überhaupt?«

»Ach, bitte komm einfach mit!«, rief Edith. »Ich will hier weg. Sie sind so *ordinär,* John!«

»Also hören Sie mal!« Markeys Gesicht verfärbte sich dunkel. »Das haben Sie jetzt oft genug gesagt. Ihr Benehmen ist wirklich sehr sonderbar.«

»Sie haben Ede ein Balg genannt!«

Zum zweiten Mal an diesem Nachmittag äußerte die kleine Ede in einem unpassenden Moment ihre Gefühle. Verwirrt und von den lauten Stimmen erschreckt, fing sie an zu weinen, und ihre Tränen vermittelten den Eindruck, als hätte die Beleidigung sie tief gekränkt.

»Was soll denn das?«, polterte jetzt John. »Beleidigen Sie Ihre eigenen Gäste?«

»Es scheint mir eher Ihre Frau zu sein, die hier jemanden beleidigt hat!«, antwortete Markey scharf. »Und Ihr Kind da hat den ganzen Ärger ausgelöst.«

John schnaubte. »Beschimpfen Sie ein kleines Mädchen? Das ist ja ein äußerst mannhaftes Verhalten!«

»Sprich nicht mit ihm, John«, sagte Edith. »Such lieber meinen Mantel!«

»Es muss ja schlecht um Sie stehen«, fuhr John ärgerlich fort, »wenn Sie Ihre Laune an einem hilflosen kleinen Kind auslassen müssen.«

»So etwas Verdrehtes habe ich in meinem Leben noch nicht gehört«, rief Markey. »Wenn Ihre Frau da nur mal eine Minute lang den Mund halten würde –«

»Moment mal! Sie reden jetzt nicht mehr mit einer Frau und einem Kind ...«

Es gab eine kurze Unterbrechung. Edith suchte auf einem Sessel nach ihrem Mantel, und Mrs. Markey hatte sie dabei mit heißen, wütenden Blicken beobachtet. Plötzlich legte sie Billy auf das Sofa, wo er sofort zu weinen aufhörte und sich hinsetzte; sie ging in den Hausflur, fand Ediths Mantel und hielt ihn ihr wortlos hin. Dann kehrte sie zum Sofa zurück, nahm Billy auf den Arm, wiegte ihn und schaute Edith erneut mit heißen, wütenden Blicken an. Die Unterbrechung hatte weniger als eine halbe Minute gedauert.

»Ihre Frau kommt hier herein und fängt an herumzuschreien, wie ordinär wir seien!«, wetterte Markey los. »Nun, wenn wir so furchtbar ordinär sind, dann bleiben Sie uns wohl besser fern! Und vor allem gehen Sie jetzt bitte!«

Erneut lachte John kurz und verächtlich auf.

»Sie sind nicht nur ordinär«, konterte er, »sondern offenbar auch ein schrecklicher Maulheld – zumindest gegenüber hilflosen Frauen und Kindern.« Er packte den Knauf und riss die Tür auf. »Komm, Edith.«

Seine Frau nahm ihre Tochter auf den Arm und trat hinaus, und John, den Blick immer noch voller Verachtung auf Markey gerichtet, machte Anstalten, ihr zu folgen.

»Augenblick mal!« Markey trat einen Schritt vor; er zitterte ein wenig, und zwei große Adern an seinen Schläfen waren auf einmal prall mit Blut gefüllt. »Sie glauben doch nicht, dass Sie sich so etwas bei mir herausnehmen können, oder?«

Ohne ein Wort marschierte John aus der Tür und ließ sie offen stehen.

Edith, die immer noch weinte, war schon losgegangen. John folgte ihr mit den Blicken, bis sie den Hauseingang erreicht hatte. Dann drehte er sich wieder zum erleuchteten Türrahmen um und sah Markey langsam die rutschigen Stufen herunterkommen. Er zog Mantel und Hut aus und warf sie neben dem Weg in den Schnee. Auf den vereisten Steinen ein wenig ins Schlittern geratend, machte er einen Schritt vorwärts.

Beim ersten Schlag rutschten beide aus und fielen mit ihrem vollen Gewicht auf den Gehweg, richteten sich aber sofort wieder halb auf, um sich erneut gegenseitig zu Boden zu ziehen. Auf der dünnen Schneedecke neben dem Weg fanden sie mehr Halt und stürzten aufeinander los, wobei sie beide heftig austeilten und den Schnee unter ihren Füßen zu einem matschigen Brei zertrampelten.

Die Straße war menschenleer, und abgesehen von ihrem raschen, angestrengten Keuchen und dem gedämpften Geräusch, wenn einer von ihnen in den feuchten Matsch fiel, kämpften sie lautlos. Im vollen Mondlicht und bernsteinfarbenen Schein, der aus der offenen Tür drang, waren sie füreinander gut erkennbar. Mehrmals stürzten sie gemeinsam zu Boden, dann tobte der Kampf eine Weile wild und heftig auf dem Rasen weiter.

Zehn, zwanzig Minuten lang rauften sie sich dort im Mondschein ohne Sinn und Verstand. In einer Pause hatten beide in stillschweigender Übereinkunft ihre Jacketts und Westen abgelegt, und nun hingen ihnen die Oberhemden in tropfnassen, breiigen Fetzen vom Rücken. Beide waren zerschunden und blutig und derart erschöpft, dass sie sich nur noch aufrecht halten konnten, wenn sie sich gegenseitig stützten – bei jedem Schlag, ja beim bloßen Ausholen zum Schlag landeten sie auf Händen und Knien.

Doch es war nicht die Erschöpfung, die der Sache ein Ende machte, und die Sinnlosigkeit des Kampfs schien eher ein Grund, nicht damit aufzuhören. Vielmehr ließen sie schließlich voneinander ab, weil sie, während sie sich auf dem Boden wälzten, auf einmal die Schritte eines Mannes auf dem Gehweg hörten. Sie waren, ohne es recht zu merken, in den Schatten gerollt, und beim Geräusch dieser Schritte hielten sie nun mitten im Kampf inne, bewegten sich nicht, atmeten nicht, sondern lagen wie zwei Jungen, die Indianer spielen, dicht aneinandergedrängt da, bis die Schritte verklungen waren. Dann rappelten sie sich auf und sahen sich an wie zwei Betrunkene.

»Ich denk nicht dran, hier noch weiterzumachen«, rief Markey mit belegter Stimme.

»Ich mache auch nicht mehr weiter«, sagte John Andros. »Ich hab die Nase voll.«

Erneut schauten sie sich an, misstrauisch jetzt, als verdächtige jeder den anderen, ihn zu einer Wiederaufnahme des Kampfs verleiten zu wollen. Markey spuckte einen Mundvoll Blut aus, das von seiner aufgeplatzten Lippe stammte; dann fluchte er leise, hob Jackett und Weste auf und schüttelte sie stirnrunzelnd aus, als wäre die Tatsache, dass sie etwas feucht geworden waren, seine einzige Sorge auf der Welt.

»Wollen Sie hereinkommen und sich säubern?«, fragte er plötzlich.

»Nein, danke«, sagte John. »Ich sollte besser nach Hause gehen – meine Frau wird bestimmt langsam unruhig.«

Er hob ebenfalls sein Jackett und seine Weste auf, dann auch Mantel und Hut. Pitschnass und schweißgebadet, wie er war, erschien es ihm absurd, dass er all diese Kleider vor weniger als einer halben Stunde noch am Leib getragen hatte.

»Also dann – gute Nacht«, sagte er zögernd.

Unvermittelt gingen sie aufeinander zu und schüttelten sich die Hand. Es war kein beiläufiger Händedruck: John Andros legte den Arm um Markeys Schulter und klopfte ihm eine Weile behutsam auf den Rücken.

»Nichts passiert?«, fragte er mit rauer Stimme.

»Nein – und Ihnen?«

»Nein, nichts passiert.«

»Gut«, sagte John Andros nach kurzer Pause, »dann gehe ich jetzt. Gute Nacht.«

Mit den Kleidern über dem Arm machte John Andros sich leicht humpelnd auf den Weg. Der Mond schien immer noch hell, als er den dunklen Flecken zertrampelter Erde hinter sich ließ und über den Rasenstreifen ging. Weiter unten am Bahnhof, eine Meile entfernt, konnte er das Rattern des Sieben-Uhr-Zugs hören.

»Aber du bist ja verrückt«, rief Edith zittrig. »Ich dachte, du wolltest dich mit ihnen vertragen und ihnen die Hand reichen. Deshalb bin ich weggegangen.«

»Wolltest du denn, dass wir uns vertragen?«

»Natürlich nicht. Ich will sie nie wiedersehen. Aber ich dachte eben, dass du es tun würdest.« Sie betupfte seine Blutergüsse an Hals und Rücken mit Jod, während er behaglich in der Badewanne saß. »Ich hole den Arzt«, sagte sie mit Nachdruck. »Vielleicht hast du innere Verletzungen.«

Er schüttelte den Kopf. »Auf keinen Fall«, antwortete er. »Ich möchte nicht, dass die ganze Stadt Wind von der Sache bekommt.«

»Ich verstehe nicht, wie das alles passiert ist.«

»Ich auch nicht.« Er lächelte grimmig. »Offenbar sind diese Kindergeburtstage eine brutale Angelegenheit.«

»Aber eins ist gut«, sagte Edith hoffnungsvoll, »wir haben für morgen Abend Beefsteak im Haus.«

»Wieso ist das gut?«

»Für dein Auge natürlich. Weißt du, dass ich um ein Haar Kalb bestellt hätte? Haben wir da nicht unglaubliches Glück gehabt?«

Eine halbe Stunde später bewegte John – bis auf den Kragen, den sein Hals nicht dulden wollte, wieder vollständig angekleidet – probeweise seine Glieder vor dem Spiegel. »Ich glaube, ich muss mich wieder in Form bringen«, sagte er nachdenklich. »Ich werde anscheinend alt.«

»Damit du ihn beim nächsten Mal schlagen kannst, meinst du?«

»Ich habe ihn ja geschlagen«, erwiderte er. »Jedenfalls genauso wie er mich. Und es wird kein nächstes Mal geben. Nenne die Leute in Zukunft bitte nicht wieder ordinär. Wenn es Probleme gibt, nimmst du einfach deinen Mantel und gehst nach Hause. Verstanden?«

»Ja, Liebling«, sagte sie kleinlaut. »Das war sehr dumm von mir, und jetzt habe ich es verstanden.«

Auf dem Flur blieb er vor der Kinderzimmertür abrupt stehen.

»Schläft sie?«

»Tief und fest. Aber du kannst hineingehen und sie kurz anschauen – nur um gute Nacht zu sagen.«

Sie schlichen auf Zehenspitzen in das kühle, dunkle Zimmer und beugten sich gemeinsam über das Bett. Mit gesunden Bäckchen, die rosa Hände fest gefaltet, lag die kleine Ede da und schlief fest. John griff über das Geländer des Bettchens und strich ihr mit der Hand leicht über das seidige Haar.

»Sie schläft«, murmelte er, als erstaune es ihn.

»Natürlich – nach so einem Nachmittag.«

»Miz Andros.« Die Stimme des farbigen Dienstmädchens driftete vom Flur herein. »Mr. und Miz Markey sind unten und wollen Sie sprechen. Mr. Markey is' ganz schön zerschunden, Ma'm. Sein Gesicht sieht aus wie ein Roastbeef. Und Miz Markey, die is' wohl mächtig aufgebracht.«

»Was? Also die haben Nerven!«, rief Edith aus. »Sag ihnen, wir sind nicht zu Hause. Um nichts in der Welt gehe ich da hinunter.«

»Doch, das tust du.« Johns Stimme war fest und entschieden.

»Was?«

»Du gehst jetzt sofort da hinunter, und nicht nur das – egal, was diese Frau tut oder sagt, du entschuldigst dich für das, was du heute Nachmittag gesagt hast. Danach brauchst du sie nie wiederzusehen.«

»Aber – John, das kann ich nicht.«

»Du musst aber. Und wenn es dir schwerfällt, denk einfach daran, dass es ihr wahrscheinlich doppelt so schwer gefallen ist, hierherzukommen.«

»Kommst du nicht mit? Muss ich alleine zu ihnen gehen?«

»Ich komme nach – gleich.«

John Andros wartete, bis sie die Tür hinter sich geschlossen hatte; dann streckte er die Hände aus und nahm seine Tochter, mitsamt der Decke, auf den Arm, setzte sich in den Schaukelstuhl und drückte sie an sich. Sie regte sich ein wenig, und er hielt den Atem an, doch sie schlief ganz fest, und gleich darauf lag sie ruhig in seiner Armbeuge. Vorsichtig neigte er den Kopf, bis seine Wange ihr helles Haar berührte. »Liebes kleines Mädchen«, flüsterte er. »Liebes kleines Mädchen, mein liebes kleines Mädchen.«

John Andros wusste endlich, wofür er an diesem Abend so wild gekämpft hatte. Es war jetzt sein, er besaß es für immer, und eine Weile lang saß er da und schaukelte in der Dunkelheit langsam hin und her.

Der Tanz

I

Mein Leben lang habe ich ein ganz merkwürdiges Grauen vor Kleinstädten empfunden – nicht vor Vorstädten, die sind wieder etwas anderes, sondern vor den kleinen, abgelegenen Provinzstädten in New Hampshire und Georgia, in Kansas und im oberen Teil des Staates New York. Ich bin in New York City geboren, und nicht einmal als kleines Mädchen habe ich mich je vor seinen Straßen und ihren ungewohnten fremdländischen Gesichtern gefürchtet – sobald ich mich aber in einem dieser Städtchen aufhalte, die ich oben erwähnte, verfolgt mich unablässig das bange Gefühl, dass dicht unter der Oberfläche ein zweites, verstecktes Leben lauert, eine ganze Serie geheimer Zusammenhänge, Bedeutungen und Schrecken, von denen ich nichts weiß. In einer Großstadt kommt alles, ob gut oder böse, irgendwann einmal ans Licht – ich meine, die Menschen tragen es nicht ewig mit sich herum. Das Leben ist in Bewegung, geht weiter, vergeht. In den kleinen Städten – denen zwischen fünf- und fünfundzwanzigtausend Einwohnern – scheint man alte Feindschaften, alte, unvergessene Affären, gespenstische Skandale und Tragödien nie begraben zu können; sie leben weiter, unlösbar verschlungen in den normalen Kreislauf des äußeren Lebens.

Nirgends habe ich das eindringlicher empfunden als im Süden. Komme ich erst einmal über Atlanta, Birmingham und New Orleans hinaus, habe ich oft das Gefühl, mich mit den Leuten um mich herum nicht mehr verständigen zu können. Die Männer und Frauen sprechen eine Sprache, in der sich Höflichkeit und unbeherrschte Heftigkeit, fanatische Sittenstrenge und branntweinseliges Draufgängertum in einer Weise mischen, die mir immer unverständlich bleiben wird. In *Huckleberry Finn* schildert Mark Twain ein paar dieser Städte am Mississippi, mit ihren hitzigen Fehden und ihrem ebenso hitzigen Wiederauflodern – und manche von ihnen haben sich auch hinter ihren neuen, von chromblitzenden Autos und Radios geprägten Fassaden nicht grundlegend verändert. Sie sind bis zum heutigen Tag zutiefst unzivilisiert geblieben.

Ich spreche vom Süden, weil es in einer kleinen Stadt in den Südstaaten war, wo ich diese Oberfläche einmal kurz zerreißen und etwas unbezähmbar Wildes, Unheimliches und Erschreckendes den Kopf erheben sah. Dann schloss sich die Oberfläche wieder, und wenn ich seither dorthin zurückkomme, bin ich zu meiner Überraschung wie eh und je bezaubert von den Magnolienbäumen, dem Singen der Schwarzen in den Straßen und den warmen, betörenden Nächten. Nicht weniger bezaubert bin ich von der großzügigen Gastfreundschaft, dem herrlich bequemen, unbeschwerten Leben im Freien und den beinahe allgemein guten Manieren. Und doch sucht mich immer wieder ein beängstigend deutlicher Alptraum heim, der all das heraufbeschwört, was ich vor fünf Jahren in dieser Stadt erlebt habe.

Davis – das ist allerdings nicht der richtige Name – hat etwa zwanzigtausend Einwohner, ein Drittel davon Farbige. Es ist eine Baumwollstadt, und die Arbeiter in den Spinnereien, ein paar tausend abgezehrte, ungebildete ›arme Weiße‹, hausen zusammen in einem verrufenen Viertel, das den Namen Cotton Hollow trägt. In den fünfundsiebzig Jahren seines Bestehens hat die Bevölkerung von Davis allerdings manchen Wechsel erlebt. Früher einmal kam es für die Wahl zur Hauptstadt des Staates in Frage, und so bilden die älteren Familien und Sippen auch heute noch, selbst wenn einzelne unter ihnen inzwischen völlig verarmt sind, eine stolze kleine Aristokratie.

Ich hatte im damaligen Winter den üblichen Gesellschaftsrummel in New York mitgemacht, bis ich dann gegen April hin plötzlich fand, dass ich von sämtlichen Einladungen ein für alle Mal genug hätte. Ich war erschöpft, und Europa schien mir der richtige Erholungsort. Aber die kleine Wirtschaftskrise von 1921 erschütterte das Geschäft meines Vaters, und so legte man mir nahe, doch lieber in den Süden zu gehen und Tante Musidora Hale zu besuchen.

Ich hatte mir vage so etwas wie einen Landaufenthalt darunter vorgestellt, aber am Tag meiner Ankunft brachte der *Courier* von Davis ein urkomisches altes Foto von mir in seiner Gesellschaftsspalte, und schon steckte ich mitten in der nächsten Partysaison. In bescheidenerem Umfang natürlich – samstags Tanzabende in dem kleinen Countryclub mit seinem Neun-Loch-Golfplatz, unter der Woche die eine oder andere zwanglose Dinnerparty, und zu alledem ein paar sehr nette und aufmerksame junge Kavaliere. Ich amüsierte mich gar nicht schlecht, und als ich nach drei Wochen wieder nach Hause fahren wollte, war es bestimmt nicht aus Langeweile. Im Gegenteil, ich wollte nach Hause, weil ich mich ein bisschen zu sehr für einen gutaussehenden jungen Mann namens Charley Kincaid interessierte und erst zu spät erfuhr, dass er mit einem anderen Mädchen verlobt war.

Als Erstes hatte uns zusammengebracht, dass er so ungefähr der einzige Junge in der Stadt war, der ein College im Norden besuchte – und ich war damals noch jung genug, zu glauben, dass sich ganz Amerika nur um Harvard, Princeton und Yale drehte. Ich spürte deutlich, dass auch er mich gern mochte, aber als ich dann hörte, dass ein halbes Jahr zuvor seine Verlobung mit einem Mädchen namens Marie Bannerman bekanntgegeben worden war, sah ich keine andere Möglichkeit, als schleunigst das Feld zu räumen.

Die Stadt war zu klein, als dass man irgendjemand aus dem Weg hätte gehen können, und obwohl es bis jetzt noch kein Geschwätz gegeben hatte, war ich sicher, dass … na ja, dass, wenn wir uns weiter begegneten, unsere Gefühle füreinander auch ausgesprochen würden. Und ich bin nicht skrupellos genug, um einem anderen Mädchen den Mann wegzunehmen.

Marie Bannerman war fast eine Schönheit. Vielleicht hätte sie sogar eine sein können – mit den richtigen Kleidern und ohne ihre grellrosa Rougebäckchen und den kreideweißen Puder auf Kinn und Nase. Ihr Haar war seidig schwarz, und sie hatte wunderhübsche Züge. Durch einen kleinen Geburtsfehler war das eine Augenlid stets etwas gesenkt, was ihrem Gesicht einen gewissen Schalk verlieh.

Ich wollte an einem Montag abreisen, und am Samstagabend hatten wir uns wie üblich in einer Gruppe zum Abendessen im Club verabredet, bevor wir dort tanzen würden. Joe Cable war dabei, der Sohn eines ehemaligen Gouverneurs, ein gutaussehender Junge, der trotz seiner Oberflächlichkeit viel Charme hatte; Catherine Jones, ein hübsches, blendend gewachsenes Mädchen mit lebhaften Augen, das unter dem kunstvoll aufgelegten Rouge ebenso gut achtzehn wie fünfundzwanzig Jahre alt sein konnte; außerdem Marie Bannerman, Charley Kincaid, ich selbst und noch zwei oder drei andere.

Wie immer bei solchen Gelegenheiten machte es mir Spaß, dem in komischem Durcheinander dahinsprudelnden Kleinstadtklatsch zuzuhören. So war zum Beispiel eines der Mädchen am selben Nachmittag mitsamt ihrer Familie auf die Straße gesetzt worden, weil man die Miete schuldig geblieben war. Sie erzählte die ganze Geschichte ohne jede Befangenheit – nichts weiter als eine zwar unangenehme, aber amüsante Episode. Und dann das scherzhafte Wortgeplänkel, wonach jedes anwesende Mädchen unendlich schön und anziehend war und jeder anwesende Mann – natürlich schon von der Wiege an – heimlich und hoffnungslos in sie verliebt.

»Wir sind fast gestorben vor Lachen …« – »… hat gesagt, er schießt ihn über den Haufen, wenn er sich noch mal blicken lässt.« Bei jeder Kleinigkeit leisteten die Mädchen ›heilige Eide‹ und schworen die Männer ›auf Ehr und Seligkeit‹. »Wie kommt's, dass du um ein Haar vergessen hast, mich abzuholen …?« – und dazu das unaufhörliche »Honey, Honey, Honey«, das wie ein wohltuendes Elixier von Herz zu Herz zu fließen schien.

Die Mainacht draußen war heiß, still, samtig weich, dicht mit Sternen gesprenkelt. Schwer und süß flutete sie in den großen Saal herein, in dem wir saßen und später tanzen würden, und brachte keinen Laut mit sich außer dem gelegentlichen langgezogenen Knirschen, das ein ankommender Wagen auf der Kiesauffahrt verursachte. Der Gedanke, Davis zu verlassen, war mir mit einem Mal so unerträglich wie noch nie zuvor ein Abschied – ich wollte nicht fort, ich wollte mein ganzes Leben hier verbringen und bis in alle Ewigkeit durch diese langen, heißen, romantischen Nächte tanzen.

Und doch hing das Grauen schon über der kleinen Gesellschaft, lauerte unter uns, ein ungebetener Gast, der die Stunden zählte, bis er seine bleiche, grelle Fratze zeigen konnte. Hinter dem Schwatzen und Lachen bahnte sich etwas an, etwas Geheimnisvolles und Dunkles, von dem ich nichts wusste.

Bald darauf erschien die farbige Kapelle, gefolgt von den ersten Tanzlustigen. Ein hünenhafter Mann mit gerötetem Gesicht, schlammverkrusteten Schaftstiefeln an den Füßen und einem Revolvergürtel um die Hüften stapfte herein und blieb kurz an unserem Tisch stehen, bevor er die Treppe zur Garderobe hinaufstieg. Es war Bill Abercrombie, der Sheriff und Sohn des Kongressabgeordneten Abercrombie. Ein paar der Jungs stellten ihm halblaute Fragen, und er antwortete mit nur mühsam gedämpfter Stimme.

»Ja … treibt sich immer noch im Moor herum. Ein Farmer hat ihn bei dem Laden an der Kreuzung gesehen … Würd ihm selbst gern eins verpassen.«

Ich fragte den jungen Mann neben mir, was los sei.

»Da macht ein Nigger Scherereien«, sagte er, »drüben in Kisco, ungefähr zwei Meilen von hier. Der Kerl hält sich im Moor versteckt, morgen wollen sie ihn holen.«

»Was haben sie vor mit ihm?«

»Aufhängen wahrscheinlich.«

Der Gedanke an den unglückseligen Schwarzen, der elendiglich in einem verlassenen Sumpf kauerte und mit dem Morgengrauen seinen Tod erwartete, bedrückte mich eine Weile. Dann verflog das Gefühl wieder und war vergessen.

Nach dem Essen gingen Charley Kincaid und ich auf die Terrasse hinaus – er hatte gerade gehört, dass ich abreisen wollte. Ich hielt mich so nahe wie möglich bei den anderen und gab nur seinen Worten, nicht aber seinen Blicken Antwort – wenn sich auch etwas in mir gegen einen so nichtssagenden Abschied sträubte. Die Versuchung war groß, jetzt am Ende doch noch etwas zwischen uns aufflackern zu lassen. Ich wünschte, er würde mich küssen – in meinem Inneren versprach ich mir, wenn er mich küsste, nur ein einziges Mal, wollte ich mich gleichmütig damit abfinden, ihn nie wiederzusehen; aber mein Verstand wusste es besser.

Die anderen Mädchen strömten langsam ins Haus zurück, um oben im Ankleideraum ihr Make-up aufzubessern, und Charley noch immer an meiner Seite, folgte ich ihnen. Ich war den Tränen nahe, und, sei es, dass sie mir schon in den Augen standen, sei es, dass ich sie hastig zu unterdrücken suchte – jedenfalls öffnete ich aus Versehen die Tür zu einem kleinen Kartenspielzimmer und setzte damit das Räderwerk dieser tragischen Nacht in Gang. – Im Spielzimmer, keine drei Schritte von uns entfernt, standen Charleys Verlobte Marie Bannerman und Joe Cable. Sie hielten sich in einem Kuss umschlungen, in dessen leidenschaftlicher Hingabe sie alles um sich her vergaßen.

Ich zog die Tür rasch wieder zu, öffnete, ohne Charley dabei anzusehen, die richtige Tür und rannte die Treppe hinauf.

II

Ein paar Minuten später drängte sich Marie Bannerman in den überfüllten Ankleideraum. Als sie mich sah, kam sie mit einem Lächeln gespielter Verzweiflung zu mir, aber ihr Atem ging schnell, und das Lächeln zuckte ein wenig.

»Du sagst es doch nicht weiter, Honey?«, flüsterte sie.

»Natürlich nicht.« Ich fragte mich nur, welche Rolle das jetzt noch spielen konnte, nachdem es Charley Kincaid einmal wusste.

»Wer sonst hat uns gesehen?«

»Nur Charley Kincaid und ich.«

»Oh!« Einen Augenblick lang schien sie etwas verdutzt, dann fügte sie hinzu: »Stell dir vor, Honey, er hat nicht mal was gesagt. Als wir rausgekommen sind, ist er gerade zur Tür hinaus. Ich hab schon gedacht, er würde warten und seine Wut an Joe auslassen!«

»Und warum sollte er sie nicht an dir auslassen?«, entfuhr es mir wider Willen.

»Oh, das kommt noch.« Sie lachte und zog ein schiefes Gesicht. »Aber ich weiß, wie man ihn nehmen muss, Honey. Nur im ersten Augenblick, wenn er so richtig wütend ist, hab ich Angst vor ihm – er kann furchtbar jähzornig sein.« Im Gedanken daran pfiff sie durch die Zähne. »Ich weiß es, so was ist nämlich schon mal passiert.«

Am liebsten hätte ich sie geohrfeigt. Unter dem Vorwand, ich wolle mir bei Katie, dem schwarzen Dienstmädchen, eine Stecknadel ausborgen, drehte ich ihr den Rücken zu und ging. Katie war gerade mit Catherine Jones beschäftigt, die ihr ein kurzes Baumwollkleid zum Flicken gebracht hatte.

»Was ist das?«, fragte ich.

»Ein Tanzkostüm«, antwortete Catherine kurz, den Mund voller Stecknadeln. Als sie sie dann herausgenommen hatte, fügte sie hinzu: »Es ist völlig in Fetzen – ich hab's schon so oft getragen.«

»Tanzt du heute Abend hier?«

»Ich versuch's jedenfalls.«

Jemand hatte mir erzählt, dass sie Tänzerin werden wollte und in New York Tanzunterricht genommen hatte.

»Kann ich dir irgendwas richten helfen?«

»Nein, danke … das heißt – kannst du nähen? Katie ist samstagabends immer so aufgeregt, dass sie zu nichts zu gebrauchen ist, außer zum Nadelholen. Ich wär dir ewig dankbar, Honey.«

Ich hatte meine Gründe, nicht gerade jetzt schon nach unten zu gehen, und so setzte ich mich hin und arbeitete eine halbe Stunde lang an ihrem Kostüm. Ich hätte gern gewusst, ob Charley nach Hause gegangen war und ob ich ihn wohl jemals wiedersehen würde – ich wagte kaum, mich zu fragen, ob ihn das, was er gesehen hatte, nicht moralisch von seiner Bindung lösen könnte. Als ich schließlich hinunterging, war er nirgends zu sehen.

Der Saal war jetzt voller Menschen. Man hatte die Tische entfernt, und alles tanzte. Damals, kurz nach dem Krieg, hatten die jungen Leute im Süden eine Art zu tanzen, bei der sie, auf den Fußspitzen stehend, die Fersen nach innen und außen drehten – eine Kunst, deren Erlernung ich viele Stunden gewidmet hatte. Viele junge Herren waren solo erschienen und die meisten schon recht angeheitert vom Maisbranntwein – ich lehnte im Durchschnitt mindestens zwei Drinks pro Tanz ab. Selbst wenn das Zeug, wie es der Brauch ist, mit einem alkoholfreien Getränk gemischt und nicht pur aus einer körperwarmen Flasche hinuntergekippt wird, hat es noch eine mörderische Wirkung. Nur ein paar wenige Mädchen wie Catherine Jones riskierten hin und wieder am dunklen Ende der Veranda einen Zug aus dem Flachmann eines der Jungen.

Ich mochte Catherine Jones – sie schien mehr Energie zu haben als all die anderen Mädchen. Tante Musidora rümpfte freilich jedes Mal verächtlich die Nase, wenn mich Catherine mit ihrem Wagen zum Kino abholte, und bemerkte, dass sich wohl allmählich überall »das Unterste nach oben kehrte«. Ihre Familie sei »neureich und gewöhnlich«. Aber ich fand, dass vielleicht gerade diese ›Gewöhnlichkeit‹ ein großer Pluspunkt an ihr war. Beinahe jedes Mädchen in Davis hatte mir irgendwann einmal ihren sehnlichen Wunsch anvertraut, »hier herauszukommen und nach New York zu gehen«, aber nur Catherine Jones hatte wirklich

Ernst damit gemacht und zu diesem Zweck Ballettstunden genommen.

Sie wurde oft gebeten, an solchen Samstagabendveranstaltungen etwas vorzutanzen, etwas ›Klassisches‹ oder auch einen akrobatischen Holzschuhtanz. Bei einer denkwürdigen Gelegenheit hatte sie die Honoratioren mit einem ›Shimmy‹ (damals die verruchteste Form von Jazz) verärgert, wofür man ihr dann die originelle und etwas befremdende Entschuldigung zubilligte, sie sei »zu blau gewesen, um zu wissen, was sie tat«. Ihre merkwürdige Persönlichkeit beeindruckte mich irgendwie, und ich war gespannt, was sie uns heute Abend bieten würde.

Um Mitternacht hörte die Musik immer auf, weil das Tanzen am Sonntagmorgen verboten war. Und so rief um halb zwölf ein gewaltiger Tusch von Trommeln und Trompeten die Tänzer, die Pärchen auf den Veranden oder draußen in den Autos und die an der Bar Hängengebliebenen in den großen Tanzsaal hinein. Stühle wurden hereingebracht und alle in einem Haufen mit viel Gelächter und Radau vor das nur leicht erhöhte Podium geschoben. Die Musiker hatten die Bühne geräumt und dicht daneben Aufstellung genommen. Als die rückwärtigen Scheinwerfer abgeblendet waren, begannen sie eine Melodie zu spielen, die von einem seltsamen Trommelschlag begleitet war, den ich noch nie zuvor gehört hatte. Im selben Augenblick erschien Catherine Jones auf dem Podium. Sie trug das kurze, ländliche Sommerkleidchen, an dem ich noch gearbeitet hatte, und einen breitkrempigen Sonnenhut, unter dem uns ihr gelbgepudertes Gesicht mit rollenden Augen, aber sonst ausdrucksloser Miene entgegenblickte.

Sie begann zu tanzen.

Ich hatte noch nie zuvor etwas Ähnliches gesehen, und es sollte fünf Jahre dauern, bis ich es ein zweites Mal zu sehen bekam: Es war der Charleston – es muss der Charleston gewesen sein. Ich erinnere mich noch gut an den doppelten Trommelschlag, der wie ein aufpeitschendes »Hey! Hey!« klang, an das ungewohnte Armeschwingen und den bizarren X-Bein-Effekt. Weiß der Himmel, wo sie ihn aufgelesen hatte.

Ihre Zuschauer, die mit Jazzrhythmen ja vertraut waren, beugten sich gespannt vor – sogar für sie war es etwas Neues. Und mir ist das Bild so klar und unauslöschlich eingeprägt, als hätte ich es erst gestern gesehen: die wirbelnde, stampfende Gestalt auf dem Podium, die aufgeputschte Kapelle, die grinsenden Kellner im Durchgang zur Bar, und dies alles umgeben von der weichen, südlich-lauen Nachtluft, die, ein Gemisch von Moor und Baumwollfeldern, üppigem Laub und erdig warmen Rinnsalen, durch die vielen Fenster hereinsickerte. – Ich weiß nicht mehr, wann sich zum ersten Mal ein Gefühl gespannten Unbehagens in mir bemerkbar machte. Der Tanz kann nicht viel mehr als zehn Minuten gedauert haben; vielleicht hatten mich schon die ersten Takte der barbarischen Musik unruhig gemacht – jedenfalls saß ich, längst ehe sie vorüber war, wie erstarrt auf meinem Stuhl, während meine Augen durch den ganzen Saal wanderten und die Reihen der schattenhaften Gesichter abtasteten, als suchten sie irgendeinen Halt, den es nicht mehr gab.

Ich bin an sich weder nervös noch besonders schreckhaft, aber einen Augenblick lang fürchtete ich, ich würde hysterisch werden, wenn die Musik und der Tanz nicht endlich aufhörten. Irgendetwas geschah um mich her. Ich wusste es so genau, als könnte ich in alle diese fremden Herzen blicken. Irgendwelche Dinge passierten, und eines ganz besonders hing so dicht über uns, dass es uns fast berührte – ja, dass es uns berührte! … Ich schrie beinahe auf, als eine Hand zufällig meinen Rücken streifte.

Die Musik endete. Es gab Applaus und Dacaporufe, aber Catherine Jones schüttelte, dem Kapellmeister zugewandt, verneinend den Kopf und machte Anstalten, das Podium zu verlassen. Die Rufe um eine Zugabe hielten an – wieder schüttelte sie den Kopf, und ihr Gesicht kam mir dabei ziemlich verärgert vor. Dann ereignete sich etwas Sonderbares. Auf das fortgesetzte Bitten eines Zuschauers in der ersten Reihe hin intonierte der farbige Kapellmeister die ersten Takte der Melodie, um Catherine vielleicht auf diese Weise zu einer Wiederholung zu bewegen. Sie fuhr herum, schnappte: »Hast du nicht gehört, dass ich nein gesagt habe?!«, und schlug ihm dann völlig überraschend ins Gesicht. Die Musik erstarb, und das belustigte Murmeln des Publikums brach jäh ab, als gleich darauf gedämpft, aber deutlich hörbar, ein Schuss krachte.

Im nächsten Augenblick waren wir auf den Beinen, denn dem Klang nach zu urteilen musste er im Inneren oder in der Nähe des Hauses gefallen sein. Eine der Anstandsdamen stieß einen leisen Schrei aus, aber als irgendein Spaßvogel dann rief: »Cäsar ist wieder mal im Hühnerhaus«, löste sich die momentane Bestürzung in Gelächter auf. Der Geschäftsführer des Clubs begab sich, gefolgt von mehreren neugierigen Paaren, hinaus, um nachzusehen, während sich der Rest schon wieder zu den Klängen von *Good Night, Ladies,* womit traditionsgemäß jeder Tanzabend endete, auf dem Parkett drehte.

Ich war froh, dass es vorüber war. Der junge Mann, mit dem ich gekommen war, ging seinen Wagen holen, und ich rief einen Kellner und schickte ihn in den Abstellraum hinauf, wo meine Golfschläger standen. Als ich wartend auf die Veranda hinausschlenderte, fragte ich mich wieder, ob Charley Kincaid wohl schon nach Hause gegangen war.

Plötzlich bemerkte ich – auf die seltsame Art, in der einem manchmal etwas bewusst wird, das schon eine Zeitlang im Gange ist –, dass drinnen im Haus ein Tumult ausgebrochen war. Frauen kreischten, jemand schrie: »Um Gottes willen«, dann wurde ein wildes Rennen auf den Treppen laut und Schritte, die in hastigem Hin und Her den Tanzsaal durchquerten. Von irgendwoher tauchte ein Mädchen auf und sank schon im nächsten Moment ohnmächtig zu Boden – unverzüglich tat es ihr ein zweites Mädchen nach, und dann hörte ich eine aufgeregte Männerstimme in ein Telefon brüllen. Schließlich stürzte, blass und ohne Hut, ein junger Mann auf die Veranda heraus und packte mich mit eiskalten Händen am Arm.

»Was ist los?«, rief ich. »Ist Feuer ausgebrochen? Was ist passiert?«

»Marie Bannerman liegt tot oben in der Damengarderobe. Man hat ihr die Kehle durchschossen!«

III

Der Rest jener Nacht ist eine Folge von wirren, zusammenhangslosen Bildern, die sich wie die abrupt wechselnden Szenen eines Spielfilms aneinanderreihen. Auf der Veranda diskutierte eine Gruppe bald laut erregt, bald gedämpft darüber, was unternommen werden sollte – jedenfalls müsse jeder Kellner im Club, »sogar der alte Moses«, noch heute Abend schärfstens verhört werden. Dass nur ein ›Nigger‹ Marie Bannerman erschossen haben konnte, stand sofort und unbestritten fest – und jeder, der es in diesem ersten Augenblick der Kopflosigkeit bezweifelt hätte, wäre selber in Verdacht geraten. Für die einen war es Katie Golstien, das farbige Dienstmädchen, das die Leiche entdeckt hatte und ohnmächtig geworden war. Für die anderen war es »der Nigger, den sie drüben in Kisco gesucht haben«. Es war ganz einfach jeder beliebige Schwarze.

Im Lauf der nächsten halben Stunde strömten immer mehr Leute heraus, alle mit ihrem eigenen kleinen Beitrag an Neuigkeiten. Das Verbrechen war mit Sheriff Abercrombies Dienstpistole begangen worden – er hatte sie, für jedermann sichtbar, mitsamt dem Gürtel an die Wand gehängt, bevor er zum Tanzen heruntergekommen war. Die Waffe fehlte, es wurde jetzt nach ihr gesucht. Der Tod war nach Aussage des Arztes sofort eingetreten, die Kugel sei offenbar nur aus ein paar Schritt Entfernung abgefeuert worden.

Wenige Minuten später kam ein junger Mann heraus und verkündete mit lauter, feierlicher Stimme:

»Sie haben Charley Kincaid verhaftet.«

Vor meinen Augen drehte sich alles. Über die Gruppe auf der Veranda fiel ein scheues, betroffenes Schweigen.

»Charley Kincaid verhaftet?!«

»Charley Kincaid!«

Aber er sei doch einer der Besten, einer aus ihrer Mitte!

»Das ist das Verrückteste, was ich je gehört habe!«

Der junge Mann nickte, entsetzt wie alle anderen, aber doch mit einem Anflug von Wichtigtuerei.

»Er war nicht unten, als Catherine Jones getanzt hat – er sagt, er sei in der Herrengarderobe gewesen. Und Marie Bannerman hat zuvor allen Mädchen erzählt, sie hätten Krach gehabt und dass sie Angst habe, er könnte irgendwas tun.«

Wieder ein benommenes Schweigen.

»Das ist das Verrückteste, was ich je gehört habe!«, wiederholte jemand.

»Charley Kincaid!«

Der Berichterstatter wartete einen Augenblick. Dann fügte er hinzu:

»Er hat sie erwischt, wie sie Joe Cable geküsst hat …«

Ich konnte nicht länger schweigen.

»Na und?«, rief ich dazwischen. »Ich war bei ihm. Er war … er war kein bisschen wütend!«

Sie sahen mich an, erschreckt, betreten, unglücklich. Plötzlich hallten die Schritte mehrerer Männer laut durch den Tanzsaal – leichenblass erschien Charley Kincaid zwischen dem Sheriff und einem anderen Mann in der Tür. Sie überquerten rasch die Veranda, gingen die Treppe hinunter und verschwanden in der Dunkelheit. Gleich darauf hörten wir das Geräusch eines abfahrenden Autos.

Als einen Augenblick später weither von der Straße das unheimliche Heulen eines Krankenwagens ertönte, stand ich verzweifelt auf und rief meinen Begleiter, der immer noch mit der Gruppe tuschelte.

»Ich muss gehen«, sagte ich. »Ich halte das nicht aus. Entweder bringst du mich heim, oder ich fahre in einem anderen Auto mit.« Widerwillig schulterte er meine Golfschläger, bei deren Anblick mir erst bewusst wurde, dass ich nun doch nicht am Montag abreisen konnte, und folgte mir die Treppe hinunter, gerade als die schwarze Karosserie des Krankenwagens zum Tor hereinbog – ein gespenstischer Schatten in der klaren, sternhellen Nacht.

IV

Nachdem die ersten wilden Mutmaßungen und die ersten blinden Sympathiebekundungen für Charley Kincaid verklungen waren, wurde der Tatbestand vom *Courier* und von den meisten anderen Tageszeitungen des Staates etwa so dargestellt: Marie Bannerman starb in der Damengarderobe des Countryclubs von Davis an den Folgen eines Revolverschusses, der in der Nacht von Samstag auf Sonntag kurz nach 23.45 Uhr aus nächster Entfernung auf sie abgegeben worden war. Viele der anwesenden Personen hatten den Schuss gehört. Darüber hinaus stand ohne jeden Zweifel fest, dass er aus der Waffe von Sheriff Abercrombie abgefeuert worden war, die allen sichtbar an der Wand des angrenzenden Raumes gehangen hatte. Abercrombie selbst befand sich, wie viele Zeugen bestätigen konnten, unten im Tanzsaal, als der Mord verübt wurde. Der Revolver war nicht aufzufinden.

Soweit man wusste, war die einzige Person, die sich im Augenblick des Schusses oben aufgehalten hatte, Charles Kincaid. Er war mit Miss Bannerman verlobt gewesen, hatte sich jedoch laut mehrerer Zeugenaussagen an jenem Abend heftig mit ihr gestritten. Miss Bannerman selbst hatte noch davon gesprochen und geäußert, sie habe Angst und wolle ihm lieber aus dem Weg gehen, bis er sich beruhigt hätte.

Charles Kincaid gab an, zur Zeit des Schusses in der Herrengarderobe gewesen zu sein, wo man ihn auch tatsächlich unmittelbar nach Entdeckung der Leiche vorgefunden hatte. Allerdings bestritt er, irgendeinen Wortwechsel mit Miss Bannerman gehabt zu haben. Er habe den Schuss zwar gehört, ihm aber keinerlei Bedeutung beigemessen. Wenn er sich etwas dabei gedacht habe, so höchstens, dass wohl irgendjemand »auf Katzenjagd gegangen sei«.

Warum er es vorgezogen habe, während der Tanzvorführung in der Garderobe zu bleiben?

Er könne keinen Grund dafür angeben; er sei ganz einfach müde gewesen und habe gewartet, bis Miss Bannerman aufbrechen wollte.

Die Leiche war von Katie Golstien, dem schwarzen Dienstmädchen, entdeckt worden, das seinerseits ohnmächtig aufgefunden wurde, als die Mädchen nach oben drängten, um ihre Mäntel zu holen. Aus der Küche zurückkehrend, wo sie sich eine Kleinigkeit zu essen geholt hatte, war Katie auf Miss Bannerman gestoßen, die, bereits tot, mit blutgetränktem Kleid auf dem Boden lag.

Sowohl die Polizei als auch die Presse richteten ihr besonderes Augenmerk auf die bauliche Einteilung des Obergeschosses. Es bestand aus drei nebeneinanderliegenden Räumen: der Damengarderobe, der Herrengarderobe und dazwischen einer Kammer, die als Abstellraum und zur Aufbewahrung von Golfschlägern diente. Beide Garderoben ließen sich nur über diese Kammer betreten, die durch eine Treppe mit dem Tanzsaal und durch eine zweite mit der Küche verbunden war. Laut übereinstimmender Aussage der drei farbigen Köche und des weißen Caddymasters hatte niemand außer Katie Golstien an jenem Abend die Küchentreppe benutzt.

Soweit ich mich nach diesen fünf Jahren richtig erinnere, trifft diese Zusammenfassung ziemlich genau die Situation zu dem Zeitpunkt, als Charley Kincaid des vorsätzlichen Mordes angeklagt und zur Aburteilung dem Gericht übergeben wurde. Auf Betreiben seiner Freunde wurden noch andere Personen, namentlich Schwarze, verdächtigt, und es kam zu mehreren Verhaftungen. Worauf sie beruhten, habe ich längst vergessen, aber jedenfalls kam nie etwas dabei heraus. Eine kleine Gruppe von Leuten glaubte trotz des verschwundenen Revolvers weiterhin beharrlich an einen Selbstmord und ließ sich die spitzfindigsten Gründe einfallen, um das Fehlen der Tatwaffe zu erklären.

Jetzt, nachdem bekannt ist, warum Marie Bannerman so schrecklich und gewaltsam ums Leben kommen musste, wäre es leicht für mich zu sagen, ich hätte die ganze Zeit über an Charley Kincaid geglaubt. Aber ich habe es nicht getan. Ich glaubte, dass er sie getötet hatte, und gleichzeitig wusste ich, dass ich ihn von ganzem Herzen liebte. Dass ausgerechnet ich als Erste auf den Beweis stieß, der seine Freilassung zur Folge haben sollte, beruhte nicht auf irgendeinem Glauben an seine Unschuld, sondern auf der seltsamen Intensität, mit der sich in aufregenden Situationen gewisse Bilder meinem Gedächtnis einprägen – ich erinnere mich dann nicht nur an jede Einzelheit, sondern sogar daran, wie die betreffende Einzelheit damals auf mich gewirkt hat.

Es war an einem Nachmittag Anfang Juli – das Verfahren gegen Charley Kincaid ging gerade auf seinen Höhepunkt zu –, als mein Entsetzen über die eigentliche Tat einen Augenblick in den Hintergrund trat und ich über die anderen Vorkommnisse dieser Nacht nachzudenken begann. Irgendetwas, das Marie Bannerman in der Garderobe zu mir gesagt hatte, wollte mir nicht mehr einfallen und quälte mich – nicht weil ich es für wesentlich hielt, sondern einfach, weil ich es nicht zurückholen konnte. Es war weggesunken, als habe es zu der beinahe okkulten Unterströmung kleinstädtischen Lebens gehört, die mich an jenem Abend so deutlich angerührt hatte – angerührt als eine mit den Problemen alter Heimlichkeiten, alter Lieben und Fehden erfüllte Atmosphäre, in die ich, die Fremde, nie wirklich würde eindringen können. Es kam mir vor, als habe Marie Bannerman den Vorhang ganz kurz zur Seite gezogen – doch dann war er wieder zurückgefallen, und das Haus, in das ich hätte blicken können, war jetzt wohl für immer dunkel.

Ein anderer, vielleicht noch belangloserer Zwischenfall beschäftigte mich ebenfalls. Durch die tragischen Ereignisse ein paar Minuten später war er wieder in Vergessenheit geraten, aber ich hatte das sichere Gefühl, dass ich nicht die Einzige gewesen war, die er damals befremdet hatte. Als das Publikum Catherine Jones um eine Zugabe bat, war sie in ihrem Unwillen so weit gegangen, den Kapellmeister zu ohrfeigen. Das krasse Missverhältnis zwischen seinem harmlosen Verstoß und ihrer unnötig scharfen Reaktion wollte mir nicht aus dem Kopf. Es war einfach nicht natürlich – zumindest hatte es nicht natürlich *gewirkt.* Gut, Catherine Jones hatte getrunken, das erklärte die Sache vielleicht, aber nach wie vor gefiel es mir nicht recht. Mehr um die Geister der Vergangenheit zu bannen, als um wirkliche Nachforschungen anzustellen, brachte ich einen hilfsbereiten jungen Mann dazu, mit mir zusammen dem Kapellmeister einen Besuch abzustatten.

Er hieß Thomas und war ein sehr dunkelhäutiger Schlagzeugvirtuose von recht einfachem Gemüt. Ich brauchte keine zehn Minuten, um herauszufinden, dass ihn Catherine Jones' Benehmen genauso überrascht hatte wie mich. Er kannte sie schon seit Jahren, schon als kleines Mädchen hatte er sie tanzen sehen – ja, und gerade den Tanz, den sie damals vorgeführt hatte, den habe sie noch in der Woche davor mit seiner Kapelle geprobt. Ein paar Tage nach dem Abend sei sie dann zu ihm gekommen und habe sich entschuldigt.

»Ich hab gewusst, dass sie kommt«, meinte er. »Sie ist 'n gutes Mädel, ganz bestimmt. Meine Schwester Katie war ihr Kindermädchen, wie sie noch 'n Baby war, bis sie dann in die Schule gegangen ist.«

»Deine Schwester?«

»Ja, Katie. Sie ist das Dienstmädchen draußen im Club. Katie Golstien. Sie haben sicher in der Zeitung von ihr gelesen, wegen der Sache mit Charley Kincaid. Katie Golstien. Das Dienstmädchen, das die Leiche von Miss Bannerman gefunden hat.«

»Und Katie war das Kindermädchen von Catherine Jones?«

»Ja, Miss.«

Auf dem Heimweg – meine Neugier war eher gereizt als befriedigt – stellte ich meinem Begleiter unvermittelt eine Frage:

»Waren Catherine und Marie Freundinnen?«

»Ja, sicher«, antwortete er, ohne zu zögern. »Hier sind eigentlich alle Mädchen miteinander befreundet, außer wenn zwei hinter demselben Mann her sind – dann können sie ganz schön giftig werden.«

»Warum, glaubst du, hat Catherine noch nicht geheiratet? Sie hat doch eine Menge Verehrer, oder?«

»Am laufenden Band! Aber sie kriegt sie meistens schnell wieder über. Das heißt, mit einer Ausnahme: Joe Cable.«

Wie eine Flutwelle kam die Erinnerung, kam ein Bild auf mich zu, wuchs empor, schlug über mir zusammen. Und mit einem Mal wusste ich wieder, was Marie Bannerman in der Garderobe zu mir gesagt hatte: »Wer sonst hat uns gesehen?« – Sie hatte mit halbem Auge jemanden gesehen, eine Gestalt, die so schnell vorbeihuschte, dass sie sie nicht erkennen konnte.

Und im selben Augenblick glaubte auch ich diese Gestalt wieder zu sehen, als hätte ich sie damals ebenso flüchtig wahrgenommen – so, wie man oft einen vertrauten Gang oder Umriss auf der Straße registriert, lang bevor der erste Funke des Erkennens aufblitzt. Auch meinem Auge hatte sich das Bild einer vorübereilenden Gestalt eingeprägt, die Catherine Jones gewesen sein konnte.

Aber als der Schuss fiel, waren doch über fünfzig Augenpaare auf Catherine Jones gerichtet! War es möglich, dass Katie Golstien, eine fünfzigjährige Frau, die in Davis seit drei Generationen als Kindermädchen bekannt war und allgemeines Vertrauen genoss, auf Geheiß von Catherine Jones kaltblütig ein junges Mädchen niederschoss?

›Aber als der Schuss fiel, waren doch über fünfzig Augenpaare auf Catherine Jones gerichtet!‹ Dieser Satz ging mir die ganze Nacht im Kopf herum, nahm immer neue Formen an, zerfiel in Satzglieder, Bruchstücke, einzelne Wörter.

›Aber als der Schuss fiel – waren doch über fünfzig Augenpaare – auf Catherine Jones gerichtet.‹

Als der Schuss fiel! Welcher Schuss? Der Schuss, den wir gehört hatten. Als der Schuss fiel … Als der Schuss fiel …

Am nächsten Morgen um neun Uhr – nachdem ich mein blasses, übernächtigtes Gesicht so dick wie nie vorher oder nachher in meinem Leben übermalt hatte –, stieg ich die wackelige Treppe zum Büro des Sheriffs hinauf.

Abercrombie, der gerade in seine Morgenpost vertieft war, sah neugierig auf, als ich zur Tür hereinkam.

»Catherine Jones hat's getan«, stieß ich hervor und bemühte mich verzweifelt, nicht allzu hysterisch zu klingen. »Sie hat Marie Bannerman erschossen – wir haben es nur nicht gehört, weil die Kapelle gespielt hat und weil gerade die Stühle herumgeschoben wurden. Den Schuss, den wir gehört haben, hat Katie abgefeuert. Als die Musik zu Ende war, hat sie aus dem Fenster geschossen – damit Catherine ein Alibi hat!«

V

Ich hatte recht, wie jetzt alle wissen. Aber eine Woche lang wollte mir niemand glauben, bis Katie dann endlich unter einem harten, unbarmherzigen Kreuzverhör zusammenbrach. Nicht einmal Charley Kincaid hatte es für möglich gehalten, wie er später zugab.

Wie Catherine und Joe Cable zueinander standen, hat nie jemand erfahren, aber ganz offensichtlich muss sie gefunden haben, dass sein heimlicher Flirt mit Marie Bannerman zu weit ging.

Dann kam Marie zufällig in die Damengarderobe, als sich Catherine gerade für ihren Auftritt fertigmachte – und auch da herrscht eine gewisse Unklarheit, denn Catherine behauptete steif und fest, Marie habe sie mit dem Revolver bedroht und in dem darauffolgenden Handgemenge hätte sich der Schuss gelöst. Obwohl ich Catherine trotz allem nach wie vor irgendwie mochte, muss ich doch gerechtigkeitshalber sagen, dass nur ein sehr naives, sehr ausgefallenes Geschworenengericht sie mit bloßen fünf Jahren davonkommen lassen konnte.

Und wenn die fünf Jahre ihrer Haft um sind, werden mein Mann und ich einen Streifzug durch die New Yorker Revuetheater machen und uns von der ersten Reihe aus jede einzelne Tänzerin sehr genau ansehen …

Nach der Tat muss Catherine blitzschnell überlegt haben. Sie befahl Katie, das Ende der Musik abzuwarten, aus dem Fenster zu schießen und den Revolver dann zu verstecken – allerdings vergaß sie, ihr zu sagen, wo. Katie, einem Nervenzusammenbruch nahe, befolgte ihre Weisungen zwar, aber sie konnte später nicht mehr angeben, wo sie die Pistole versteckt hatte. Das kam erst ein Jahr später heraus, als Charley und ich auf unserer Hochzeitsreise waren und Sheriff Abercrombies greuliche Waffe plötzlich aus meinem Golfsack auf einen Rasen von Hot Springs kollerte. Der Sack muss direkt vor der Garderobentür gestanden haben, und Katie hatte mit zitternder Hand den Revolver einfach in die erstbeste Öffnung fallen lassen, die sie zu sehen bekam.

Wir wohnen jetzt in New York. Kleine Städte sind uns nicht geheuer. Jeden Tag lesen wir über die ansteigende Welle von Verbrechen in den Großstädten, aber eine Welle ist doch wenigstens etwas Greifbares, etwas, wogegen man sich wappnen kann. Was mich viel mehr ängstigt, sind die unbekannten Tiefen, die unberechenbaren Gezeiten und die geheimnisvollen Dinge, die unter dem Spiel der Wellen in undurchdringlicher Finsternis dahintreiben.

Die Hochzeitsparty

I

Es kam das übliche verlogene Briefchen, das besagte: »Ich wollte, dass du es als Erster erfährst.« Für Michael war es ein doppelter Schock, denn da wurden zugleich die Verlobung und die unmittelbar bevorstehende Heirat angekündigt; und die sollte obendrein nicht in New York stattfinden, taktvoll entfernt von ihm, sondern hier in Paris, genau vor seinen Augen oder zumindest fast, nämlich in der Protestant Episcopal Church of the Holy Trinity in der Avenue George v. Der Termin war in zwei Wochen, Anfang Juni.

Zuerst wurde Michael angst, und er fühlte eine Leere im Magen. Als er an diesem Morgen das Hotel verließ, spürte die *femme de chambre,* die in sein gutgeschnittenes Profil und in sein munteres Wesen verliebt war, sogleich, dass ihn etwas beschäftigte und bedrückte. Er ging wie betäubt zu seiner Bank, kaufte bei Smith in der Rue de Rivoli einen Detektivroman, betrachtete eine Weile bewegt ein ausgeblichenes Panorama der Schlachtfelder im Fenster eines Reisebüros und verfluchte einen griechischen Straßenhändler, der ihn mit einem halb vorgezeigten Päckchen harmloser Postkarten verfolgte, die angeblich sehr unanständig waren.

Aber das Angstgefühl blieb, und nach einer Weile erkannte er darin die Angst, dass er nie wieder glücklich sein würde. Er hatte Caroline Dandy kennengelernt, als sie siebzehn war, hatte ihr junges Herz während ihrer ganzen ersten Ballsaison in New York besessen und es dann langsam auf tragische, sinnlose Weise verloren, weil er kein Geld besaß und nicht zu Geld kommen würde; weil er bei aller Anstrengung und allem guten Willen nicht zu sich selbst finden konnte; weil Caroline, die ihn immer noch liebte, kein Vertrauen mehr hatte und ihn allmählich als mitleiderregend, unfähig und heruntergekommen empfand, ausgeschlossen von dem großen glänzenden Lebensstrom, zu dem es sie unwiderstehlich hinzog.

Da er sich einzig und allein darauf stützen konnte, dass sie ihn liebte, suchte er darin seinen Halt; die Stütze zerbrach, dennoch klammerte er sich an sie, wurde aufs Meer hinausgetrieben und an die französische Küste geschwemmt, die Bruchstücke immer noch in seinen Händen. Er schleppte sie mit sich herum in Form von Fotos und gebündelten Briefen und der Schwäche für einen rührseligen Gassenhauer, der *Among My Souvenirs* hieß. Er hielt sich von anderen Frauen fern, als würde Caroline das irgendwie spüren und es aus treuem Herzen vergelten. Ihr Brief aber sagte ihm, dass er sie für immer verloren hatte.

Es war ein schöner Morgen. Vor den Läden in der Rue de Castiglione standen die Ladeninhaber und ihre Kunden auf dem Bürgersteig und blickten nach oben, denn der »Graf Zeppelin«, Symbol von Rettung und Zerstörung – von Rettung notfalls durch Zerstörung – schwebte silberglänzend und prächtig am Himmel von Paris. Michael hörte eine Frau auf Französisch sagen, es würde sie nicht überraschen, wenn er jetzt Bomben fallen ließe. Dann hörte er eine andere Stimme, die von einem kehligen Lachen begleitet war, und die Leere in seinem Magen erstarrte. Er fuhr herum und stand Auge in Auge mit Caroline Dandy und ihrem Verlobten.

»Nein, Michael! Wir haben uns schon überlegt, wo du wohl steckst. Ich fragte beim Guaranty Trust an und bei Morgan & Co, und dann schickte ich eine Nachricht an die National City ...«

Warum wichen sie nicht zurück und verschwanden? Warum gingen sie nicht einfach rückwärts die Rue de Castiglione hinunter, über die Rue de Rivoli, durch die Tuilerien, und immer weiter rückwärts, so schnell sie konnten, bis sie undeutlicher wurden und jenseits des Flusses verschwanden?

»Das ist Hamilton Rutherford, mein Verlobter.«

»Wir haben uns schon kennengelernt.«

»Bei Pat, nicht wahr?«

»Und voriges Frühjahr in der Bar vom Ritz.«

»Michael, wo haben Sie sich denn herumgetrieben?«

»Hier in der Gegend.« Was für eine Qual! Frühere Begegnungen mit Hamilton Rutherford blitzten vor ihm auf – eine rasche Folge von Bildern, Aussprüchen. Er erinnerte sich, gehört zu haben, dass Rutherford 1920 für ein Darlehen von hundertfünfundzwanzigtausend einen Landsitz gekauft und ihn unmittelbar vor dem Fälligkeitstermin für mehr als eine halbe Million verkauft hatte. Er war nicht so gutaussehend wie Michael, aber von anziehender Vitalität, selbstsicher, gebieterisch und für Caroline gerade richtig groß – Michael war immer etwas zu klein für sie gewesen, wenn sie tanzten.

Rutherford sagte gerade: »Und ich fände es sehr nett, wenn Sie zu dem Junggesellenabschied kämen. Ich habe die Ritz-Bar dafür gemietet, von neun Uhr an. Und dann gleich nach der Hochzeit gibt es einen Empfang und Frühstück im Hotel George v.«

»Und, Michael, George Packman gibt übermorgen eine Party im Chez Victor, und ich möchte, dass du unbedingt kommst. Und auch am Freitag zum Tee bei Jebby West; sie würde dich bestimmt dabeihaben wollen, wenn sie wüsste, dass du hier bist. Welches ist dein Hotel, damit wir dir eine Einladung schicken können? Der Grund, weißt du, warum wir es hier machen, ist, weil Mutter hier in einer Privatklinik gepflegt wird, und der ganze Clan ist in Paris. Schließlich ist auch Hamiltons Mutter gerade hier …«

Der ganze Clan! Mit Ausnahme ihrer Mutter hatten diese Leute ihn immer gehasst, hatten sein Werben stets missbilligt. Was für eine kleine Münze war er doch in diesem Spiel um Familien und Geld! Unter seinem Hut schwitzte er vor Demütigung darüber, dass er bei all seinem Unglück noch so vieler Einladungen für wert befunden wurde. Halb von Sinnen murmelte er etwas von Abreisen.

Da geschah es – Caroline sah tief in ihn hinein, und Michael spürte das. Sie sah hindurch bis auf den Grund seiner tiefen Verletztheit, und etwas regte sich in ihr und erstarb in ihren Mundwinkeln und ihren Augen. Er hatte sie angerührt. Alle unvergesslichen Regungen der ersten Liebe stiegen noch einmal in ihr auf; ihre Herzen hatten sich über zwei Fußbreit dieses sonnigen Pariser Morgens hinweg berührt. Sie nahm plötzlich den Arm ihres Verlobten, als müsse sie sich dadurch wieder einen Halt geben.

Sie verabschiedeten sich. Michael entfernte sich zügigen Schrittes; nach einer Minute blieb er unter dem Vorwand, ein Schaufenster zu betrachten, stehen und sah sie weiter oben in der Straße, wie sie schnell zur Place Vendôme gingen – Leute, die viel vorhatten.

Auch er hatte etwas vor – er musste seine Wäsche abholen.

›Nichts wird je wieder, wie es war‹, sagte er zu sich. ›Sie wird in ihrer Ehe niemals glücklich sein, und ich werde überhaupt nie mehr glücklich sein.‹

Die beiden lebhaften Jahre seiner Liebe zu Caroline bewegten sich rückläufig um ihn wie Jahre in Einsteins Physik. Quälende Erinnerungen stiegen in ihm auf – an Fahrten im Mondschein auf Long Island; an eine schöne Zeit am Lake Placid, als ihre Wangen so kalt waren, aber innerlich glühten; an einen hoffnungslosen Nachmittag in einem kleinen Café in der Forty-eighth Street in den letzten traurigen Monaten, als ihre Heirat schon unmöglich erschien.

»Herein«, sagte er laut.

Es war die Concierge mit einem Telegramm. Sie war unfreundlich, weil Mr. Curlys Anzüge ziemlich abgetragen waren, weil Mr. Curly wenig Trinkgeld gab und weil er ganz offensichtlich nur ein *petit client* war.

Michael las das Telegramm.

»Eine Antwort?«, fragte die Concierge.

»Nein«, sagte Michael, und dann aus einem plötzlichen Impuls: »Hier, lesen Sie.«

»Sehr bedauerlich«, sagte die Concierge. »Ihr Großvater ist gestorben.«

»Nicht allzu bedauerlich«, sagte Michael. »Es bedeutet, dass ich eine Viertelmillion Dollar erbe.«

Einen einzigen Monat zu spät; nach der ersten Aufregung über die Nachricht fühlte er sich unglücklicher denn je. Wach im Bett liegend, hörte er in dieser Nacht endlos die lange Karawane eines Zirkus durch die Straßen fahren, von einem Pariser Rummelplatz zum anderen.

Als der letzte Zirkuswagen außer Hörweite gerumpelt war und die Winkel des Zimmers sich mit der Morgendämmerung pastellblau lichteten, dachte er immer noch an den Ausdruck in Carolines Augen – ein Blick, der zu sagen schien: »Oh, warum hast du nicht etwas tun können? Warum konntest du dich nicht als stärker erweisen, mich dazu bringen, dich zu heiraten? Siehst du nicht, wie unglücklich ich bin?«

Michael ballte die Fäuste.

»Ich darf jetzt noch nicht aufgeben«, flüsterte er. »Ich hatte bis jetzt alles erdenkliche Pech, und vielleicht wendet sich am Ende das Blatt noch. Man nimmt, was man kriegen kann, soweit man die Kraft dazu hat, und wenn ich Caroline nicht haben kann, so wird sie wenigstens etwas von mir im Herzen tragen, wenn sie in diese Ehe geht.«

II

Und so ging er zwei Tage später zu der Party im Chez Victor, oben in den kleinen Salon neben der Bar, wo man sich zum Cocktail versammeln sollte. Er war früh dran; außer ihm war nur noch ein großer magerer Mann von etwa fünfzig Jahren da. Sie kamen ins Gespräch.

»Sind Sie auch wegen George Packmans Party hier?«

»Ja. Mein Name ist Michael Curly.«

»Mein Name ist …«

Michael hatte den Namen nicht richtig mitbekommen. Sie bestellten einen Drink, und Michael gab der Vermutung Ausdruck, dass Braut und Bräutigam sich dieser Tage wohl bestens amüsierten.

»Viel zu sehr«, meinte der andere stirnrunzelnd. »Ich weiß nicht, wie sie das durchhalten. Wir kamen alle zusammen mit dem Schiff herüber; fünf verrückte Tage und dann zwei Wochen Paris. Sie werden …«, er zögerte lächelnd, »Sie werden es mir nicht übelnehmen, wenn ich sage, dass Ihre Generation zu viel trinkt.«

»Nicht Caroline.«

»Nein, Caroline nicht. Es scheint, sie nimmt nur einen Cocktail und ein Glas Champagner, und dann hat sie genug, Gott sei Dank. Aber Hamilton trinkt zu viel, und dieses ganze junge Volk trinkt zu viel. Leben Sie in Paris?«

»Im Augenblick, ja«, sagte Michael.

»Ich mag Paris nicht. Meine Frau – will sagen, meine Exfrau, Hamiltons Mutter – lebt in Paris.«

»Sie sind Hamilton Rutherfords Vater?«

»Ich habe diese Ehre. Und ich leugne nicht, dass ich stolz bin, wie weit er's gebracht hat; das hört man jetzt allgemein.«

»Natürlich.«

Michael blickte nervös auf, als vier weitere Gäste kamen. Es wurde ihm plötzlich wieder bewusst, dass sein Smoking alt und abgetragen war; er hatte am Morgen einen neuen bestellt. Die Neuankömmlinge waren reich und alle miteinander in ihrem Reichtum zu Hause – ein hübsches dunkelhaariges Mädchen, das manchmal hysterisch auflachte und das er schon früher getroffen hatte; zwei vorlaute Männer, deren Scherze sich ausschließlich um den Klatsch des gestrigen und um die Möglichkeiten des heutigen Abends drehten, als hätten sie wichtige Rollen in einem Stück zu spielen, das sich unendlich in die Vergangenheit und in die Zukunft erstreckte. Als Caroline ankam, sah Michael sie kaum, aber der Bruchteil eines Augenblicks genügte ihm, um festzustellen, dass sie, wie alle anderen auch, abgespannt und müde war. Sie war blass unter ihrem Rouge und hatte Schatten unter den Augen. Mit einer Mischung aus Erleichterung und verletzter Eitelkeit fand er sich weit von ihr an einem anderen Tisch platziert; er brauchte einen Augenblick, um sich auf seine Umgebung einzustellen. Dies hier war nicht der unreife Kreis, in dem er und Caroline verkehrt hatten; die Männer waren über dreißig und wirkten so, als hätten sie die besten Güter dieser Welt für sich gepachtet. Neben ihm saß Jebby West, die er schon kannte, und auf der anderen Seite ein jovialer Mann, der sogleich von einer ulkigen Überraschung zu reden anfing, die man sich für den Junggesellenabschied ausgedacht hatte: Sie würden eine kleine

Französin engagieren, die mit einem echten Baby auf dem Arm zu erscheinen und zu jammern hatte: »Hamilton, du kannst mich doch jetzt nicht verstoßen!« Michael fand die Idee abgestanden und gar nicht witzig, aber ihr Erfinder schüttelte sich schon im Voraus vor Lachen.

Weiter oben am Tisch war die Rede vom Aktienmarkt – wieder ein Kursrückgang heute, der empfindlichste seit dem Börsenkrach; man zog Rutherford damit auf: »Pech für dich, alter Knabe. Du tätest besser, erst gar nicht zu heiraten.«

Michael fragte den Mann zu seiner Linken: »Hat er viel verloren?«

»Das weiß niemand. Er steckt tief drin, aber er ist einer der gerissensten jungen Männer der Wall Street. Und schließlich sagt einem keiner je die Wahrheit.«

Es war von Anfang an ein Champagnerdinner, und zum Ende hin entwickelte sich eine muntere Geselligkeit. Aber Michael sah, dass alle diese Leute zu müde waren, um durch irgendein normales Stimulans in Stimmung zu kommen; seit Wochen tranken sie vor den Mahlzeiten Cocktails wie die Amerikaner, Weine und Cognacs wie die Franzosen, Bier wie die Deutschen und Whiskey Soda wie die Engländer, und da sie nicht mehr in den Zwanzigern waren, diente dieses einem alptraumhaften Riesencocktail gleichende, absurde Gemisch höchstens dazu, dass sie sich ihres schlechten Benehmens vom Abend zuvor zeitweilig weniger bewusst waren. Womit gesagt sein soll, dass es nicht eigentlich eine lustige Party war; wenn von fröhlicher Stimmung die Rede sein konnte, so nur bei den wenigen, die überhaupt nichts tranken.

Aber Michael selbst war nicht müde, und der Champagner möbelte ihn auf und machte sein Unglück weniger fühlbar. Er war schon länger als acht Monate von New York weg, und die Tanzmusik war ihm zum größten Teil fremd, aber bei den ersten Takten von *Painted Doll,* wonach er und Caroline sich im vergangenen Sommer durch so viel Glück und Verzweiflung hindurchgetanzt hatten, ging er zu Carolines Tisch hinüber und forderte sie zum Tanz auf.

Sie war reizend in ihrem luftigen blauen Kleid, und die Nähe ihres knisternden blonden Haars, ihrer kühlen und zugleich zärtlichen grauen Augen hemmte ihn und machte ihn ungeschickt; er stolperte bei den ersten Schritten auf dem Parkett. Einen Augenblick schien es, als gebe es nichts weiter zu reden; er wollte ihr von seiner Erbschaft erzählen, aber das erschien ihm zu abrupt und unvermittelt.

»Michael, wie schön, wieder einmal mit dir zu tanzen.«

Er lächelte grimmig.

»Ich freue mich so, dass du gekommen bist«, fuhr sie fort. »Ich fürchtete schon, du wärst so töricht, dich fernzuhalten. Jetzt können wir gute Freunde sein und ganz natürlich miteinander umgehen. Michael, ich möchte, dass ihr, du und Hamilton, Freunde seid.«

Die Verlobung ließ sie offenbar verblöden; noch nie hatte er von ihr eine solche Reihe von Platituden gehört.

»Ich könnte ihn kaltlächelnd umbringen«, sagte er freundlich, »aber er sieht wie ein guter Mensch aus. Er ist in Ordnung. Nur wüsste ich gern: Was geschieht mit Leuten wie mir, die nicht vergessen können?«

Indem er das sagte, konnte er nicht verhindern, dass sich sein Mund verzog, und aufblickend sah es auch Caroline, und ihr Herz erbebte ebenso heftig wie an jenem anderen Morgen.

»Nimmst du es denn so schwer, Michael?«

»Ja.«

Er sagte das mit einer Stimme, die tief von unten heraufzukommen schien, und in dem Augenblick tanzten sie nicht; sie hielten einander nur fest. Dann lehnte sie sich in seinem Arm zurück und schürzte den Mund zu einem reizenden Lächeln.

»Ich wusste zuerst nicht, was tun, Michael. Ich erzählte Hamilton von dir – dass ich dich schrecklich gern hätte –, aber es machte ihm nichts aus, und er hatte recht damit. Weil ich jetzt darüber hinweg bin – ja, das bin ich. Und du wirst eines sonnigen Morgens aufwachen und ganz ebenso darüber hinweg sein.«

Er schüttelte trotzig den Kopf.

»O doch. Wir waren nicht füreinander bestimmt. Ich bin etwas flatterhaft und brauche jemand wie Hamilton, der für mich entscheidet. Das war es und nicht so sehr eine Frage von – von …«

»Von Geld.« Wieder war er kurz davor, ihr zu sagen, was geschehen war, doch wieder sagte ihm eine innere Stimme, dass dies nicht der rechte Augenblick sei.

»Wie willst du dann erklären, was geschah, als wir uns vorgestern begegneten«, fragte er hilflos, »und was jetzt eben wieder geschah? Wenn wir nur so aufeinander zuströmen, wie wir es immer taten – als wären wir eine Person, als flösse das gleiche Blut durch uns beide hindurch?«

»Oh, lass das!«, flehte sie. »Du darfst nicht so reden; alles ist jetzt entschieden. Ich liebe Hamilton von ganzem

Herzen. Es ist nur, dass mir gewisse Dinge aus der Vergangenheit immer wieder einfallen und dass es mir leidtut um dich – und uns – und wie wir waren.«

Über ihre Schulter hinweg sah Michael einen Mann, der herankam, um Caroline aufzufordern. Panisch tanzte er mit ihr weiter fort, aber der Mann kam ihnen nach.

»Ich muss dich unbedingt allein sprechen, nur eine Minute«, sagte Michael rasch. »Wann geht das?«

»Ich bin morgen bei Jebby West zum Tee«, flüsterte sie, und schon legte sich eine Hand höflich auf Michaels Schulter.

Aber auf Jebby Wests Tee konnte er auch nicht mit ihr sprechen. Rutherford stand neben ihr, und jeder zog den anderen überall ins Gespräch. Sie gingen frühzeitig. Am nächsten Morgen kam die Heiratsanzeige mit der ersten Post.

Michael geriet, während er in seinem Zimmer auf und ab ging, in eine verzweifelte Stimmung und entschloss sich zu einem kühnen Streich; er schrieb an Hamilton Rutherford und forderte ihn zu einer Begegnung am folgenden Nachmittag auf. In einem kurzen Telefongespräch erklärte Rutherford sich dazu bereit, aber erst für einen Tag später, als Michael gewünscht hatte. Und bis zur Hochzeit waren es nur noch sechs Tage.

Sie wollten sich in der Bar des Hotel Jena treffen. Michael wusste, was er sagen würde: »Hören Sie, Rutherford, sind Sie sich der Verantwortung bewusst, die Sie auf sich nehmen, wenn Sie auf dieser Heirat bestehen? Ist Ihnen klar, welches Leid und welche Reue daraus erwachsen werden, dass Sie eine junge Frau zu etwas überreden, das im Widerspruch dazu steht, was ihr Herz begehrt?« Er würde ihm erklären, dass die Schranke zwischen Caroline und ihm rein künstlich gewesen und jetzt beseitigt sei, und würde verlangen, dass die Sache freimütig mit Caroline besprochen werde, bevor es zu spät sei.

Rutherford würde in Wut geraten, und natürlich würde es eine Szene geben, aber Michael war sich bewusst, dass er hier um sein Leben kämpfte.

Er traf Rutherford im Gespräch mit einem älteren Mann an, dem er schon mehrmals bei den Partys begegnet war.

»Ich habe gesehen, wie es den meisten meiner Freunde ergangen ist«, sagte Rutherford gerade, »und ich habe beschlossen, dass mir das nicht passieren soll. Es ist gar nicht so schwierig; wenn man ein Mädchen mit gesundem Menschenverstand nimmt und ihr sagt, wo's langgeht, und seine Sache gut macht und halbwegs aufrichtig mit ihr ist, dann ist das eine Ehe. Wenn man aber von Anfang an jeden Unsinn mitmacht und sich nur so arrangiert – dann springt der Mann nach spätestens fünf Jahren ab, oder aber sie buttert ihn unter, und wir haben den üblichen Schlamassel.«

»Richtig!«, fiel sein Gesprächspartner begeistert ein. »Hamilton, Junge, Sie haben recht.«

Michaels Blut kochte allmählich.

»Ist Ihnen noch nicht aufgefallen«, fragte er kühl, »dass Ihre Einstellung vor etwa hundert Jahren aus der Mode gekommen ist?«

»Nein, keineswegs«, sagte Rutherford freundlich, aber leicht gereizt. »Ich bin so modern wie nur irgendwer. Ich würde mich nächsten Samstag im Flugzeug trauen lassen, wenn es meiner Braut gefiele.«

»Diese Art, modern zu sein, habe ich nicht gemeint. Sie können nicht eine empfindsame junge Frau –«

»Empfindsam? Frauen sind nicht so verdammt empfindsam. Männer wie Sie sind empfindsam; Männer wie Sie werden von den Frauen ausgenutzt – eure ganze Ergebenheit und Gutherzigkeit und all das. Frauen lesen ein, zwei Bücher und sehen ein paar Filme, weil sie sonst nichts zu tun haben, und dann sagen sie, sie wären von Grund auf feiner geartet als ihr, und um das zu beweisen, fegen sie alle Skrupel beiseite und sausen mit einem ›Mach's gut‹ ab – etwa so empfindsam wie ein Feuerwehrgaul.«

»Caroline ist aber nun mal empfindsam«, sagte Michael scharf.

An diesem Punkt machte der andere Mann Anstalten zu gehen; nachdem der kleine Disput ums Bezahlen geregelt war und sie allein waren, wandte sich Rutherford wieder Michael zu, als sei ihm eine Frage gestellt worden.

»Caroline ist nicht nur empfindsam«, sagte er. »Sie hat Verstand.« In seinen kampflustigen Augen, mit denen er Michael anblickte, flackerte ein graues Licht. »Das alles erscheint Ihnen wohl ziemlich grob, Mr. Curly, aber ich habe den Eindruck, dass der Durchschnittsmann von heute geradezu darauf aus ist, sich von irgendeiner Frau zum Affen machen zu lassen, und dabei macht es ihr nicht einmal Spaß, ihn auf dieses Niveau hinunterzudrücken. Es gibt verdammt wenig Männer, die noch Macht über ihre Frauen haben, aber ich bin entschlossen, einer von ihnen zu sein.«

Michael schien es an der Zeit, die Rede wieder auf die Situation zu bringen. »Sind Sie sich über die Verantwortung klar, die Sie auf sich nehmen?«

»Selbstverständlich«, konterte Rutherford. »Ich habe keine Angst vor Verantwortung. Ich werde die Entscheidungen treffen – anständig, wie ich hoffe, aber in jedem Fall endgültig.«

»Und was ist, wenn Sie falsch angefangen haben?«, fragte Michael heftig. »Wenn Ihre Ehe nicht auf gegenseitige Liebe gegründet ist?«

»Ich glaube zu sehen, was Sie meinen«, sagte Rutherford, immer noch freundlich. »Und da Sie es zur Sprache gebracht haben, lassen Sie mich Ihnen sagen, dass es, falls Sie und Caroline geheiratet hätten, keine drei Jahre gehalten hätte. Wissen Sie, worauf Ihre Beziehung zueinander gegründet war? Auf Leid. Sie taten einander leid. Den meisten Frauen macht es ungeheuren Spaß, sich zu sorgen, und manchen Männern auch, aber mir scheint, eine Ehe sollte auf Hoffnung gegründet sein.« Er sah auf seine Uhr und stand auf.

»Ich bin mit Caroline verabredet. Und vergessen Sie nicht, übermorgen zu dem Junggesellenabschied zu kommen.«

Michael spürte, wie ihm die Sache zu entgleiten drohte. »Also zählen Carolines persönliche Gefühle für Sie nicht?«, fragte er grimmig.

»Caroline ist übermüdet und ganz verwirrt. Aber sie hat, was sie sich wünscht, und das ist die Hauptsache.«

»Meinen Sie damit sich?«, fragte Michael ungläubig.

»Ja.«

»Darf ich fragen, seit wann Sie das Ziel von Carolines Wünschen sind?«

»Seit etwa zwei Jahren.« Ehe Michael noch antworten konnte, war Rutherford gegangen.

Während der nächsten zwei Tage schwebte Michael hilflos am Rande eines Abgrunds. Ihn verfolgte der Gedanke, etwas unterlassen zu haben, das diesen unter seinen Augen immer fester geschlungenen Knoten durchtrennt hätte. Er rief Caroline an, aber sie beteuerte, es sei ihr praktisch unmöglich, ihn bis zum Tag vor der Hochzeit zu treffen; für diesen Tag indessen stellte sie ihm ein Rendezvous in Aussicht. Dann ging er zu dem Junggesellenabschied, teils aus Furcht vor einem Abend allein in seinem Hotel, teils in dem Gefühl, durch seine Anwesenheit Caroline irgendwie näher zu sein, sie im Auge zu behalten.

Die Ritz-Bar war für die Veranstaltung mit französischen und amerikanischen Fahnen geschmückt, und vor die eine Wand war eine große Leinwand gespannt, auf die die geschätzten Gäste ihre Neigung zum Gläserwerfen konzentrieren sollten.

Beim ersten Cocktail, der im Stehen an der Bar eingenommen wurde, sah man viele Gläser in ebenso vielen zittrigen Händen leicht überschwappen, beim Champagner dann schwoll das Gelächter an, und gelegentlich erklang schmetternder Gesang. Michael entdeckte zu seiner Überraschung, was für einen Unterschied sein neuer Smoking, sein neuer Zylinder und seine neue prächtige Wäschegarnitur für sein Selbstvertrauen ausmachten; sein Ressentiment gegenüber all diesen Leuten wegen ihres Reichtums und ihrer Selbstsicherheit schwand zusehends. Zum ersten Mal seit seiner Collegezeit fühlte auch er sich reich und selbstsicher; er fühlte sich alldem zugehörig und ließ sich sogar von Johnson, dem Hauptspaßmacher, in dessen Komplott hineinziehen, das den Auftritt jener eigens dafür engagierten verratenen Frau vorsah, die in einem Raum hinter der Hotelhalle gelassen wartete.

»Wir wollen den Scherz nicht zu weit treiben«, sagte Johnson, »denn ich kann mir vorstellen, dass Ham heute schon Sorgen genug hatte. Haben Sie gesehen, Fullman Oil ist heute Morgen um sechzehn Punkte gefallen.«

»Ist er davon betroffen?«, fragte Michael, bemüht, sich seine Neugier nicht anmerken zu lassen.

»Natürlich. Er ist dicke drin; er ist stets überall dicke drin. Bis jetzt hat er Glück gehabt; jedenfalls bis vor einem Monat.«

Die Gläser füllten und leerten sich jetzt rascher, und Männer prosteten einander laut über den Tisch hinweg zu. Vor der Bar wurde eine Gruppe von Brautführern fotografiert, und der Rauch von dem Blitzlicht trieb als stickige Wolke durch den Raum.

»Jetzt kann's losgehen«, sagte Johnson. »Sie müssen bei der Tür stehen, denken Sie daran, und dann müssen wir beide uns sichtlich bemühen, die Frau am Hereinkommen zu hindern – nur so lange, bis alle auf uns aufmerksam werden.«

Er ging hinaus in den Korridor, und Michael wartete gehorsam an der Tür. Mehrere Minuten vergingen. Dann erschien Johnson wieder, mit einem verdutzten Gesichtsausdruck.

»Da ist was Komisches passiert.«

»Wieso? Ist das Mädchen nicht da?«

»Doch, aber da ist noch eine andere, eine, die wir nicht engagiert haben. Sie will Hamilton Rutherford sprechen, und sie sieht so aus, als führte sie etwas im Schilde.«

Sie gingen beide hinaus in die Halle. Da saß kerzengerade in einem Sessel ein amerikanisches Mädchen, ein bisschen unter Alkohol, aber offensichtlich finster entschlossen. Sie blickte mit einem Ruck zu ihnen auf.

»Also, Sie rich'n's ihm aus«, verlangte sie. »Mein Name ist Marjorie Collins, das wird ihm schon was sag'n. Ich bin weit gereist, und ich will ihn sprechen, jetzt sofort, oder es gibt mehr Ärger, als Sie je erlebt haben.« Sie erhob sich leicht wankend.

»Sie gehen hinein und sagen es Ham«, flüsterte Johnson Michael zu. »Vielleicht macht er sich besser aus dem Staub. Ich halte sie inzwischen hier fest.«

Wieder am Tisch, beugte sich Michael dicht an Rutherfords Ohr und flüsterte einigermaßen grimmig: »Eine junge Frau draußen mit Namen Marjorie Collins sagt, sie will Sie sprechen. Sieht aus, als wollte sie Schwierigkeiten machen.«

Hamilton Rutherford blinzelte, sein Unterkiefer fiel herab; dann schlossen die Lippen sich wieder zu einer strengen Linie, und er sagte in forschem Ton: »Bitte haltet sie dort auf. Und schickt gleich den Geschäftsführer der Bar zu mir.«

Michael sprach mit dem Barkellner und ließ sich dann, ohne an den Tisch zurückzukehren, unauffällig Mantel und Hut herausgeben. Wieder draußen in der Halle, ging er wortlos an Johnson und dem Mädchen vorbei und hinaus in die Rue Cambon. Er rief ein Taxi und gab die Adresse von Carolines Hotel an.

Sein Platz war jetzt an ihrer Seite. Nicht, um schlechte Nachrichten zu bringen, sondern einfach, um bei ihr zu sein, wenn das Kartenhaus über ihr zusammenfallen würde.

Rutherford hatte ihm zu verstehen gegeben, dass er ein

Weichling sei – nun, er war immerhin hart genug, die Frau seiner Liebe nicht aufzugeben, und er würde sich jede Chance in den Grenzen der Ehrbarkeit zunutze machen. Sollte sie sich von Rutherford abwenden, dann würde er zur Stelle sein.

Sie war im Hotel; sie war überrascht, als er sich meldete, aber sie war noch angezogen und würde sogleich herunterkommen. Dann erschien sie in einem Abendkleid mit zwei blauen Telegrammen in der Hand. Sie ließen sich in der verlassenen Hotelhalle in zwei Sesseln nieder.

»Aber Michael, ist das Essen schon vorbei?«

»Ich wollte dich sehen, deshalb kam ich vorbei.«

»Das freut mich.« Ihre Stimme klang freundlich, aber sachlich. »Ich habe nämlich soeben dein Hotel angerufen, um zu sagen, dass ich morgen den ganzen Tag mit Anproben und Vorbereitungen zu tun habe. Nun kommen wir doch noch zu unserem kleinen Gespräch.«

»Du bist müde«, vermutete er. »Vielleicht hätte ich nicht kommen sollen.«

»Nein. Ich bin noch auf und warte auf Hamilton. Es sind Telegramme gekommen, die womöglich wichtig sind. Er sagte, vielleicht ginge er noch weiter irgendwohin mit, und das kann Stunden dauern, also bin ich froh, mich mit jemandem unterhalten zu können.«

Michael zuckte bei dieser unpersönlichen Phrase zusammen.

»Kümmert es dich denn nicht, wann er nach Hause kommt?«

»Natürlich«, sagte sie lachend, »aber ich kann ihm ja keine Vorschriften machen.«

»Warum nicht?«

»Ich kann doch nicht damit anfangen, ihm zu sagen, was er tun darf und was nicht.«

»Warum nicht?«

»Er würde sich das nicht gefallen lassen.«

»Anscheinend wünscht er sich nur eine Haushälterin«, sagte Michael ironisch.

»Erzähl mir von deinen Plänen, Michael«, sagte sie rasch.

»Meine Pläne? Ich sehe überhaupt keine Zukunft für mich nach dem übermorgigen Tag. Der einzige wirkliche Plan, den ich je hatte, war, dich zu lieben.«

Ihre Blicke streiften einander, und sie sah ihn auf die Weise an, die er so gut kannte. Ein Strom von Worten brach aus seinem Herzen hervor:

»Lass mich dir nur noch einmal sagen, wie sehr ich dich geliebt habe, ohne einen Augenblick zu wanken, ohne je an ein anderes Mädchen zu denken. Und jetzt, wenn ich an all die Jahre vor mir denke, ohne dich, ohne irgendeine Hoffnung, dann – Caroline, Liebste – will ich nicht mehr leben. Ich hatte immer diesen Traum von unserem Heim, unseren Kindern und davon, wie ich dich in meinen Armen halte und dein Gesicht berühre, deine Hände und dein Haar, alles mein Eigen, und jetzt bringe ich es einfach nicht fertig, aus diesem Traum aufzuwachen.«

Caroline weinte still vor sich hin. »Armer Michael – armer Michael.« Sie streckte die Hand aus und strich mit ihren Fingern über seinen Rockaufschlag. »Du hast mir gestern Abend so leidgetan. Du sahst so kümmerlich aus und so, als brauchtest du einen neuen Anzug und jemanden, der sich deiner annimmt.« Sie schniefte und besah sich seinen

Smoking näher. »Nein, du hast ja einen neuen Anzug! Und einen neuen Zylinderhut! Nein, Michael, wie fabelhaft!« Sie lachte auf einmal fröhlich durch ihre Tränen hindurch. »Du musst zu Geld gekommen sein, Michael; nie sah ich dich so in Schale.«

Jetzt, da sie so reagierte, hasste er einen Moment lang seine neue Kleidung.

»Ja, ich bin zu Geld gekommen«, sagte er. »Mein Großvater hat mir rund eine Viertelmillion Dollar hinterlassen.«

»Nein, Michael«, rief sie, »wie fabelhaft! Ich kann dir gar nicht sagen, wie ich mich freue. Ich habe immer gedacht, du gehörtest zu der Sorte Mensch, die Geld haben müsste.«

»Ja, nur eben zu spät, nun kommt es nicht mehr darauf an.«

Die Drehtür von der Straße setzte sich ächzend in Bewegung, und Hamilton Rutherford kam in die Halle. Sein Gesicht war gerötet, und seine Augen blickten unstet und ungeduldig.

»Hallo, Darling; hallo, Mr. Curly.« Er beugte sich herab und küsste Caroline. »Ich habe mich für eine Minute weggestohlen, um zu sehen, ob irgendwelche Telegramme für mich da wären. Ich sehe, du hast sie dabei.« Während er sie in Empfang nahm, bemerkte er zu Curly: »Das war eine vertrackte Geschichte in der Bar, nicht wahr? Zumal einer von euch, wie ich hörte, einen ganz ähnlichen Ulk vorbereitet hatte.« Er öffnete eins der Telegramme, faltete es wieder zusammen und wandte sich mit dem zerstreuten Ausdruck eines Mannes, der zwei Dinge gleichzeitig im Kopf hat, zu Caroline.

»Ein Mädchen, das ich zwei Jahre nicht mehr gesehen

habe, tauchte auf«, sagte er. »Anscheinend handelte es sich um irgendein plumpes Erpressungsmanöver, denn ich habe und hatte nie irgendeine Art von Verpflichtung ihr gegenüber.«

»Wie ging es aus?«

»Der Geschäftsführer hatte binnen zehn Minuten einen Mann von der *Sûreté générale* da, und die Sache wurde in der Hotelhalle erledigt. Neben den französischen Gesetzen gegen Erpressung nehmen sich unsere wie gutgemeinte Wünsche aus, und ich vermute, sie haben ihr einen Denkzettel verpasst, an den sie sich noch erinnern wird. Aber es war wohl richtiger, es dir zu sagen.«

»Nehmen Sie etwa an, ich hätte die Sache schon erwähnt?«, sagte Michael steif.

»Nein«, sagte Rutherford bedächtig. »Nein. Sie wollten sich nur zur Verfügung halten. Und da Sie einmal da sind, sollen Sie etwas hören, das Sie mehr interessieren wird.«

Er reichte Michael das eine Telegramm und öffnete das andere.

»Das ist verschlüsselt«, sagte Michael.

»Dieses auch. Aber ich habe in dieser Woche all die Codewörter recht gut gelernt. Die beiden Telegramme zusammen besagen, dass ich mein Leben ganz von vorn anfangen muss.«

Michael sah, wie Carolines Gesicht um einen Grad blasser wurde, aber sie blieb mäuschenstill.

»Es war eine Fehlinvestition, und ich habe zu lange daran festgehalten«, fuhr Rutherford fort. »Sie sehen also, ich habe das Glück nicht gepachtet, Mr. Curly. Übrigens sind Sie, wie ich höre, zu Geld gekommen.«

»Ja«, sagte Michael.

»So steht es also mit uns.« Rutherford wandte sich Caroline zu. »Du verstehst, Darling, ich scherze oder übertreibe nicht. Ich habe nahezu jeden Cent, den ich besaß, verloren, und ich werde mein Leben ganz neu anfangen müssen.«

Zwei Augenpaare richteten sich auf sie – Rutherford blickte unverbindlich und nichts verlangend, Michael wie ausgehungert, tragisch und flehend. Doch einen Augenblick später sprang sie aus dem Sessel auf und warf sich mit einem leisen Aufschrei in Hamilton Rutherfords Arme.

»Oh, Liebling«, schluchzte sie, »was liegt daran! Es ist besser so; es ist mir lieber, ehrlich! Ich möchte so anfangen; ja, das möchte ich wirklich! O bitte, mach dir keine Gedanken und sei jetzt nicht traurig!«

»Schon recht, Baby«, sagte Rutherford. Seine Hand strich für einen Moment zärtlich über ihr Haar; dann löste er den Arm, den er um sie gelegt hatte.

»Ich habe versprochen, noch mal auf eine Stunde zur Party zu kommen«, sagte er. »Also sage ich gute Nacht, und ich möchte, dass du sogleich zu Bett gehst und schön schläfst. Gute Nacht, Mr. Curly. Tut mir leid, dass ich Sie in all diese Geldangelegenheiten eingeweiht habe.«

Aber Michael hatte schon Hut und Stock genommen. »Ich komme mit Ihnen«, sagte er.

III

Es war solch ein schöner Morgen. Michaels Cut war nicht geliefert worden, und so fühlte er sich einigermaßen unbehaglich, als er in der Avenue George V vor der kleinen Kirche an den Fotografen und Filmkameras vorbeimusste.

Die Kirche war so blitzblank und neu, dass es unverzeihlich schien, nicht passend angezogen zu sein, und Michael, blass und zittrig nach einer schlaflosen Nacht, beschloss, sich im Hintergrund zu halten. Von dort blickte er auf den Rücken von Hamilton Rutherford, auf den zarten, in Spitze gehüllten Rücken von Caroline und den feisten Rücken von George Packman, der zu wanken schien, als wollte er sich an Braut und Bräutigam anlehnen.

Die Zeremonie zog sich lange hin, freundlich überdacht von Fähnchen und Wimpeln, unter den breiten Strahlen der Junisonne, die schräg durch die hohen Fenster auf die festlich gekleidete Menge herabfielen.

Als der von Braut und Bräutigam angeführte Zug sich durch das Kirchenschiff in Bewegung setzte, merkte Michael mit Schrecken, dass er genau da stand, wo jedermann sich aus der steifen Prozession lösen und ihn ansprechen würde.

So kam es denn auch. Als Erste begrüßten ihn Rutherford und Caroline; Rutherford etwas finster unter dem Druck des Verheiratetseins und Caroline lieblicher, als er sie je gesehen hatte – sanft schwebte sie an Freunden und Verwandten aus ihrer Jugend vorbei, schwebte durch ihre Vergangenheit und weiter durch das sonnenbeschienene Portal in die Zukunft hinaus.

Michael raffte sich zu einem gemurmelten »Wundervoll, einfach wundervoll« auf, und dann kamen andere und redeten ihn an – die alte Mrs. Dandy, die geradewegs von ihrem Krankenlager kam und bemerkenswert gut aussah oder das nur zuwege brachte, weil sie so eine feine alte Dame war; und Rutherfords Vater und Mutter, seit zehn Jahren geschieden, aber Seite an Seite, wie füreinander geschaffen und mächtig stolz. Dann Carolines sämtliche Schwestern nebst Gatten und ihre kleinen Neffen in Eton-Anzügen, und dann eine lange Reihe von Leuten, die alle Michael begrüßten, weil er immer noch wie gelähmt genau dort stand, wo der Zug sich auflöste.

Er fragte sich, was als Nächstes käme. Es waren Einladungskarten für einen Empfang im George v ausgegeben worden; ein teures Lokal, weiß der Himmel. Würde Rutherford das durchstehen wollen, nach diesen katastrophalen Telegrammen? Offenbar, denn draußen strebte der Zug in Dreier- und Viererreihen durch den Junimorgen dorthin. An der Straßenecke flatterten die langen Kleider von fünf Seite an Seite gehenden Frauen vielfarbig im Wind. Die Frauen waren wieder zu hauchzarten Wesen geworden, wandelnde Flora; so reizend wehten die Kleider in der hellen Mittagsbrise.

Michael brauchte einen Drink; er würde diesen Empfang nicht überstehen ohne einen Drink vorher. Er schlüpfte in einen Seiteneingang des Hotels und fragte nach der Bar, worauf ein Page ihn einen halben Kilometer durch neue, amerikanisch ausstaffierte Korridore führte.

Aber – wie denn das? – die Bar war voll. Da standen zehn oder fünfzehn Männer und zwei oder vier Frauen, und alle kamen von der Hochzeit, und alle brauchten einen Drink. Es gab Cocktails und Champagner in der Bar – Rutherfords Cocktails und Champagner, wie sich herausstellte, denn er hatte die ganze Bar sowie den Ballsaal, die zwei großen Empfangssalons und die hinauf- und hinabführenden Treppen gemietet samt dem Ausblick über die rechtwinkligen Häuserblocks von Paris. Michael kam nur allmählich voran und reihte sich in das endlose, langsame Defilee des Empfangs ein. Durch einen Nebel blumiger Redewendungen wie »So eine reizende Hochzeit«, »Meine Liebe, Sie waren einfach reizend«, »Sie glücklicher Mann, Rutherford« bewegte er sich an der Reihe entlang. Als Michael bei Caroline ankam, trat sie einen kleinen Schritt vor und küsste ihn auf die Lippen, aber er fühlte nichts bei dem Kuss, er war unwirklich, und Michael ließ sich weiter davontragen. Die alte Mrs. Dandy, die ihn immer gern gemocht hatte, hielt eine Minute lang seine Hand und dankte ihm für die Blumen, die er ihr auf die Kunde, dass sie krank sei, geschickt hatte.

»Es tut mir so leid, Ihnen nicht geschrieben zu haben; wissen Sie, wir alten Damen sind ja so dankbar für …« Die Blumen, die Tatsache, dass sie nicht geschrieben hatte, die Hochzeit – Michael begriff, dass dies alles ihr gleich viel oder wenig bedeutete; sie hatte schon fünf Kinder verheiratet und zwei der Ehen in die Brüche gehen sehen, und diese Szene, so schmerzlich, so bestürzend für Michael, war für sie lediglich eine vertraute Scharade, in der sie auch früher schon ihre Rolle gespielt hatte.

An kleinen Tischen wurde bereits ein Champagnerfrühstück serviert, und in dem leeren Ballsaal spielte ein

Orchester. Michael setzte sich zu Jebby West; er war immer noch etwas gehemmt, weil er keinen Cutaway anhatte, aber er bemerkte jetzt, dass er mit dieser Unterlassung nicht allein war, und fühlte sich besser. »War Caroline nicht hinreißend?«, sagte Jebby West. »So vollkommen selbstbeherrscht. Ich fragte sie heute Morgen, ob sie nicht etwas ängstlich sei bei einem solchen Schritt. Und sie sagte: ›Warum sollte ich? Ich bin seit zwei Jahren hinter ihm her, und jetzt bin ich einfach glücklich, das ist alles.‹«

»Das muss wohl wahr sein«, sagte Michael düster.

»Was?«

»Was Sie eben sagten.«

Man hatte ihm einen Dolchstoß versetzt, aber, fast zu seinem Kummer, fühlte er die Wunde nicht.

Er forderte Jebby zum Tanzen auf. Draußen auf dem Parkett tanzten Rutherfords Vater und Mutter miteinander.

»Das macht mich ein bisschen traurig«, sagte Jebby. »Die beiden haben sich jahrelang nicht gesehen; beide hatten wieder geheiratet, und sie wurden ein zweites Mal geschieden. Sie ging zum Bahnhof, um ihn abzuholen, als er zu Carolines Hochzeit anreiste, und lud ihn ein, in ihrem Haus in der Avenue du Bois mit einer Menge anderer Gäste zu wohnen, also ohne Hintergedanken, aber er fürchtete, seine Frau könnte davon hören und es nicht gerne sehen, und deshalb ging er in ein Hotel. Finden Sie das nicht irgendwie traurig?«

Nach einer Stunde oder so merkte Michael plötzlich, dass es Nachmittag war. In einer Ecke des Ballsaals hatte man Wandschirme wie zu einem kleinen Filmatelier arrangiert, und Fotografen waren dabei, offizielle Aufnahmen von der Hochzeitsparty zu machen. Die Hochzeitsgesellschaft, totenstill und wachsbleich unter den hellen Lampen, erschien den im Halbdunkel des Ballsaals kreisenden Tanzpaaren wie jene lustigen oder unheimlichen Gruppen, auf die man in der Geisterbahn eines Vergnügungsparks stößt.

Nachdem die ganze Hochzeitsgesellschaft fotografiert worden war, kam eine Gruppe von Brautführern an die Reihe; dann die Brautjungfern, die Familien, die Kinder. Caroline hatte die mit ihrem fließenden Gewand und dem großen Brautbouquet verbundene Würde längst abgelegt und eilte nun voller Tatendrang aufgeregt auf Michael zu und holte ihn vom Parkett.

»Jetzt wollen wir ein Bild nur mit alten Freunden machen lassen.« Dies in einem Ton, der besagte, das würde die beste und intimste aller Aufnahmen werden. »Kommt her, Jebby, George – du nicht, Hamilton; nur meine alten Freunde – Sally …«

Etwas später schwand auch der letzte Rest von Förmlichkeit, und die Stunden flossen auf dem verschwenderischen Strom von Champagner leicht dahin. Hamilton Rutherford saß am Tisch, hatte, wie es jetzt üblich war, den Arm um eine verflossene Freundin gelegt und versicherte seinen Gästen, darunter nicht wenige verdutzte, aber begeisterte Europäer, dass die Party noch längst nicht zu Ende sei; die Gesellschaft würde sich nach Mitternacht bei Zelli wieder zusammenfinden. Michael sah, wie Mrs. Dandy, noch nicht ganz von ihrer Krankheit genesen, aufstand, um zu gehen, aber in eine höfliche Gruppe nach der anderen hineingezogen wurde, und er sagte es einer ihrer Töchter, die daraufhin ihre Mutter unter leichtem Zwang abführte und ihren Wagen rufen ließ. Michael kam sich sehr umsichtig vor und war stolz auf sich, nachdem er das getan hatte, und trank noch mehr Champagner.

»Es ist unglaublich«, ließ sich George Packman begeistert vernehmen. »Diese Veranstaltung wird Ham etwa fünftausend Dollar kosten, und soviel ich weiß, werden das seine letzten sein. Aber hat er auch nur eine Flasche Champagner zurückgehen lassen oder ein Blumenarrangement abbestellt? Er nicht! Er hat eben Klasse – dieser Junge. Wissen Sie, dass T. G. Vance ihm heute Morgen, zehn Minuten vor der Hochzeit, ein Jahresgehalt von fünfzigtausend Dollar angeboten hat? Schon in einem Jahr wird er wieder zu den Millionären gehören.«

Die Unterhaltung wurde durch den Vorschlag unterbrochen, Rutherford auf vereinten Schultern hinauszutragen – ein Plan, den sechs Gäste auch in die Tat umsetzten, um dann im Vier-Uhr-Sonnenschein dazustehen und Braut und Bräutigam zum Abschied nachzuwinken. Aber irgendwo musste es ein Missverständnis gegeben haben, denn fünf Minuten später sah Michael beide, Braut und Bräutigam, feierlich die Treppe zur Rezeption herabsteigen, beide mit einem Glas Champagner in der hocherhobenen Hand.

›Das ist unsere Art, die Dinge anzupacken‹, dachte er. ›Großzügig und frisch und frei; die Gastfreundlichkeit von Virginiapflanzern, nur einfach im heutigen Tempo, nervös tickend wie ein Fernschreiber.‹

Während er so ganz unbefangen mitten im Raum stand, um zu sehen, wer nun wohl der amerikanische Gesandte sei, wurde ihm mit einem Mal klar, dass er tatsächlich schon seit Stunden nicht mehr an Caroline gedacht hatte.

Nahezu bestürzt blickte er um sich, und dann sah er sie auf der anderen Seite des Saales, sehr munter und jung und strahlend glücklich. Und neben ihr Rutherford, der sie ansah, als könnte er sie gar nicht lange genug ansehen, und während Michael die beiden noch beobachtete, schienen sie zurückzuweichen, ganz so, wie er es sich an jenem Morgen in der Rue de Castiglione gewünscht hatte – zurückzuweichen und dahinzuschwinden in ihre eigenen Freuden und Kümmernisse, in die Jahre, die von Rutherfords stolzer Kühnheit und von Carolines junger, anrührender Schönheit ihren Zoll fordern würden; weit zu entschwinden, so dass er sie jetzt kaum noch sehen konnte, als hüllte etwas so Nebelhaftes wie Carolines weißes wogendes Gewand sie ein.

Michael war geheilt. Die ganze Zeremonie mit ihrem Pomp und ihrer Schwelgerei war für ihn gleichsam zu einer Initiation geworden, zur Einweihung in ein Leben, in dem er den beiden nicht einmal mehr nachtrauern konnte. Alle Bitterkeit in ihm schmolz plötzlich dahin, und die Welt formte sich wieder neu aus der Jugend und dem Glück, das ihn verschwenderisch wie der Frühlingssonnenschein überall umgab. Er versuchte sich zu erinnern, mit welcher der Brautführerinnen er sich für den Abend zum Essen verabredet hatte, während er nach vorne ging, um sich von Hamilton und Caroline Rutherford zu verabschieden.